# 否定 修正 创新:
# J. 希利斯·米勒叙事学思想研究

兰秀娟 著

中山大学出版社
·广州·

*版权所有　翻印必究*

**图书在版编目（CIP）数据**

否定　修正　创新：J. 希利斯·米勒叙事学思想研究/兰秀娟著. -- 广州：中山大学出版社，2024.12. -- ISBN 978 - 7 - 306 - 08302 - 9

Ⅰ. I712.065

中国国家版本馆 CIP 数据核字第 20246EX122 号

**FOUDING XIUZHENG CHUANGXIN：J. XILISI·MILE XUSHIXUE SIXIANG YANJIU**

| | |
|---|---|
| 出 版 人： | 王天琪 |
| 策划编辑： | 粟　丹　王　睿 |
| 责任编辑： | 王　睿 |
| 封面设计： | 林绵华　降景怡 |
| 责任校对： | 陈晓阳 |
| 责任技编： | 靳晓虹 |
| 出版发行： | 中山大学出版社 |
| 电　　话： | 编辑部 020 - 84110283，84113349，84111997，84110779，84110776 |
| | 发行部 020 - 84111998，84111981，84111160 |
| 地　　址： | 广州市新港西路 135 号 |
| 邮　　编： | 510275　　　　传　真：020 - 84036565 |
| 网　　址： | http://www.zsup.com.cn　　E-mail：zdcbs@mail.sysu.edu.cn |
| 印 刷 者： | 广州方迪数码印刷有限公司 |
| 规　　格： | 787mm×1092mm　1/16　12.25 印张　220 千字 |
| 版次印次： | 2024 年 12 月第 1 版　　2024 年 12 月第 1 次印刷 |
| 定　　价： | 49.00 元 |

如发现本书因印装质量影响阅读，请与出版社发行部联系调换

# 序

　　J. 希利斯·米勒是 20 世纪下半叶美国著名的文学批评家,耶鲁解构学派的重要代表人物。他在意识批评、解构主义批评、阅读的伦理研究、文学言语行为研究、维多利亚小说研究、小说中的共同体研究等方面有突出贡献,并在这些领域出版了多部具有影响力的著作和论文,如《维多利亚时期小说的形式:萨克雷、特罗洛普、乔治·艾略特、梅瑞狄斯和哈代》《小说与重复:七部英国小说》《解读叙事》《文学中的言语行为》等。在我与梁丹丹合作的《外国文学与文论的中国问题》一文中,我就曾称米勒为"奇人"。一是奇在他瑰丽多彩的学术生涯和职业选择:米勒本科专业为物理,后转至文学批评领域,并成为耶鲁解构学派"四人帮"之一。二是奇在其文学批评思想和实践的多次"突转":从早期受意识形态批评影响与新批评决裂,到中期与德里达等进行解构批评实践,再到后期回归文学研究的形而上层面,探讨文学本质和文学批评何为,并认为数字化时代来临导致文学的未来堪忧,这些转向本身就展示了他清奇的批评"脑回路"。三是奇在他对文学批评和文学何为的理解不像大多数西方批评家(如刚刚驾鹤西去的美国西马学派代表性人物弗雷德里克·詹姆逊)那么"执迷不悟"和"一棵树上吊死",相比之下,他胸襟坦荡、视野开阔,对不同理论来者不拒,从而形成了"异于常人"的文学批评视域和特色。

　　米勒一生发表数百篇学术论文,出版 30 余部著作,在意识批评、解构主义批评、阅读的伦理研究、文学言语行为研究、维多利亚时期小说研究、小说中的共同体研究等方面均有所建树,其批评思想和著作也体现了他同时代美国文学思潮的转向。他还担任过美国现代语言协会主席,对美国文学批评共同体影响深远。此外,自 20 世纪 90 年代起,他频繁往返于美中之间,促进了美中学术共同体的交流,推动了中外文学研究共同体之间的互动。他虽然理论贡献不如其好友雅克·德里达和弗里德里克·詹姆逊,但在批评实践上可谓别具一格，是新批评之后各种后现代理论尤其是解构理论的践行者和布道人。就文学批评史而言，说米勒是一个"奇人"毫不为过。虽然我与米勒有两三次短暂的交集：一次是2003年在北京大学跟申丹教授读博时，申丹老师邀请他到北京大学讲学；另外两次应该分别是在2005年和2009年，米勒应北京语言大学宁一中教授的邀请来中国讲学，他也受邀到好几所大学讲学，其间我听过他的讲座和演讲。但我对米勒文学批评思想和批评实践的真正关注还是源于兰秀娟博士：2021年兰秀娟博士毕业后申请到中山大学做博士后研究工作，选择我作为她的合作导师，而她的博士学位论文所做的研究就是聚焦米勒在国内外学界一直被忽略的对于叙事学领域的独特贡献，今天各位看到的这本著作就是兰秀娟博士过去五年的细雕之作，也是迄今为止国内学界第一部专门研究米勒叙事学批评实践和贡献的大作，其学术史和思想史的价值由此可见一斑。

兰秀娟博士七年磨一剑，通过学术研究，向我们展示了米勒在叙事学思想研究领域的贡献，主要研究内容包括以下五大板块：米勒的"反叙事学"、"非线性叙事学"、米勒对经典叙事学概念的解构与重构、"施行叙事"研究，以及米勒在其后期研究中关注的超越文字叙事的内容，包括他在图像叙事、地形叙事、共同体叙事等方面的跨学科、多模态研究。同时，在其著作的开始，兰秀娟博士就对米勒的文学批评轨迹进行了描画，为我们后面解读其叙事学思想和批评实践奠定了基础。兰秀娟博士为我们所展现的叙事学领域的"米勒"就像是一部百科全书，批评思想和实践不拘一格，西方潮流中的各种批评方法和思想信手拈来，想怎么用就怎么用，形成了独树一帜的"米氏"叙事批评和叙事解读实践，方法之灵活、视角之新颖、批评之深刻，往往令读者目不暇接，叹为观止，可以模仿但很难超越。在米勒叙事解读批评实践中，兰秀娟博士通过她的理解和分析，采用比较研究法，试图客观辩证地对米勒多姿多彩的叙事批评实践进行批判式展示，她将理论探讨与对米勒的批评实践分析相结合，向我们全面展示了米勒在叙事研究领域的真正不凡之处和独特贡献。

米勒在其自述中提到了他曾撰写过四本关于叙事理论研究的著作，但国内外仅有申丹、陈晓明、程朝翔、乔纳森·卡勒等几位学者在他们的研究中提及米勒在叙事学方面的贡献。而且除了申丹教授对米勒的"反叙事学"内容做过评价外，其他学者基本上对米勒在叙事学方面的研究和贡献一带而过。从这种意义上来说，秀娟博士的这本著作不失为目前国内外较为完整而系统地呈现米勒叙事批评思想和实践的佳作。

作为一本系统研究米勒叙事学思想的著作，当然绕不开米勒的叙事批评思想在世界范围内的传播和接受程度，尤其是在中国学界的传播与接受程度。本书在这方面有所总结和介绍，但可能限于篇幅和内容结构的要求，没有过多着墨。这一微瑕，我前面已提过，在兰秀娟博士来中山大学从事博士后研究工作后已经得到了很好的修补：兰秀娟于2021年执笔撰写了一篇《J. 希利斯·米勒文学批评的中国之旅述评》的小文，经我6次打磨，后于2021年年底合作发表于《当代外国文学》。该文聚焦米勒的文学批评在中国的传播与接受问题，算是对本书的一个颇为有益的补充。也正是该文的发表，使我开始真正关注米勒的文学批评思想和批评实践在中国的传播与接受，并以此小文为契机，从米勒的"文学之死"或曰"文学终结论"在中国学界所引起的长达20年的争议作为案例，又撰写了一篇有关外国文学理论在中国的传播与接受所展现的中国问题的文章（该文发表在2023年《文艺理论研究》专栏），以此纪念米勒文学批评及叙事学思想对中国学界的巨大影响和贡献，也从一个侧面与秀娟博士的这部著作形成了某种呼应。

米勒因为感染新冠肺炎于2021年仙逝。斯人已逝，思想永存。以中国学界为例，从20世纪80年代至今，中国学界对米勒文学批评的研究从未停歇，涵盖其解构主义批评、文学言语行为研究、"文学终结论"、"反叙事学"等多个方面，且不断有新的研究成果出现，显示出米勒文学批评在中国学界的广泛影响力和持续关注度。但在此过程中，中国学界也明显存在诸如"误读与标签化""米勒研究局限于早期和过于片面化""忽视其后期的新作"，对他与其他解构学派成员之间研究的继承与发展关注较少，缺乏横向比较，"对其著作解读不够深入，去语境化严重"等明显的问题和局限。以此反观秀娟博士的著作，其对米勒叙事学思想客观和系统的分析研究、独到的批评聚焦点，加上她曾得到米勒本人的亲自指导，并在米勒的推荐和帮助下得到了前往美国访学的机会，对米勒本人和其导师宁一中教授的大量访谈资料进行整理和翻译，这些客观上都为本书进行米勒批评研究的客观性和可靠性增添了一抹亮色。

值得一提的是，兰秀娟博士在中山大学博士后流动站工作期间，一直围绕米勒研究不辍耕耘，并收获良多：先后获得教育部人文社会科学项目和广东省哲学社会科学项目各 1 项，在核心期刊上单独或与他人合作发表有关米勒研究的论文 5 篇，最终以优异的成绩出站并被广东工业大学外国语学院以青年优秀人才引进。希望本书的成功出版能成为兰秀娟博士学术生涯的新开端，她未来的研究之路一定会愈加宽广明亮。衷心祝愿兰秀娟博士未来的求学问道一路坦途，执着前行。

是为序。

许德金
中山大学静雅居
2024 年 9 月 26 日

# 前　言

J. 希利斯·米勒（J. Hillis Miller, 1928—2021）是当今世界最著名、最有影响力的文学批评家之一，他在文学研究的多个领域中所展现出的深刻见解引起了广泛的关注。从新批评到意识批评，再从解构主义批评到文学言语行为研究，米勒的文学批评经历了深刻的变化，见证并推动了美国乃至世界文学研究领域的变化发展。从1968年的《维多利亚时期小说的形式：萨克雷、特罗洛普、乔治·艾略特、梅瑞狄斯和哈代》到1992年的《图绘》，再从1998年的《解读叙事》到2015年的《小说中的共同体》，叙事学思想贯穿了米勒的文学批评的始终。乔纳森·卡勒、马克·柯里、申丹等知名学者已经关注到米勒在叙事学研究方面的突出贡献。尽管米勒的叙事学思想并不像其他叙事学家那样集中于作品中，但他的批评实践中包含了丰富的叙事学研究思想，这些思想在很大程度上丰富了经典叙事学和后经典叙事学的内容。因此，本书将在叙事学框架下从否定、修正和创新三个维度进一步探讨米勒对叙事学研究的特殊贡献，从而从叙事学这一角度对米勒的文学批评进行相对完整且系统的分析，并解决当下叙事学发展中的一些问题。本书的主要研究内容如下。

导论部分主要介绍米勒的文学批评轨迹及其叙事学思想与这一议题的国内外研究现状。

第一章论述了米勒的"反叙事学"内容以及他在后现代语境下所形成的解构主义叙事学立场。在后现代叙事理论中，解构主义是一股不可小觑的力量，它为叙事学的政治化和多元化发展做出了突出贡献，而解构主义与叙事学研究的冲突与融合在米勒的理论中体现得格外突出。对米勒来说，歧义性、复杂性与修辞性是文学语言的本质，这决定了结构主义叙事学家所建构的简化、统一的范式最终将被文本自身解构。因此，米勒尖锐地指出了结构主义叙事学难以逾越的形式主义和程式化倾向，并声称热奈特的叙事话语只是一个僵化、机械的系统。米勒的"反叙事学"以一种更为开放和广阔的视野看待文本和理论，并强调了文本的独特性与复杂性，这种思想是推动结构主义叙事学走向语境叙事学的一股强劲力量。

第二章从"非线性叙事学"的角度对米勒的解构主义叙事研究进行了进一步的探讨。亚里士多德的《诗学》被公认为结构主义叙事学的起源与标准，引领着结构主义叙事学家寻找能够统一文学的普遍规律。米勒通过解构《诗学》中的情节首要性和逻辑性、开头和结尾的完整性以及中部的连续性，直接颠覆了结构主义叙事学的基础。通过分析叙事线条的重复性与分裂性，米勒进一步解构了结构主义叙事学家对叙事线条的单一性、完整性、统一性和有限性的信念。米勒认为，基于文学语言的复杂性，叙事线条可以是开放的、重复的、无限的和重叠的。米勒建构的"非线性叙事学"并不是对线性叙事学的一种全面否定，而是从宏观的、超出文本疆界的视角将叙事线条带入一个更加多样化的、开放的、动态的空间，从而突破了结构主义叙事学家们所建构的叙事学中关于线性的局限性。

第三章分析了米勒通过修辞阅读的方法对叙事学概念所进行的解构与重构。首先，米勒关注的叙事元素是人物，他的研究延伸并补充了叙事学对人物的独立自我、真实与虚构性的争议以及在符号学意义上的研究。其次，米勒关注了叙事学中的"聚焦"这一概念，在他看来，由文字组成的文本是没有聚焦的，且他对全知叙事所呈现出的统一和稳定的中心提出了质疑，也对热奈特等叙事学家为聚焦所做的分类做出了批判性解读。最后，米勒关注了叙事交流的问题，他从全知叙述者与主体间性的失败以及自由间接引语引发的混乱这些方面呈现了叙事交流中存在的种种障碍，进而探讨了这些问题所导致的集体意识的崩溃。叙事学术语的模糊性和不确定性塑造了其自我解构的性质，米勒的探讨只是为叙事学家重新思考并修正这些核心概念的可行性提供参考。

第四章从"施行叙事"的角度探讨了米勒的言语行为理论的叙事学维度，并重点关注了米勒的文学言语行为研究在叙事话语研究和修辞叙事学上的创新。基于奥斯汀、塞尔、德里达、德曼等人在言语行为理论方面的研究，米勒建构了包含作者的书写行为、小说中叙述者与人物的话语行为，以及读者的阅读行为的三维施行话语研究，并将解构主义批评方法实践其中，形成了自己独特的文学言语行为研究范式。在对叙事话语的施事行为进行研究时，米勒细致地分析了文学语言的建构行为，以及叙事话语中的"见证""谎言""承诺"等失效的言语行为。此外，米勒还关注了文学中的言语施效行为，包括读者的阅读带来的"净化"等伦理方面的影响，以及作者与读者之间的规约和以文本为中介的交流，丰富了修辞叙事学研究的内容。

第五章尝试探讨米勒在图像叙事、地形叙事、共同体叙事方面跨学科与跨媒介的创新性研究。在探讨图像叙事时，米勒不仅关注了叙事的图像性以及图像的叙事性问题，还关注了图像叙事的繁荣发展所引发的"文学终结"的问题。在研究文学地形学时，米勒的研究对象涵盖了地理、地图、认知等方面的内容，这是他在文学语言研究之外的又一创新性尝试，丰富了叙事学在空间与认知方面的研究。此外，米勒在后期开始关注文学中的共同体叙事，从解构主义的视角出发，结合叙事学与言语行为理论对文学中共同体的建构与焚毁的问题做出了新解，在叙事学研究领域独辟蹊径地开创了共同体叙事这一新的研究热点。

结论部分总结了米勒对结构主义叙事学范式和概念的否定，肯定了其修正与创新的内容对当今叙事学发展的启示与贡献，并指出了其研究中的局限性及其思维的转变。笔者认为，米勒的"反叙事学"是叙事学发展的一体两面，二者互相依存和补充，他的"非线性叙事"以及对叙事学概念的解构与重构同样是在否定结构主义叙事学原有范式的基础上对叙事学进行的修正和创新，而他在"施行叙事"等方面的创新也有益于叙事学在新的语境下实现更为开放与多元的发展。总的来说，米勒的叙事学思想打破了诸种二元对立关系，比如现实主义与虚构、结构主义叙事学与解构主义叙事研究、日常语言与文学语言等，为人们从更为宏观的视角思考叙事学研究方法奠定了基础。因此，本书将为当下叙事学研究的繁荣发展提供一些参照借鉴，并从叙事学的角度对米勒的文学批评形成一个系统且较为完整的研究，凸显其叙事学思想在英美文学批评实践中的贡献。

# 目 录

导 论 …………………………………………………………………… 1
 一、米勒的文学批评轨迹及其叙事学思想概述……………………… 2
 二、米勒叙事学思想研究现状概述…………………………………… 14

**第一章 "反叙事学":米勒的解构主义叙事学立场** ……………… 28
 一、作为后现代叙事理论表征的解构主义批评……………………… 29
 二、阅读的"悖论":米勒对文学理论的抵制……………………… 33
 三、米勒与结构主义叙事学家的论辩………………………………… 43

**第二章 "非线性叙事学":米勒对经典叙事学的批判** …………… 50
 一、《诗学》中的反讽:米勒对叙事学源头的颠覆………………… 51
 二、"地毯中的图案":异质重复的线条…………………………… 62
 三、"Ariachne 之线":断裂的叙事线条…………………………… 70

**第三章 米勒对叙事学概念的解构与重构** …………………………… 77
 一、"character"的消解与"人物之死"………………………… 77
 二、叙事聚焦的缺失与矛盾…………………………………………… 85
 三、叙事交流的中断与集体意识的崩解……………………………… 92

**第四章 "施行叙事":米勒文学言语行为研究的叙事学维度** ……… 103
 一、言语行为的叙事转向:从以言行事到以叙行事………………… 104
 二、叙事话语中的施事行为…………………………………………… 116
 三、言语施效行为与修辞叙事学……………………………………… 123

第五章　图像、地形、共同体：米勒跨学科、跨媒介的叙事研究………… 130
　　一、图像与文本：跨越媒介的叙事……………………………………… 130
　　二、文学地形学：叙事中的地理与空间………………………………… 143
　　三、共同体叙事：文学中共同体的建构与焚毁………………………… 149

结　论…………………………………………………………………………… 158

参考文献………………………………………………………………………… 165

附　录…………………………………………………………………………… 173

后　记…………………………………………………………………………… 177

# 导　　论

　　J. 希利斯·米勒是美国著名文学批评家，也是当今文学批评领域杰出的学者，他曾先后就读于欧柏林大学（Oberlin University）和哈佛大学（Harvard University），于1952年在哈佛大学获得文学博士学位。米勒曾任教于约翰·霍普金斯大学（Johns Hopkins University）、耶鲁大学（Yale University）和加州大学尔湾分校（University of California at Irvine），并担任过现代语言协会（Modern Language Association，MLA）主席，这些经历对他的文学批评的形成与发展起到了至关重要的作用。在60余年的文学研究生涯中，米勒共出版了30余本著作，发表了数百篇学术论文，涉及文学研究的方方面面。他在解构主义批评、阅读的伦理、文学言语行为、文学地形学、维多利亚小说、小说中的"重复"主题、小说中的共同体等方面的研究在世界范围内引起了广泛关注，并在文学研究领域产生了深远的影响。米勒不仅始终站在美国文学批评的前沿，也在数十年间推动着国际文学批评的转向。

　　尽管米勒经历了从新批评到意识批评，再从解构主义批评到文学言语行为研究的转向，但他在整个文学批评过程中始终坚持"文本细读"策略，并通过细读来把握文学语言的内在修辞性及其所体现的文学审美价值。米勒在文本解读中极为关注特定词语的重复、误用等现象，以及叙事策略的运用，遵循了以文本为中心的阐释方法，从本质上说也与叙事学研究方法互为补充。在《我与半个世纪以来的美国文学批评》的自述中，米勒讲到，"在我还处于手写阶段的一天早晨，我产生了撰写一本关于叙事理论著作的构想"，"最终的结果是我的整个一系列的书都源于凌晨的那个念头，它们是《阿里阿德涅之线：重复与叙事线条》《图绘》《地形学》与《解读叙事》"①。在他所提及的这四本著作以及其他研究中，米勒不仅对现有的叙事学体系中的弊端进行了批判，也在解构主义批评中初步建构了一套自己的叙事学思想体系，这便是本书所关注的重点。

## 一、米勒的文学批评轨迹及其叙事学思想概述

在叙事学研究中，语言是使"叙"成为可能的必要条件，而语言学的发展也为经典叙事学与后经典叙事学奠定了基础，因此，米勒的文学语言观与叙事学研究之间存在着某种内在关联。尽管米勒从未声称自己是叙事学家，但叙事学思想却是他的文学批评中的一个重要内容，且贯穿始终。尽管如此，米勒的叙事学研究不仅在戴维·赫尔曼（David Herman）与莫妮卡·弗卢德尼克（Monika Fludernik）编写的叙事史中缺席，也在国内外学者的研究中缺席。

目前，仅有中国的杰出叙事学家申丹在其研究中深入分析了米勒的"反叙事学"（ananarratology）思想，并肯定了米勒对叙事学的突出贡献。造成这一结果的原因有很多：第一，如同布赖恩·麦克黑尔（Brian McHale）分析俄国文艺理论家米哈伊·巴赫金（Mikhail Bakhtin）在叙事史中缺席的方法一样，在思想史中，米勒作为"解构主义批评家"的地位是稳固的，而从体制化角度（或"谱系学"②）来看，米勒是难以融入体制史的。第二，当今的叙事理论史存在着"'经典的'结构主义叙事学与语境论两种倾向的冲突"③，而米勒的叙事研究以文本实践为主，无法简单地将其划分至某一阵营。第三，米勒拒绝称自己为理论家，且他的诸如"重复"概念、"文学言语行为"等研究均融入其广泛而细致的文本分析中，因此，他并未像热拉尔·热奈特（Gérard Genette）那样在著作中提出一套清晰、实用的叙事学概论及理论框架。但正如申丹对米勒的评价："J. 希利斯·米勒为耶鲁学派的代表人物之一，对美国解构主义叙事理论的发展做出了重大

---

① J. 希利斯·米勒著，易晓明编：《土著与数码冲浪者——米勒中国演讲集》，吉林人民出版社2010年版，第177页。（译文有改动）
② 詹姆斯·费伦、彼得·J. 拉比诺维茨主编：《当代叙事理论指南》，申丹、马海良、宁一中、乔国强、陈永国、周靖波译，北京大学出版社2007年版，第50页。
③ 同上书，第53页。

贡献。"① 我们不应忽视米勒的叙事学研究在其文学批评中的重要位置，尤其是他的叙事学思想对叙事学整体发展的贡献。本书将试图从米勒的解构主义叙事学立场、"反叙事学"理念对结构主义叙事学的否定、米勒对叙事学概念的颠覆与重构、文学言语行为研究的叙事维度，以及米勒在跨媒介、跨学科叙事方面的创新研究来探讨米勒对叙事学的否定、修正和创新。本节将概述米勒的文学批评轨迹并分析其中的叙事学思想。

### （一）新批评、意识批评与结构主义叙事学的内在关联

1944年，米勒进入欧柏林大学学习物理，但他对文学语言的兴趣最终促使他将专业转为文学研究。从1948年到1952年，米勒一直在哈佛大学攻读文学博士学位，在那里他受到了新批评理论的深刻影响。在道格拉斯·布什（Douglas Bush）和阿尔伯特·格拉德（Albert Guerard）的指导下，米勒接触了 I. A. 理查兹（I. A. Richards）、威廉·燕卜荪（William Empson）、埃兹拉·庞德（Ezra Pound）、肯尼斯·伯克（Kenneth Burke）等一系列有影响力的评论家的理论著作，并最终提交了他的博士学位论文《狄更斯的象征意象：六部小说的研究》（*Dickens' Symbolic Imagery: A Study of Six Novels*，1952年，未出版）。在这篇论文中，米勒运用伯克的象征主义理论研究了查尔斯·狄更斯小说中不断重复的象征行为类型，成了早期在美国运用现象学理论阐释文本的学者。新批评理论的影响使得米勒在早期就坚定了研究"文学文本本身"的信念。在随后的研究中，面对欧陆理论的强烈冲击，米勒仍坚定地采用"文本细读"和"修辞阅读"的策略。与此同时，在新批评与结构主义的影响下，以分析文学文本内部结构为导向的结构主义叙事学流派逐渐形成，后被称作经典叙事学（classical narratology）。结构主义叙事学家提供了一套"文本细读"的科学方法，为叙事学的后续发展奠定了坚实的基础。因此，关注米勒在新批评时期思想成果的研究有利于探索其对结构主义叙事学的贡献。

20世纪50年代，米勒在约翰·霍普金斯大学任教时深受现象学批评的影响，他的同事乔治·普莱（Georges Poulet）的意识批评对他的影响尤为深刻，这促使他从新批评转向意识批评。他的著作《查尔斯·狄更斯：他的小说世界》（*Charles Dickens: The World of His Novels*，1959年）便是这一

---

① 申丹、韩加明、王丽亚：《英美小说叙事理论研究》，北京大学出版社2005年版，第326页。

转向的标志，这是美国第一部将意识批评应用于文学作品解读的著作，其不仅在文学研究领域引起了强烈的反响，还对美国的形式主义文学批评造成了冲击。随后，米勒出版了《上帝的消失：五位十九世纪作家》（*Disappearance of God: Five Nineteenth Century Writers*，1963年）、《维多利亚时期小说的形式：萨克雷、特罗洛普、乔治·艾略特、梅瑞狄斯和哈代》（*The Form of Victorian Fiction: Thackeray, Trollope, George Eliot, Meredith, and Hardy*，1968年）、《现实的诗人：六位二十世纪的作家》（*Poets of Reality: Six Twentieth-Century Writers*，1969年）、《托马斯·哈代：距离与欲望》（*Thomas Hardy: Distance and Desire*，1970年）等一系列有影响力的著作，形成了自己独特的意识批评方法。

现象学（phenomenology）最初由德国哲学家埃德蒙德·胡塞尔（Edmund Husserl）创立，它是"关于纯粹现象的科学"①。乔治·普莱将现象学中的"意识"（consciousness）和"意识批评"（criticism of consciousness）的概念引入美国文学批评界，而米勒对这些概念的继承与发展增强了意识批评在美国的影响。米勒在《查尔斯·狄更斯：他的小说世界》的序言中指出，"文章中所有的片段合起来便构成了作家充满想象力的宇宙"，同时，小说"是作者的独特个性和生命精神的呈现"，也是"以某种极为特别的方式体验世界的语言化身"。② 质言之，文学的本质是作家意识的表现，而作家意识必须通过文字来表达，因此文字被视为意识的载体。米勒认为，语言在反映作者意识时呈现出透明性和工具性，而且每个作者的独特性构成了意识的多样性。如他所说：

> 他的（作者的）风格呈现的是自己的生活方式，以一种语言的形式存在于这个世界上。因此，在文学作品中，每一处景观都是作者内心的景观，就像每一个虚构的男性或女性人物都是作家根据自己所感知或记忆、渴望或恐惧的人物创造的一样。③

---

① 特里·伊格尔顿：《二十世纪西方文学理论》，伍晓明译，北京大学出版社2018年版，第58页。
② J. Hillis Miller, *Charles Dickens: The World of His Novels*. Columbia University Press, 1958, p. ix.
③ Ibid., p. x.

在这里，米勒将语言看作传递作者意识的工具，由于各自不同的生活经历、历史文化背景等，每一位作者都会表现出不同的意识形态，这就决定了以文字形式为代表的意识形态的差异。米勒对意识多样性的肯定为他接下来对语言异质性的研究奠定了基础。

在《上帝的消失：五位十九世纪作家》一书中，米勒再次强调了"文学是意识的一种形式"[①]的主张，甚至挑战了他从未怀疑过的文学文本的确定性。这种确定性类似于传统文学批评家对文学作品的起源——上帝——的坚定信仰，以及他们对语言最终有着稳定所指的信仰。米勒认为，"上帝的消失"是维多利亚时期的一大特征，而意义被证实只能从语言符号的差异中产生，因此，主体关系不能再通过依赖于某种稳定性和确定性来建构，而只能通过语言的差异性来建构。随后，米勒在《现实的诗人：六位二十世纪作家》中详细讨论了主体间性（intersubjectivity），即一个意识进入另一个意识的过程，比如叙述者的意识可以自由地侵入人物的意识，这凸显了语言在建构文学作品和演示呈现意识中的重要作用。显然，从早期以意识为中心的追求，到后期意识与语言的并列，米勒在文学研究中表现出对语言不断强化的趋势。

在《维多利亚时期小说的形式：萨克雷、特罗洛普、乔治·艾略特、梅瑞狄斯和哈代》和《托马斯·哈代：距离与欲望》两部后期意识批评著作中，米勒进一步突出了语言和意识的重要性。在前一部著作中，米勒声称，"对文学语言的深入研究真正地颠覆了意识是文学研究的起源和指导概念的假设"[②]，这强化了文学语言的中心地位，因此，他重点研究了维多利亚时期小说的"内部结构原则"（inner structuring principles）[③]，包括叙事中的时间与主体间性（time and intersubjectivity）、作为集体意识的叙述者（narrator as general consciousness）、间接话语（indirect speech）等叙事学元素，可以说是对结构主义叙事学概念的补充。后一部著作则进一步强调了语言在文学文本中的重要性，且米勒在该书中用"线条"（thread）这一比喻阐释了他对文学的理解：

---

① J. Hillis Miller, *Disappearance of God: Five Nineteenth Century Writers*. University of Illinois Press, 1963, p. vii.

② J. Hillis Miller, *The Form of Victorian Fiction: Thackeray, Trollope, George Eliot, Meredith, and Hardy*. Case Western Reserve University, 1968, p. viii.

③ Ibid., p. xi.

> 文学作品是文字的,它的细丝线延伸至语言原有的经纬线。批评家将他的编织添加进佩内洛普的文本网络中;或解开它,这样它的结构线条就裸露了出来;或重新编织它;或在文本中找到一条线来揭示它所描述的设计;或将整块布分割为这样或那样的形状。①

米勒使用"线条"意象隐喻了文本的结构,也描述了诸如叙事学家这样的批评家们对结构的阐释方法。除了从意识世界转向文本语言,米勒此时也注意到批评家与读者的阅读和阐释行为,开始将文本内部结构研究与外部研究结合起来。

米勒在早期探索中逐渐确立了语言在建构文本和传达作者意识方面的中心地位,并在早期著作中运用内部结构分析方法探讨了文学作品中的叙事问题。米勒特别关注文学语言的异质性,这得益于他从新批评时期开始运用的"文本细读"方法。在长达六十多年的学术生涯中,米勒始终崇尚"文本细读"的内部研究方法,而这同样是结构主义叙事学家研究的关键策略,这也决定了二者在研究方法上的内在关联。米勒对文学语言十分敏感,因而能够通过寻找超越文学惯例的元素对文学作品做出新的阐释,这也为他后来的解构主义批评奠定了基础。

## (二) 解构主义批评与 "反叙事学"

从 20 世纪 70 年代开始,米勒在耶鲁大学任教期间受到了法国哲学家雅克·德里达(Jacques Derrida)的解构主义思想的影响,并与当时同在耶鲁大学任教的保罗·德曼(Paul de Man)、杰弗里·哈特曼(Geoffrey Hartman)和哈罗德·布鲁姆(Harold Bloom)一起被冠以"耶鲁四人帮"称号,建立了耶鲁解构学派,而他们四人与德里达合著的《解构与批评》(*Deconstruction and Criticism*,1979 年)一书则被视为"解构主义宣言"。在此期间,米勒出版了一系列有影响力的书籍,发表了一系列论文,如《小说与重复:七部英国小说》(*Fiction and Repetition*:*Seven English Novels*,1982 年),《传统与差异》("Tradition and Difference",1972 年)、《叙事与历史》("Narrative and History",1974 年)、《解构解构主义者》("Decon-

---

① J. Hillis Miller, *Thomas Hardy*:*Distance and Desire*. The Belknap Press of Harvard University Press, 1970, p. viii.

structing the Deconstructers", 1975 年)、《阿里阿德涅之线：重复与叙事线条》("Ariadne's Thread: Repetition and the Narrative Line", 1976 年)、《作为寄主的批评家》("The Critic as Host", 1977 年)、《史蒂文斯的岩石与作为疗法的批评》("Stevens' Rock and Criticism as Cure", 1976 年)、《地毯上的图案》("The Figure in the Carpet", 1980 年)、《批评中的建构》("Constructions in Criticism", 1984 年) 等。在这些研究中，米勒旨在揭示文学语言的修辞本质，并解构作者意图的权威性和文学作品意义的确定性。这些经典作品构成了解构主义批评的重要组成部分，也使得米勒长期被贴上"解构主义批评家"的标签。

作为一种哲学策略，解构主义始于德里达对传统哲学的二元对立命题和索绪尔的语言学范式的批判。与其他解构主义批评家相比，米勒更多地关注如何在文学批评中实践解构主义。对米勒来说，"一切语言从一开始就是隐喻性的"①，文本则是通过语言的隐喻性来传达其意义的，因此文学文本表现了其解构自身的本质。像 M. H. 艾布拉姆斯（M. H. Abrams）这样的传统文学评论家认为，尽管不同的作家之间存在差异，但他们最终可能有着相同的渊源。因此，他们正在坚持不懈地寻找某种连续性和一致性，正如米勒在《作为寄主的批评家》中所说："现今批评中的'修辞分析法''符号学''结构''叙事学'或转喻阐释等，它们都可以归结为一种准科学性的学科，渴望在识别文本的意义方面以及在识别意义是如何产生的方面提供详尽的、合理的把握性。"② 这与艾布拉姆斯费尽心思寻找相同渊源背道而驰。米勒的解构批评"运用修辞的（rhetorical）、词源的（etymological）或喻象的（figurative）分析来解除文学和哲学语言的神秘性"③，因此，像（结构主义）叙事学这种"明显的或单义性的解读"（the obvious or univocal reading）④ 会遭到解构批评的破坏。

---

① J. Hillis Miller, "Tradition and Difference," *Diacritics*, Vol. 2, No. 4, Winter, 1972, p. 11.
② J. 希利斯·米勒：《作为寄主的批评家》，见 J. 希利斯·米勒编《重申解构主义》，郭英剑等译，中国社会科学出版社 2000 年版，第 147 页。
③ Harold Bloom, Paul de Man, Jacques Derrida, Geoffrey Hartman, and J. Hillis Miller. *Deconstruction and Criticism*. Bloomsbury Publishing PLC, 2004, p. 206.
④ Ibid., p. 178.

## 否定 修正 创新：J. 希利斯·米勒叙事学思想研究

1978年，米勒发表了一篇名为《叙事中的结尾问题》①的论文，探讨了亚里士多德使用"打结"（complication）或"解结"（unravelling, or denouement）来描述叙事线条②的问题，对此，米勒认为由于文本的不确定性，人们无法决定结尾是"打结"还是"解结"。米勒指出，任何小说都不可能明确地处于"完成"或"未完成"的状态，"试图通过小说的封闭性或开放性来描述某一特定时期的小说，从一开始就会因为无法证实某一特定叙事是封闭的还是开放的而受阻"③。由于亚里士多德对"情节的首要性、人物的功能性和结构的完整性"的强调，他被视为"第一类叙事学家（着力探讨事件的功能、结构规律、发展逻辑）的鼻祖"，④而米勒对亚里士多德《诗学》中结尾的解构则是他挑战传统叙事学家的早期经验。

在结构主义叙事学经典著作——热拉尔·热奈特的《叙事话语》⑤出版26年后，米勒出版了《解读叙事》（Reading Narrative，1998年）一书，并声称这是"一本反叙事学的著作"⑥。在该书中，米勒首先赞扬了热奈特这一经典著作，他认为，"在《辞格之三：叙事话语》一文中，热奈特对于小说中的时序、速度、时间结构、叙事时态、语态等方面的复杂性进行了在我看来最为全面和敏锐的描述"⑦。他也肯定了热奈特对叙事学研究的贡献："热奈特具有令人钦佩的创造性，他为复杂的叙事形式找寻或者发明了一系列术语：预叙、转喻、倒叙、省叙、叙事、元叙事，如此等等。"⑧ 然而，

---

① "The Problematic of Ending in Narrative." *Nineteenth-Century Fiction*, Vol. 33, No. 1, Jun 1978, p. 3. 该文后被收录于 Julia Wolfreys 的《J. 希利斯·米勒读本》（*J. Hillis Miller Reader*，2005年，第259~261页）中。

② 亚里士多德在《诗学》第18章中指出："一部悲剧由结和解组成。剧外事件，经常再加上一些剧内事件，组成结，其余的剧内事件则构成解。所谓'结'，始于最初的部分，止于人物即将转入顺境或逆境的前一刻；所谓'解'，始于变化的开始，止于剧终。"参见亚里士多德《诗学》，陈中梅译注，商务印书馆1996年版，第131页。

③ "The Problematic of Ending in Narrative." *Nineteenth-Century Fiction*, Vol. 33, No. 1, Jun 1978, p. 7.

④ 参见申丹、韩加明、王丽亚《英美小说叙事理论研究》，北京大学出版社2005年版，第329页。

⑤ Gérard Genette, *Narrative Discourse: An Essay in Method*. Translated by Jane E. Lewin. Cornell University Press, 1980.

⑥ J. 希利斯·米勒：《解读叙事》，申丹译，北京大学出版社2002年版，第46页。

⑦ 同上书，第45页。

⑧ 同上书，第45页。

作为一个坚持解构主义批评方法的学者，米勒不会完全接受热奈特所确立的建立于结构主义思想之上的叙事学概念和范式。他尖锐地指出：

> 这些术语的不规范使它们难以得到普及推广，因此变成了一个僵化的系统。热奈特苦心创造了它们，而它们累赘的复杂性对此也许是隐含的反讽……热奈特的研究带有叙事学的一个通病，即它暗示对于叙事特征的详尽描述可以解开叙事线条的复杂症结，并可以在灿烂的逻辑阳光之下，将组成该线条的所有线股都条理分明地展示出来。"叙事学"一词意为有关叙事的学问或科学。本书旨在表明这种科学是不可能的。①

在该书中，米勒清楚地阐明了他的反（结构主义）叙事学立场。在米勒看来，像热奈特这样的结构主义叙事学家正在努力为所有文学作品建立的范式仅为一个"僵化的系统"②，这一系统只是为了使解释复杂文学作品的方法更加科学和合乎逻辑。为了证明结构主义叙事学家的方法的不可行性，米勒首先对其源头——亚里士多德的《诗学》进行了批判。通过解构《诗学》中情节的首要性与逻辑性、开头与结尾的完整性以及中间的连续性，米勒证实了亨利·詹姆斯和结构主义叙事学家所坚持的"完整性、连续性、有限形式"③ 这些标准的不可能性。

米勒还在《解读叙事》中分析了情节、叙述者、叙事时间、（自由）间接引语④等要素，并通过研究重复与反讽指出了它们对完整、单一的叙事线条的破坏。因此，与其他评论家对结构主义叙事学忽视语境的批判不同，米勒更多地关注其范式中暴露的科学化、程式化的致命缺陷。米勒的"反叙事学"从解构主义的角度重新审视了经典叙事学中的要素，不仅补充和完善了叙事学概念，还为结构主义叙事学突破自身局限性从而走向语境叙事学带来了启发。

### （三）文学言语行为研究与施行叙事

20世纪80年代初，德里达的研究重点开始从语言和文本转向社会、伦

---

① J. 希利斯·米勒：《解读叙事》，申丹译，北京大学出版社2002年版，第45～46页。
② 同上书，第45页。
③ 同上书，第88页。
④ 米勒在书中所研究的"间接引语"实际上是叙事学中的"自由间接引语"。

理、政治和宗教问题，并批判性地接受了J. L. 奥斯汀（J. L. Austin）的言语行为理论。德里达随后与约翰·R. 塞尔（John R. Searle）展开了辩论，米勒也参与其中并在这一时期建立了自己的文学言语行为理论。至此，米勒转向了文学言语行为研究与阅读的伦理研究，他主要采用的方法是"修辞阅读"（rhetorical reading）。

艾布拉姆斯在其著作《镜与灯：浪漫主义文论及批评传统》（*The Mirror and the Lamp*: *Romantics Theory and the Critical Tradition*，1953年）中提到，"每一件艺术品总要涉及四个要点，几乎所有力求周密的理论总会在大体上对这四个要素加以区辨"，这四个要素是"作品""艺术家""世界"和"欣赏者"，其中"作品（艺术品）"处于中心位置。① 米勒在其文学言语行为理论中也构建了由作者（艺术家）、文本（艺术品）和读者（欣赏者）三个要素组成的模式，并将阅读行为置于中心。在这一时期，米勒出版了一系列著作，包括《语言的时刻：从华兹华斯到史蒂文斯》（*The Linguistic Moment*: *From Wordsworth to Stevens*，1985年）、《阅读的伦理：康德、德曼、艾略特、特罗洛普、詹姆斯和本杰明》（*The Ethics of Reading*: *Kant*, *de Man*, *Eliot*, *Trollope*, *James*, *and Benjamin*，1987年）、《皮格马利翁的不同版本》（*Versions of Pygmalion*，1990年）、《维多利亚时期小说的主题》（*Victorian Subjects*，1990年）、《昔理论今》（*Theory Now and Then*，1991年）、《霍桑与历史：解构之》（*Hawthorne & History*: *Defacing It*，1991年）、《修辞、寓言、施行话语：二十世纪文学的论文》（*Tropes*, *Parables*, *Performatives*: *Essays on Twentieth Century Literature*，1991年）、《阿里阿德涅之线：故事线条》（*Ariadne's Thread*: *Story Lines*，1992年）、《图绘》（*Illustration*，1992年）、《新的开始：文学与批评中的施行地形学》（*New Starts*: *Performative Topographies in Literature and Criticism*，1993年）、《地形学》（*Topographies*，1995年）、《解读叙事》（*Reading Narrative*，1998年）、《文学中的言语行为》（*Speech Acts in Literature*，2001）、《作为行为的文学：亨利·詹姆斯作品中的言语行为》（*Literature as Conduct*: *Speech Acts in Henry James*，2005年）等，这些作品也是米勒在文学言语行为研究阶段的代表作。

在《作为行为的文学：亨利·詹姆斯作品中的言语行为》中，米勒从

---

① 参见 M. H. 艾布拉姆斯《镜与灯：浪漫主义文论及批评传统》，郦稚牛、张照进、童庆生译，北京大学出版社2005年版，第5页。

## 导 论

三个方面肯定了文学是行为的事实:

> ①作者的写作行为是一种以这种或那种方式做事的行为。②小说中的叙述者与人物可以发出言语行为,这是用言语来做事的一种形式——承诺、声明、找借口、否认、作证行为、谎言、公开证实的决定等。这种言语行为构成了叙述者或人物生活行为中的关键时刻。③反过来,读者可以在教学、批评或非正式评论中,把阅读变成文字来做事情。这样做可能会对学生、读者或熟人产生影响。教学、撰写批评,或只是谈论一本书,都是一种行为,而且可能会导致其他行为的发生。①

在这个定义中,米勒强调了他的文学言语行为研究中的三个重要元素:作者、文本中的叙述者与人物、读者与评论家。这三个元素涵盖了文学作品从被创造到被阅读、教学和研究的整个过程。

首先,作者可以通过文本来行事,比如通过叙述者和人物来传达某种伦理观念,这样就会导致一些事情的发生。虽然作者不能简单地通过文学作品中的文字来控制读者,也不能预测读者的反应,但他们可以操纵文字,创造一个虚构的世界来实现他们的目标。就像寓言小说一样,作者可以在虚构的世界中建构各种故事,向读者传达他们的伦理观点,并引发一些改变。特别是现实主义小说,作者可能更容易在虚构世界中模仿和讽刺现实,并以此来呼吁社会的变革。作为一种行为,文学可以通过作者的创作来做事情,正如米勒所言,"写小说可能是用文字做事的方式"②。

其次,米勒认为,文学文本自身具有施为性:"文学中的言语行为可以指文学作品中的言语行为,如承诺、谎言、借口、声明、咒骂、请求宽恕、道歉、宽恕,以及由小说中的人物或叙述者所说或写的类似行为。"③ 这些行为正是奥斯汀所强调的"话语施事行为"(illocutionary act)④。在文本中,叙述者或人物的言语行为无处不在,它们可以反映或塑造人物的个性,并且可以在故事层引起某种事情的发生,最终推动情节的发展,这是文学作品中

---

① J. Hillis Miller, *Literature as Conduct: Speech Acts in Henry James*. Columbia University Press, 2005, p. 2.
② J. Hillis Miller, *Speech Acts in Literature*. Stanford University, 2001, p. 1.
③ Ibid., p. 1.
④ J. L. 奥斯汀:《如何以言行事》,杨玉成、赵京超译,商务印书馆2013年版,第xiii页。

不可忽略的内容。

最后，米勒指出，文学文本或作者在创作中呈现的施为性将通过阅读行为发挥作用，即奥斯汀所强调的"话语施效行为"（perlocutionary act）①。正如米勒所言，"阅读总是有一个施为和认知维度"②，这表明，文本中的文字具有"超越读者的思想和话语"③的力量。当读者阅读、教师教授，或学者研究这些文本中的文字时，他们会在脑海中建构自己独有的虚构世界，且与作者构想的不同。当文学作品中的情节出现不合理或不统一的情况时，我们的大脑会根据所有的证据来拼凑成一个连贯而理性的故事，这呈现了阅读的施为性。此外，读者可能会通过阅读发现文学作品的伦理主题，甚至在阅读后重新评估他们以往的伦理观点，因而会在阅读后引发一些后果。在谈论亚里士多德对悲剧的研究时，米勒提及，"亚里士多德意识到了阅读的施为性质，认为观看悲剧演出具有净化的效果。一出悲剧不仅仅是对一个行动的模仿，它旨在引起某事的发生，即净化观众的悲悯和恐惧之情"④。这里提到的"净化"（katharsis）⑤指的是亚里士多德所提及的悲剧带来的后果，而这也是作者写故事的目的。因此，施为性贯穿于文学作品的整个过程。在《阅读的伦理》中，米勒指出，"叙事是人类思维的一项基本活动，是创作小说的力量，讲故事给自己或他人听，对康德来说，叙事是一种不可或缺的桥梁，没有它，这种道德法则就无法与任何特定的行为规范的道德律联系在一起"⑥。显然，米勒肯定了叙事在将道德法则与伦理知识传递给读者过程中的重要作用。他在《阅读的伦理》中还指出，人物的言语行为与文学文本的言语行为作为一个整体可以导致某些后果。比如，俄狄浦斯的言语行为

---

① J. L. 奥斯汀：《如何以言行事》，杨玉成、赵京超译，商务印书馆2013年版，第 xiii – xiv 页。

② Julia Wolfreys, *The J. Hillis Miller Reader*. Edinburgh University Press, 2005, p. 44.

③ Ibid., p. 58.

④ J. 希利斯·米勒：《解读叙事》，申丹译，北京大学出版社2002年版，第10页。

⑤ 亚里士多德在《诗学》第6章中指出，悲剧的模仿方式是"借助人物的行动，而不是叙述，通过引发怜悯和恐惧使这些情感得到疏泄"（参见亚里士多德《诗学》，陈中梅译注，商务印书馆2018年版，第63、67页）。而他在该书中并未定义"katharsis"，译者将其译为"疏泄"。申丹在《解读叙事》一书中将该词译为"净化"，本书参照申丹的译法。

⑥ J. Hillis Miller, *The Ethics of Reading: Kant, de Man, Eliot, Trollope, James, and Benjamin*. Columbia University Press, 1987, p. 28.

——讽刺的诅咒,以及他对真理的"发现"(anagnōrisis)①,最终导致了俄狄浦斯王的悲剧,而悲剧故事本身的目的是使观众和读者得到"净化"。

在《修辞叙事学》(*Rhetorical Narratology*,1999年)中,迈克尔·卡恩斯(Michael Kearns)运用言语行为理论探讨了修辞叙事学中的核心问题——叙事元素如何作用于读者,他声称,"言语行为理论实际上为我的强语境立场(strong-contextualist postion)奠定了基础,从而也为真正的'修辞'叙事学奠定了基础"②。对卡恩斯来说,作者、读者和语境是修辞叙事学与言语行为理论的重要因素,而米勒在其文学言语行为研究中对文学作品的作者、文本本身和读者三个要素的关注与其不谋而合,可以说,米勒在文学的言语行为方面更为深入细致的研究能够极大地丰富叙事话语与修辞性叙事学研究的内容。

尽管米勒的"反叙事学"立场看似将他置于叙事学的对立面,但他实际上一直关注着叙事学的发展,并在文学批评实践中修正着叙事学概念。早在1971年,米勒就为《叙事的方方面面》(*Aspects of Narrative*,1971年)③撰写了序言,该书囊括了沃夫冈·伊瑟尔(Wolfgang Iser)、爱德华·W.赛义德(Edward W. Said)、热拉尔·热奈特等知名学者在叙事学方面的新研究。在序言中,米勒高度赞扬了批评家们为叙事学发展注入新思想所做的努力,并认为叙事学研究"在这一时期非常活跃"④。此外,他还表达了对这一领域进一步发展的期望:

> 人们可能会对这些新事物感兴趣——叙事是作者渴望弥补现实的产物,或者可能是一种自己制造意义的不完整的结构,或对"松散的"而且"无关紧要的"的叙事细节的功能展开研究,因为这些叙事细节不容易被纳入一些相关意义的整齐模式中。⑤

---

① 亚里士多德:《诗学》,陈中梅译注,商务印书馆2018年版,第71页。
② Michael Kearns, *Rhetorical Narratology*. University of Nebraska Press, 1999, p.10.
③ Wolfgang Iser, etc., *Aspects of Narrative: Selected Papers from English Institute*. Columbia University Press, 1971.
④ Ibid., p. v.
⑤ Wolfgang Iser, etc., *Aspects of Narrative: Selected Papers from English Institute*. Columbia University Press, p. vii.

随后，在为申丹的叙事学著作《短篇小说的风格和修辞：显性情节背后的隐性进程》（*Style and Rhetoric of Short Narrative Fiction: Covert Progressions Behind Overt Plots*，2014年）撰写的序言中，米勒再次对叙事学的发展表达了积极和支持的态度，并将申丹提出的隐性进程概念视为"在修辞叙事研究等公认的学科中的重大突破"[①]。此外，在《维多利亚时期小说的形式：萨克雷、特罗洛普、乔治·艾略特、梅瑞狄斯和哈代》、《阿里阿德涅之线：故事线条》（*Ariaden's Thread: Story Lines*，1992年）、《小说与重复：七部英国小说》、《共同体的焚毁：奥斯维辛前后的小说》等多部著作中，米勒深入探讨了叙事学概念中存在的问题，并初步建构了自己的叙事研究方法。

总之，从新批评到言语行为研究，米勒对文学研究的探索经历了深刻的变化，并见证了美国文学研究领域的巨大变革。尽管米勒的研究重点发生了变化，但他一直致力于钻研文学作品的写作、阅读、教学和研究的实用方法，而不仅仅是理论研究。因此，对米勒来说，文学文本与语言仍然是研究的中心，这极大地激励了文学研究各个领域的发展，包括西方叙事学。基于以上分析，米勒的叙事学思想深刻地融入他的文学批评轨迹中，是他的文学批评研究中不可忽略的一部分，且米勒对叙事学的兴趣从未减弱，他的一系列的著作与论文都丰富了叙事学的内容。下文将继续梳理和分析米勒的叙事学思想的研究现状。

## 二、米勒叙事学思想研究现状概述

米勒是文学领域的杰出学者，他的文学批评在世界范围内受到了广泛关注。雅克·德里达高度赞扬了米勒对文学研究的贡献，并以他的名字中的"J."为题将他命名为"正义"（The Just）[②]，而艾布拉姆斯则通过命名米勒为"解构的天使"（The Deconstructive Angel）[③] 对他的解构主义批评方法进行了批判。早在20世纪60年代，米勒的几部代表作就引起了欧美文学界的

---

① Shen Dan, *Style and Rhetoric of Short Narrative Fiction: Covert Progressions Behind Overt Plots*. Routledge, 2014, p. xii.
② Jacques Derrida, "Justices." *Critical Inquiry*, Vol. 31, No. 3, 2005, p. 691.
③ M. H. Abrams, "The Deconstructive Angel." *Critical Inquiry*, Vol. 3, No. 3, 1977, pp. 425 – 438.

广泛关注,很快就相继出现了一些关于他的文学批评的研究。从 20 世纪 90 年代到 21 世纪,关于米勒文学批评的研究开始在世界范围内迅速增长。根据现有统计的研究概况,目前在中国和西方,大多数研究集中在米勒的意识批评、解构主义批评、文学言语行为研究和新时代文学的发展上。比如,张隆溪在《二十世纪西方文论述评》(1986 年)的"结构的消失——后结构主义的消解式批评"这一章中将米勒作为"耶鲁学派"的一员介绍给了中国学者,成为国内最早介绍米勒解构主义批评的学者。肖锦龙的著作《意识批评、语言分析、行为研究:希利斯·米勒的批评之批评》(2011 年)介绍并深入探讨了米勒在三个主要阶段的文学批评中的成就与局限性;同时,该书还结合米勒所研究的文学文本,将米勒的文学批评实践放在了重要的位置。2020 年,张旭出版了《多维视野下的希利斯·米勒文论研究》一书,涵盖了米勒早期的意识批评和中后期的文学言语行为批评、解构主义翻译观、文学伦理观、全球化时代的比较文学观等内容,成为目前国内较为全面介绍米勒文学批评的研究著作。米勒对文学语言和文本内部结构十分着迷,而他在叙事研究上的独特观点却未受到重视,或被归属于他的其他批评中。尽管如此,仍有一些学者关注到了米勒文学批评的叙事维度。考虑到研究米勒文学批评的文献数量之多,而本书篇幅有限,因此,以下将主要集中分析研究他的叙事学思想方面的文献。

## (一) 国内外研究米勒叙事学思想的现状

国内外学者对米勒的叙事学思想的关注是从他的"反叙事学"开始的。2001 年,中国学者申丹发表了一篇名为《解构主义在美国:评 J. 希利斯·米勒的"线条意象"》的论文,并在文中分析了米勒在《解读叙事》中对叙事线条的研究。申丹指出,米勒从解构的角度研究了小说中的叙事线,并试图证明叙事线的复杂性、无限性、不连续性和可重复性,这与结构主义者对叙事线条的逻辑性、完整性和有限性的信念背道而驰。申丹还指出,米勒对俄狄浦斯王和亚里士多德《诗学》的研究实际上混合了叙事学中的"话语"(discourse)与"行动"(action)[①]。申丹认为,结构主义批评是建立在文学文本的疆域之上的,但米勒在解构主义批评中致力于超越或打破文学文本的

---

[①] 申丹:《解构主义在美国——评 J. 希利斯·米勒的"线条意象"》,载《外国文学评论》2001 年第 2 期,第 8 页。

疆域,因此,她认为结构主义的微观视角和解构主义的宏观视角是相辅相成的。

2003年,申丹发表了另一篇专门讨论米勒的"反叙事学"的论文——《结构与解构:评J.希利斯·米勒的"反叙事学"》。她指出,米勒的《解读叙事》是与热奈特的《叙事话语》的对话,且热奈特致力于创造和区分各种概念,来描述文学文本中所使用的结构或技巧,从而揭示文本的意义;而米勒从解构的角度出发,采用同样的技巧来说明意义的复杂性和模糊性,以及结构是不可能存在的事实。因此,结构主义的概念实际上已经成为解构主义者分析的对象或工具。申丹还指出,米勒的分析主要停留在话语层面,比如他对故事中叙述者的声音与序言中作者的声音、叙述者与人物的自由间接引语之间的差异的关注。在这篇文章中,申丹分析了米勒与结构主义叙事学家里蒙-凯南(Shlomith Rimmon-Kenan)的对话,并从四个方面评论了他们对于"歧义"(ambiguity)的探讨:①米勒和里蒙-凯南之间的分歧代表了结构主义和解构主义之间的冲突;②他们的分歧在于分析的目的和结果,而不是分析的方法和内容;③里蒙-凯南从宏观角度论证了她对歧义定义的局限性;④米勒尊重预定的理论框架,而非实践中的阐释结果,当结果与理论框架不匹配时,米勒将其定义为"失败",而不是通过实践来修正它。申丹最后得出结论:首先,解构主义为文学批评带来了全新的视角和巨大的动力,它打破了逻各斯中心主义和传统的束缚,极大地激活了批判性思维,但它具有的"预先判断和不容改变"的特点可能导致"分析中的偏误"。[①] 其次,结构主义叙事学以同样的立场对解构主义批评持完全排斥的态度,从而忽视了它们之间的某些互补的内容。

在由芭芭拉·L.科恩(Barbara L. Cohen)与德甘贡·库云季奇(Dragan Kujundzic)编著的《对阅读的挑衅:J.希利斯·米勒与即将到来的民主》(*Provocations to Reading: J. Hillis Miller and the Democracy to Come*, 2005年)中,申丹的文章《拓宽视野:论J.希利斯·米勒的反叙事学》("Broadening the Horizon: On J. Hillis Miller's Ananarratology",第14~29页)列于本书第二章。在这篇文章中,申丹从结构主义叙事学家的角度详细分析了米勒在其著作《解读叙事》中如何解构亚里士多德所规定的开头

---

[①] 参见申丹《结构与解构:评J.希利斯·米勒的"反叙事学"》,载《欧美文学论丛》2003年第1期,第270页。

与结尾的完整性,以及中间的连续性。她认为,"结构主义叙事学和米勒的'反叙事学'之间的区别,在本质上是一种完全按照叙事惯例运作的方法之间的区别",且两者之间存在一定的"互补关系"。① 面对结构主义叙事学与解构主义之间的冲突,申丹指出,"只有采取这两种观点,才能更全面、更平衡地描绘叙事线条的开始与结束"②。接下来,申丹分析了米勒的自由间接话语和反讽,她指出,"米勒似乎把反讽作为一种修辞手段和内在的颠覆力量"③,并以此来颠覆叙事线的稳定性。最后,申丹探讨了米勒与里蒙-凯南的对话,她认为,里蒙-凯南的"歧义"符合米勒所谓的"不可确定性"(undecidability)的定义,并最终得出结论:"米勒的'反叙事学'质疑了那些被看作理所当然的东西,并解构了各种约定俗成或传统的边界,从而拓宽了批评与智性视野。"④

2005年,申丹在其新出版的著作《英美小说叙事理论研究》中介绍了传统小说、现代小说和后经典小说的叙事理论,并在第十三章"米勒的'反叙事学'"(第326~359页)中整合了自己前期对米勒的"反叙事学"的研究。在这一章中,申丹集中探讨了米勒对亚里士多德《诗学》的解构、叙事线条中部的不连续性、(自由)间接言语与反讽,以及米勒与里蒙-凯南的对话。申丹是国内最早关注米勒叙事学批评的学者,她的研究不仅从叙事学和西方文学理论的广阔视野对米勒的"反叙事学"做出了中肯的评价,还肯定了米勒的"反叙事学"对整个叙事学研究所做出的贡献。然而,强化米勒对结构主义叙事学的否定和解构也导致了很多学者始终将米勒置于叙事学的对立面,从而忽视了他在分析中对叙事学概念的应用、肯定及修正的内容。此外,申丹的研究主要集中于米勒在《解读叙事》一书中的叙事构想,实际上米勒在《阿里阿德涅之线:故事线条》《图绘》《地形学》《小说与重复》《维多利亚时期小说的形式:萨克雷、特罗洛普、乔治·艾略特、梅瑞狄斯和哈代》《共同体的焚毁:奥斯维辛前后的小说》等著作中都表达了他对叙事学范式与概念的看法,因此,仅以《解读叙事》这本著作为中心并不能建构米勒完整的叙事观。

---

① Shen Dan, "Broadening the Horizon: On J. Hillis Miller's Ananarratology." In Barbara Cohen and Dragan Kujundzic, *Provocations to Reading*. Fordham University Press, 2005, p. 18.
② Ibid., p. 20.
③ Ibid., p. 24.
④ Ibid., p. 29.

## 否定　修正　创新：J. 希利斯·米勒叙事学思想研究

在美国，德鲁大学（Drew University）的莎伦·霍纳·斯维尼（Sharon Hohner Sweeney）在她的博士论文《用热拉尔·热奈特的叙事理论来研究弗吉尼亚·伍尔夫的叙事策略》（*Using Gerard Genette's Narrative Theory to Study Virginia Woolf's Narrative Strategies*，1989 年）中比较了米勒与热奈特的叙事策略。在论文中，她表明，米勒与热奈特的叙事策略在研究伍尔夫的作品方面都很重要，"因为他们都研究叙事传统"①。她还指出，米勒试图"在二十世纪的作家中找到某种连续性"②，例如，他在《小说与重复：七部英国小说》中运用"全知叙述者""间接引语"等叙事学概念分析了维多利亚时期的小说（包括伍尔夫的两部著作），并将它们视为贯穿于维多利亚时期小说的重要元素。在对二者的比较上，斯维尼认为，热奈特作为法国结构主义的代表，他在《叙事话语》中创建了一种叙事学范式来分析经典作品，而作为解构主义者的米勒显然是反对这种范式的，且他在《阿里阿德涅之线：故事线条》中用线条意象表现了叙事"迷宫"（labyrinth）的复杂性，这为我们进一步探讨解构主义叙事观与结构主义叙事学的比较与联系提供了参照与借鉴。

除了"反叙事学"，还有一些中国学者从更为广阔的视野对米勒的叙事学研究做出了评价。例如，陈晓明在《美国解构主义在中国的传播与接受分析》一文中分析了新批评与叙事学在美国解构主义中的共存。陈晓明认为，米勒的《解读叙事》可以作为解构主义叙事理论，而《修辞性叙事学》（*Rhetorical Narratology*，1999 年）、戴维·赫尔曼的《新叙事学》（*Narratologies*，1999 年）和马克·柯里（Mark Currie）的《后现代叙事理论》（*Postmodern Narrative Theory*，1998 年）在一定程度上与解构主义有关。陈晓明声称，米勒的"反叙事学"调和了结构主义与解构主义之间的对抗，吸收了结构主义叙事学中的某些概念和术语。至于申丹对米勒叙事学思想的研究，陈晓明认为，申丹努力将米勒后期的批评与中国叙事学的研究联系起来是可行的，他还评论道，将"米勒归为新批评和叙事学这一脉络，可能更具有现实感"③。此外，程朝翔在《意义与方法：21 世纪文学世界的重构——新

---

① Sharon Hohner Sweeney, *Using Gerard Genette's Narrative Theory to Study Virginia Woolf's Narrative Strategies*. Doctoral dissertation of Drew University, 1989, p. 10.
② Ibid., p. 10.
③ 陈晓明：《美国解构主义在中国的传播与接受分析》，载《文艺理论研究》2016 年第 6 期，第 51 页。

世纪英美文学界对于文学研究方法论的反思》一文中探讨了米勒的叙事观对已有的叙事理论的重新评价。他表明，米勒尖锐地指出了叙事学研究中存在的四个重要的问题：①"不可靠的叙述者"；②"'聚焦'与'视角'之类的空间视觉概念"；③"全知叙述者"；④"叙述者与人物"和"真人或者准真人"是否能"保持一致和统一的身份"。① 程朝翔认为，米勒指出了叙事学中的局限性，从而为我们重新思考纯形式主义方法创造了机会。

此外，也有学者从米勒对叙事学概念的运用与批判出发来研究米勒的解构主义批评方法。在《在理论与实践之间：J. 希利斯·米勒解构主义文论管窥》（2011年）一书中，申屠云峰和曹艳在第三章"非线性的叙事学"中重点探讨了米勒对传统叙事学即结构主义叙事学的质疑和解构。该书主要从五个方面来探讨米勒的叙事批评：①叙事线条与重复。在米勒看来，"线条意象"代表了逻辑中心主义，而对于结构主义叙事学家来说，叙事线也被视为单一、完整和统一的叙事线，但米勒证明了叙事线可以是双重的，并将非理性、对话与非逻辑性元素带入叙事，从而颠覆这种逻辑中心主义。②叙事意象与互补论。叙事线在叙事学家眼中是笔直的，而米勒解构了开头和结尾的完整性以及线条中部的连贯性，作者也论证了解构主义批评与结构主义叙事学的相辅相成关系。③米勒对"情节"的解构。因果性和逻辑性被结构主义叙事学家视为情节中最重要的因素，但米勒通过强调上帝对俄狄浦斯的诅咒的非理性和语言的反讽性解构了这一信念。④"人物"。作者从作为人物本身的"人物"、作为性格的"人物"以及作为驱邪性的"人物"三个方面探讨了米勒所建构的"人物"观。⑤叙事中的主体间性。作者认为，主体间性是结构主义叙事学中的一个关键因素，米勒对主体间性的讨论主要集中在自我与他者之间的关系上，从而解构了形而上学的统一自我概念。② 总的来说，该书对米勒的解构主义叙事学进行了比较全面的研究，并与米勒和申丹进行了对话，但该书作者对申丹的研究的一些结论与批评过于绝对和仓促，比如叙事学与解构主义之间的关系的结论，这显然还需要进一步讨论。

---

① 参见程朝翔《意义与方法：21世纪文学世界的重构——新世纪英美文学界对于文学研究方法论的反思》，载《社会科学研究》2010年第5期，第55页。
② 参见申屠云峰、曹艳《在理论与实践之间：J. 希利斯·米勒解构主义文论管窥》，光明日报出版社2011年版，第112～171页。

否定　修正　创新：J. 希利斯·米勒叙事学思想研究

　　针对米勒后期的文学言语行为研究，谢龙新在其博士论文《文学叙事与言语行为》（华中师范大学，2011 年）中深入探讨了米勒的言语行为研究与叙事学之间的关系。他指出，米勒在文学研究中应用了言语行为理论，并从三个方面定义了文学言语行为：文本中的言语行为、文学文本作为一个整体的施为作用、如何通过文学来做事。谢龙新提到，在米勒的文学言语行为研究中，叙事可以构建一个虚构的世界，反映并影响着现实世界，因此，他认为米勒对文学言语行为的定义对研究"叙事述行"（narrative performative）具有启发性和重要意义。谢龙新指出，米勒强调了文学构建虚构的世界的功能以及作用于读者的功能。关于言语行为如何建构故事世界的问题，谢龙新认为，言语行为研究与叙事学相结合的关键是读者在后经典叙事学中的突出地位，而对后经典叙事学家来说，阅读被视为一种言语行为，因此它不仅可以构建叙事文本，而且可以对真正的读者产生影响。谢龙新指出，像米勒这样的评论家受到了言语行为理论的影响，因此能够建立自己的叙事理论。谢龙新的研究对以往集中于米勒的解构主义叙事观的研究是一种突破，但其论证中不乏误译与不严谨的地方，如将"performative"一词译为"述行"显然不符合奥斯汀区分"施行话语"（performative utterance）与"记述话语"（constative utterance）的意图。"述行"二字造成了"施行话语"与"记述话语"的混淆，也给后续研究者带来困扰。作者应充分理解奥斯汀对"performative"的定义并将其准确地译为"施行"，这也是值得其他学者注意与进一步研究的地方。此外，"narrative performative"这一所谓的"术语"并未出现在其他言语行为研究的权威著作中，应为谢龙新所创造。根据米勒在《文学中的言语行为》一书中的论述，该书在第 154 页出现了"performative narrative"的表述（本书第四章另有详细阐释），因此，谢龙新此处创造的"术语"存在的合理性还需进一步论证。

　　除了这些重要的研究外，部分学者在对米勒文学批评进行整体研究时也将米勒对叙事学概念的应用纳入其中。例如，在陈聪与曹立华的文章《希利斯·米勒早期的文学语言观研究》中，他们提到了米勒在维多利亚时期小说形式中对叙事时间的独特看法。与热奈特在叙事时间中对顺序、时距与频率等要素的探索不同，米勒将叙事时间分为"作者的时间、叙述者的时间、小说中人物的时间",以及"心理时间、现实时间"与"时间的重叠"等。① 在陈聪和王玫的文章《希利斯·米勒的解构主义语言观研究》中,他们简要介绍了米勒在《小说和重复:七部英国小说》中的人物观和叙事视角研究。这些研究提醒我们,叙事学元素是米勒文学批评中不可或缺的组成部分。

(二) 对当下研究现状的反思

总的来说,学者们对米勒的文学批评的研究大大提升了米勒在全球的影响力,并不断为文学领域带来新的问题与思考。学者们就米勒在叙事学方面的一些零散的研究也在不断地提升人们对米勒的文学批评中这一方面内容的重视,当然,他们的研究也存在明显的局限性和有待完善的地方。从整体来说,国内外学者对米勒的文学批评的研究尚有如下局限性。

第一,由于米勒文学批评和理论的深度与复杂性,以及翻译带来的困难,米勒的作品在中国,甚至在美国也经常遭遇误读。此外,由于各式各样的误读,米勒本人也同样遭遇被乱贴标签的窘状。根据笔者在2019—2020年间与米勒本人通过邮件交谈的内容以及对其著作与文章的细致解读,笔者认为,正如他本人在《文学死了吗》一书中反思文学理论的繁荣发展一样,米勒60余年间所关注的重点在于对文学作品的深入阐释,而非着眼于对理论的发展。因此,学者们加在其身上的"解构主义理论家""文学理论家"或"叙事学家"等标签均为对米勒的误读。为了避免类似于"巴尔扎克之蛇"②的错误,学者们应该对米勒的作品采取更为客观的态度,而不应将自己的预设强加于米勒的研究。

第二,目前我国大多数研究仍然局限于米勒的早期文学批评,特别是他在20世纪八九十年代的解构主义批评,这导致米勒长期被固化为一个"解构主义批评家"。此外,一些对米勒的解构主义批评的研究也只是对前人研究的重复,缺乏创新性,或者只是对米勒的解构主义批评的概括总结,而并

---

① 参见陈聪、曹立华《希利斯·米勒早期的文学语言观研究》,载《沈阳师范大学学报》2019年第2期,第138页。

② 转引自米勒的《解读叙事》第六章"巴尔扎克之蛇"。米勒在该章中指出,巴尔扎克在引用斯特恩的《项狄传》中的一条曲线时篡改了原文,导致后来的编辑在1869年的版本中将画成了一条清晰可辨的蛇。也就是说,学者在研究米勒的文学批评时应尊重米勒的客观陈述,不应将自己的预设套在米勒的文学批评上,甚至篡改米勒的原意。

未对其进行批判式解读。因此，目前国内一些对米勒解构主义批评的研究只是印证了他们是西方文学批评的追随者，而如何与米勒形成对话，甚至在米勒现有的研究基础上进行创新和延伸才是当务之急。申丹对米勒"反叙事学"的批判体现了一个批评家的犀利目光与敏锐感悟，为其他学者树立了榜样。

第三，除了茱莉亚·沃尔夫莱（Julia Wolfreys）编写的《J. 希利斯·米勒读本》(*The J. Hillis Miller Reader*，2005 年)、张旭撰写的《多维视野下的希利斯·米勒文论研究》(2020 年) 这样旨在全面介绍、分析米勒文学批评的著作外，目前国内外其他研究仍仅限于米勒文学批评的某一个方面，如对其解构主义批评研究的关注，而针对其文学批评的系统性研究还较为匮乏。秦旭在其著作《J. 希利斯·米勒解构批评研究》中这样评价米勒的成就：米勒的解构主义批评理论体系"博大精深，纷繁复杂，富于创新"，米勒的学术成就是"欧陆哲学与美国文学批评实践相结合的典型范例"，且米勒的学术道路"代表了美国战后文学批评发展的重要轨迹"[①]。诚然，米勒一直站在美国文学批评的前沿，针对米勒的文学批评的全面、系统性研究不仅能够挖掘出他文学批评转向的内在原因，也能够帮助人们深入探究整个美国文学批评转向的内在原因。

第四，近年来，米勒仍在出版新的作品，展示了他对文学研究的新见解，比如他近年发表在《外国文学研究》上的文章《今日的图像与文本》（"Image and Text Today"，于 2019 年 8 月发表），以及著作《文学思考的洲际对话》(*Thinking Literature across Continents*，2016 年)、《小说中的共同体》(*Communities in Fiction*，2015 年) 等。忽视米勒的最新作品和新观点将会导致研究的不完整，也使得学者们无法看到他的文学批评中丰富的内容。正如米勒在 2015 年回复中国学者张江的一封信中所说，《小说与重复：七部英国小说》已经是 1982 年出版的作品了，"之后我又出版了大量书籍，发表了多篇论文，我希望我所做过的这些事情至少可以适度发展我的观点。我还希望中国读者也会读我最近所写的一些文本"[②]。因此，学者们应当关注米勒的新作中的新观点，并与其以往著作中的观点进行对比研究，从而形

---

① 秦旭：《J. 希利斯·米勒解构批评研究》，社会科学文献出版社 2012 年版，第 9 页。
② J. 希利斯·米勒：《"解构性阅读"与"修辞性阅读"——致张江》，王敬慧译，载《文艺研究》2015 年第 7 期，第 68 页。

成完整的批判研究。

第五，截止到2021年，米勒共出版及发表了30余部著作、数百篇学术论文，他的学术思想都体现在这些学术成果中。然而，米勒并不是在一部著作中仅集中探讨一个观点，可以说，他在某一方面的研究是分散在多本著作与论文中的，而目前国内外的研究仅针对其《小说与重复：七部英国小说》《解读叙事》《文学死了吗》等几本有影响力的书进行解读，从而使得他的某些作品成了孤立的研究对象。以解构主义批评为例，实际上，米勒的解构主义批评可以说是贯穿于大多数著作和论文中，如果孤立地研究某一部作品而忽略了他在其他著作中延伸的观点，那么，即使是仅专注于米勒文学批评的某一方面也无法对该观点形成一个完整的认识。

第六，米勒的研究都源于其对经典文学作品的阐释，比如他对维多利亚时期小说的研究，且米勒对康拉德、伍尔夫、亨利·詹姆斯、狄更斯、乔治·艾略特、特罗洛普、卡夫卡等作家的作品的独创性研究更是解读这些文本的范例。此外，米勒还运用不同的方法反复研究某些文学作品，例如，通过撰写《黑暗》("The Darkness")①、《再读〈黑暗之心〉》("*Heart of Darkness* Revisited")②、《约瑟夫·康拉德：我们应该读〈黑暗之心〉吗？》("Joseph Conrad: Should We Read *Heart of Darkness*?")③ 和《再谈"再读〈黑暗之心〉"》("Revisiting '*Heart of Darkness* Revisited'")等内容④，米勒在不同的批评阶段展示了其对康拉德的经典作品《黑暗之心》的不同看法，在康拉德研究领域做出了突出的贡献。米勒的大多数著作是以文本阐释为主，可以说是当下文学批评最好的范本，然而，目前鲜有学者关注米勒在文学作品阐释方面的独特贡献。

第七，米勒的研究与同一时期解构学派的德里达、德曼、布鲁姆、哈特曼的研究有交叉的部分，但米勒的研究也有自己鲜明的特点，却时常被归入整个解构学派中进行研究，这使得他研究中的独特性被抹杀了。目前，国内外对米勒与其他解构学派成员之间的研究的继承与发展关注较少，因而很难

---

① 收录于其著作《现实的诗人：六位二十世纪作家》(*Poets of Reality: Six Twentieth-Century Writers*, 1969)。
② 收录于其著作《修辞、寓言、施行话语：二十世纪文学研究的论文》(*Tropes, Parables, Performatives: Essays on Twentieth Century Literature*, 1991)。
③ 收录于其著作《他者》(*Others*, 2001)。
④ 收录于其著作《解读康拉德》(*Reading Conrad*, 2017)。

对米勒的研究与同时期的学者进行横向比较。

至于学者们对米勒叙事学思想的研究，择其要者简述如下。

第一，目前的研究主要从解构主义与言语行为研究的角度来看待米勒的叙事学思想，而对他在《维多利亚时期小说的形式：萨克雷、特罗洛普、乔治·艾略特、梅瑞狄斯和哈代》《小说与重复：七部英国小说》《阿里阿德涅之线：故事线条》《地形学》《共同体的焚毁：奥斯维辛前后的小说》等著作中所建构的叙事研究方法并未给予更多的关注，从而导致研究的片面性。

第二，对米勒的"反叙事学"的强化导致了米勒长期被置于叙事学研究的对立面，同时也导致了学者对他在解构中所建构的叙事观的忽视。

第三，根据现有文献，所有的研究只涉及米勒的叙事学思想的某一方面，较为零散，可以说在这方面尚未形成一个系统、完整的研究。因此，在这些分散的研究中，米勒的叙事学思想特点并不突出。

第四，一些研究中出现明显错误，比如"narrative performative"的译法。部分研究也只是对米勒叙事学思想某一方面进行梳理和概括，并未与米勒形成对话。

基于以上分析，尽管米勒的叙事思想并不像其他叙事学家那样集中在他的作品中，但它们实际上包含了丰富的内容，并丰富了经典叙事和后经典叙事的内容。根据以往学者对米勒文学批评的研究，显然大多数评论家只有限地关注了米勒批评的某个方面，尤其是他的解构主义批评，忽视了他的最新作品中呈现出来的新观点，从而导致了研究的不完整性。叙事学思想是贯穿于米勒的文学批评始终的内容，因此，本书试图从叙事学批评的角度对米勒的文学批评进行更系统且完整的研究，并在其他学者的研究基础上，从否定、修正和创新三个维度进一步探讨米勒对叙事学研究的特殊贡献，这将为叙事学的发展注入新的活力。另外，从亚里士多德的《诗学》到当今关于叙事学各方面的研究，西方叙事学虽经历了起起落落，但仍然在当今文学研究领域中表现出强大的生命力与日益强大的力量。研究米勒对西方叙事学的否定、修正和创新，无疑可以为这一领域的研究注入活力，拓宽叙事学研究的视野，因此，通过对米勒的叙事学思想的探讨，本书将丰富整个叙事学研究的内容，并解决当下叙事学发展中的一些问题。

首先，从研究的创新性来说，目前国内外对米勒的文学批评的研究已经是汗牛充栋了，根据"研究现状"部分的分析，学者们的研究重点主要是

# 导 论

在米勒的解构主义批评、文学言语行为、语言观等方面，或者是根据时间线归纳、罗列米勒的文学批评的四个阶段，他在叙事学研究中的贡献是被忽略的。米勒在自述中提到了他撰写的四本关于叙事理论研究的著作，但遗憾的是仅有乔纳森·卡勒、申丹、陈晓明、程朝翔等学者在他们的研究中提到过米勒在叙事学方面的贡献，且除了申丹对米勒的"反叙事学"内容做过一些研究外，其他学者仅对米勒在叙事学方面的研究一笔带过，那么本书可以说是国内较早完整且系统性地呈现米勒的叙事学思想的研究。其次，本书中所提出的"否定""修正""创新"是针对米勒的叙事学思想凝练出的三个关键词。这三个关键词是基于与现有的叙事学体系进行对比得来的，且三个关键词并非独立存在，而是有一种互相关联、互相包含的逻辑联系。就米勒的"反叙事学"而言，这是米勒在否定结构主义叙事学的理论范式时提出来的，但他在否定的同时又对原有的叙事学范式进行了修正和创新。比如米勒在重新审视亚里士多德的《诗学》中建构的单一的叙事线条时，对这种单一的线条进行了否定，进而创新性地提出了双重甚至多重叙事线条的概念，弥补、修正了学者们在叙事学线条研究上的不足。此外，本书的主要目的并不是梳理、呈现米勒的叙事学思想，而是要在当下的叙事学理论框架下凸显米勒的贡献，也就是理清他的思想对当下叙事学发展有哪些否定、修正和创新的地方，从而对他的叙事学思想做出一个价值判断。米勒在撰写自己的叙事理论著作时并未参照或对比已有的叙事学著作，而仅在做自己的阐释。因此，本书将他的叙事学思想置于已有的叙事学框架中进行对比研究便能凸显对米勒的叙事学思想的价值判断，且本书在呈现米勒的叙事学思想时也并非认同他所有的观点，而是对其论断中的局限性进行了批判式解读。最后，本书的前三章聚焦于米勒的"反叙事学""非线性叙事学"以及他对叙事学概念的解构与重构，这主要是基于米勒本人的研究。本书的后两章侧重于米勒的叙事学思想中的创新内容。比如"施行叙事"研究，这个术语仅在米勒的《文学中的言语行为》这本书中一闪而过。米勒认为，将言语行为理论运用于叙事理论研究中将会为叙事理论研究带来新的变化。然而，他并未就此展开论述，未能说明究竟如何能改变现有的叙事理论研究。但这句话给了笔者启发，通过细致的对比研究，笔者发现可以从施事话语和叙事话语、言语的施效行为和修辞性叙事学的结合来研究"施行叙事"这个新的内容。笔者还发现，当人们用言语行为理论去探讨叙事学的范式时，经典和后经典叙事学之间的界限完全被打破了，而且这个研究也衍生出了一些新内容,比如对查特曼的叙事交流模式的重新建构等。再比如"共同体叙事"的内容,米勒早在20世纪60年代就将社会学、人类学等其他学科中关于共同体的研究引入文学研究领域,且在其2011年的著作《共同体的焚毁:奥斯维辛前后的小说》和2014年的著作《小说中的共同体》中开始在叙事学的框架中思考共同体的问题。米勒借用全知叙述者、聚焦、叙事交流、自由间接引语等概念探讨了经典文学作品中共同体的建构与崩溃,比如维多利亚时期小说中对英国中产阶级共同体的建构,以及在卡夫卡小说中法律言语行为失效所导致的共同体的崩溃。笔者不仅对米勒提出的"共同体叙事"进行了系统化的研究,还通过对比研究将其归入跨学科叙事学方面的创新性研究。

就研究的难点而言,首先,米勒的叙事学思想并不集中,而是分散于其多部著作与论文中,且未像热奈特的《叙事话语》那样形成一个框架和体系。而且,米勒的著作并不集中探讨文学批评的某些问题,而是在文学文本的解读中零散地涉及一些论点。因此,梳理与整合的基础工作难度较大,而要在此基础上对其进行批判式地解读则需要做更多的工作。其次,对米勒的叙事学思想的研究并不是仅靠简单地罗列其思想要点便能得出结论的,而是要建立在熟知叙事学的发展史、重要概念等基础上才能做一个对比的研究。因此,研究者不仅要熟知米勒的观点,还要对叙事学发展史和重要概念有清晰的认识。此外,由于米勒对叙事学的一些思考未形成一个体系,本书避免使用"理论"一词来概括他在叙事学中的贡献。实际上,米勒在探讨叙事学问题时将哲学思想融合在了自己的研究中,涉及从亚里士多德、柏拉图到尼采、黑格尔、康德、海德格尔再到福柯等人的哲学思想,建构了一种比较宏大的研究面,而且他也时常把现实中的政治制度、社会问题归入研究范畴。申丹在点评米勒的叙事研究时也说过,相对于米勒的研究来说,叙事学的视角显得非常微观。因而笔者在综合考虑下使用了"思想"一词来定义米勒在叙事学方面的研究。然而,这也会为定位米勒的叙事学思想带来困难,无法将其归入叙事学的分类之中,笔者认为这也是造成米勒在叙事学史中缺席的一个重要原因。

为了克服以上困难与局限性,笔者搜集了J. 希利斯·米勒的原作,包括他出版的书籍、发表的学术论文、公开的演讲、接受的采访等。通过仔细阅读所有相关材料,参照整个现当代西方文学理论发展的脉络,尤其是新批评、现象学、结构主义、解构主义批评,以及亚里士多德、康德等哲学家的思想，笔者对米勒文学批评的转变及其叙事学思想进行了分析。此外，笔者一直关注米勒最新的研究动态，如他近年来对共同体叙事的研究，以及叙事学在当下的最新发展方向，如图像叙事学、地理叙事学新方向等。在对米勒的西方叙事学思想进行更全面的研究时，笔者也参照了米勒的最新作品以及叙事学的新发展趋势，力图使本书呈现一个较为完整的研究。在理论之外，米勒的文学批评均以文学文本为基础，因此，这个研究必须建立于广泛阅读英美文学经典著作的基础上，尤其是米勒重点研究的作家的作品，如亨利·詹姆斯、查尔斯·狄更斯、约瑟夫·康拉德、弗吉尼亚·伍尔夫、卡夫卡、乔治·艾略特、特罗洛普等作家的部分作品。在本书中，笔者结合了经典的文学文本来深入探讨米勒的叙事学思想，而非泛泛地谈理论。此外，笔者也广泛收集了知名学者对米勒文学批评的研究，包括对他的作品的研究以及对他文学批评的局限性的分析等，尤其是申丹、马克·柯里这样知名的叙事学家的研究，这将有助于对米勒的文学批评进行更为深刻的批判性解读。

为了全面考虑米勒对西方叙事学的批评，本书主要采用了两种研究方法：①比较法。将米勒的叙事学思想与现有的叙事学研究方法进行对比，分析米勒对现有的叙事学研究方法的否定、修正与创新，从而凸显米勒的叙事学的独特之处，以及他的研究对叙事学发展的贡献。②辩证的研究方法。将米勒的"反叙事学"视为叙事学发展的一体两面，即叙事学的"他者"存在，而非一种弱化或彻底否定叙事学发展的力量。二者互相依存和补充，故不能轻易地否定"反叙事学"的贡献，这也是本书的价值所在。

# 第一章 "反叙事学": 米勒的解构主义叙事学立场

叙事学的传统可以追溯到亚里士多德的《诗学》(*Poetics*)。经历了从经典到后经典叙事学的发展，叙事学依然在当今研究领域展现出蓬勃的生命力，不断地为文学研究提供新方法、新视角。根据戴维·赫尔曼编写的权威叙事理论词典，"叙事学"（narratology）一词是由茨维坦·托多罗夫（Tzvetan Todorov）在1969年的《〈十日谈〉语法》(*Grammaire du Décameron*)一书中提出的，指的是叙事科学。① 在新批评与结构主义的影响下，以专门分析文学文本内部结构与规律的结构主义叙事学逐渐形成，后被称作经典叙事学（classical narratology）。在热拉尔·热奈特、里蒙-凯南、杰拉德·普林斯（Gerald Prince）等结构主义叙事学家的影响下，经典叙事学不断发展壮大，形成一套有完整的体系与概念指导的学科。根据莫妮卡·弗卢德尼克的说法，"经典叙事学是一个涵盖了大部分叙事理论发展史的阶段"②，因为叙事学中的大多数术语与范式都是在这一时期建立起来的，这为叙事学的后期发展奠定了坚实的基础。

米勒认为，"叙事学可以被视为结构主义的分支"，它是一种"'二战'后兴起的解释模式"，而且它"和结构主义策略甚至可以被定义为一种对抗非理性进逼的形式"。③ 米勒在这里所指的是经典叙事学，而他作为解构主义批评学派代表人物也必然会对结构主义叙事学建立的范式做出批判。米勒在其1998年的著作《解读叙事》(*Reading Narrative*)中公开表达了自己对

---

① David Herman, Manfred Jahn, and Marie-Laure Ryan, *Rouledge Encyclopedia of Narrative Theory*. Routledge, 2005, p.692.

② 詹姆斯·费伦、彼得·丁.拉比诺维茨主编：《当代叙事理论指南》，申丹、马海良、宁一中、乔国强、陈永国、周靖波等译，北京大学出版社2007年版，第23页。

③ 参见 J. 希利斯·米勒《共同体的焚毁：奥斯维辛前后的小说》，陈旭译，南京大学出版社2019年版，第132页。

叙事学所建构的科学研究方法的反对态度，并将该书称为"反叙事学"著作，表明了自己与叙事学家截然相反的解构主义叙事立场。在该书中，米勒不仅指出了叙事学源头《诗学》中的自我解构内容，还批判了热奈特在《叙事话语》中创建的叙事学理论，随后，米勒又与里蒙-凯南就叙事学中的问题展开了对话，重申了其解构主义叙事学的立场。中国叙事学家申丹将米勒称为唯一一位"直接与叙事学家展开系统深入的对话"的有影响的解构主义学者。①

## 一、作为后现代叙事理论表征的解构主义批评

在米勒的《解读叙事》出版的同一年，马克·柯里出版了《后现代叙事理论》（*Postmodern Narrative Theories*，1998）一书。在该书中，柯里总结了后现代叙事理论的三大突出特征——"多样化""解构主义"和"政治化"②，且重点探讨了叙事学在后结构主义批评冲击下的运行方式。柯里认为，"解构主义这个术语可以当作一把伞，在它的庇佑下，叙事学中很多最重要的变化都可以描述，尤其是便于描述那些脱离了结构主义叙事学的科学化轨迹的新变化"③。可见，尽管米勒在其解构主义叙事研究代表著作中申明了自己"反叙事学"的立场，柯里依然肯定了解构主义批评对叙事学的贡献，尤其是在超越结构主义叙事学的局限性上的积极作用。

"解构"这一概念十分容易令人产生误解，米勒认为它暗示着"这种批评是把某种统一完整的东西还原成支离破碎的片段或部件"④，而"反叙事学"也是如此，它似乎暗示着米勒站在叙事学的对立面，这是导致人们未能像柯里一样客观地看待解构主义批评对叙事学的作用的一个重要原因。实际上，在米勒看来，解构主义批评"非但不把文本再还原为支离破碎的片段，反而不可避免地将以另一种方式建构它所解构的东西。它在破坏的同时

---

① 参见申丹、韩加明、王丽亚《英美小说叙事理论研究》，北京大学出版社2005年版，第326页。
② 马克·柯里：《后现代叙事理论》，宁一中译，北京大学出版社2003年版，第3页。
③ 同上书，第4页。
④ J.希利斯·米勒：《作为寄主的批评家》，见J.希利斯·米勒《重申解构主义》，郭英剑译，中国社会科学出版社2000年版，第150页。

## 否定　修正　创新：J. 希利斯·米勒叙事学思想研究

又在建造"①。他在《作为寄主的批评家》中指出，"deconstruction"一词中具有拆解意义的"de"和具有建构意义的"con"的并置就说明了解构主义批评的这一特点。因此，他对结构主义叙事学的批判并不是为了完全摧毁或拆解结构主义叙事学中的一切，而是揭示其研究方法中存在着的关键问题。正如申丹对米勒的"反叙事学"的评价：

> 解构主义批评和叙事学批判之间的敌对倾向依然较为强烈。两者在哲学立场上确实难以调和，但在批评实践中，两种批评方法的有机结合有利于避免走极端，有利于全面揭示文本的内涵。米勒的"反叙事学"有意吸取了叙事学的一些批评术语和概念，这给他的解构分析提供了很好的技术分析工具；与此同时，米勒的"反叙事学"也在很多方面，尤其是在宏观层次，为叙事学提供了颇有价值的参照和借鉴。②

申丹客观的评论进一步肯定了米勒的解构主义批评与叙事学不可分割的关系，且从米勒的解构主义视角看，结构主义叙事学以封闭、静态的文学文本为研究对象是其批评方法中的一大弊端。因此，米勒采用解构主义批评方法从更为广阔的视野建构了叙事研究方法，从而突破了结构主义叙事学的局限。尽管米勒的研究并不像其他叙事学家那样提出了系统的概念和范式，但他的诸种理念都是启发结构主义叙事学走向后经典叙事学的关键。

在探讨解构主义批评与叙事学的关系时，申丹还指出，解构主义批评之所以对叙事学的影响相对较弱，原因在于"解构主义聚焦于文字层次，关注语言修辞的复杂性或文字符号意义的不确定性，较少涉足叙事结构和技巧这一范畴"③。米勒在几十年的文学研究生涯中也的确是更多地采用了"修辞性阅读"的方法，比如"句法骤变、偏斜修辞、既显又隐、异貌同质、僵局、挪移对比、旁述、拟人"④等修辞性阅读策略，但他在文学批评实践中也不可避免地涉及叙事学内容，如他在《共同体的焚毁：奥斯维辛前后的小说》一书中所说：

---

① J. 希利斯·米勒：《作为寄主的批评家》，见 J. 希利斯·米勒《重申解构主义》，郭英剑译，中国社会科学出版社2000年版，第150页。
② 申丹、韩加明、王丽亚：《英美小说叙事理论研究》，北京大学出版社2005年版，第359页。
③ 同上书，第326页。
④ 朱立元：《当代西方文艺理论》，华东师范大学出版社1997年版，第318页。

## 第一章 "反叙事学":米勒的解构主义叙事学立场

我所指的修辞性阅读,尤其关注修辞方法、复现词(比如《无命运的人生》中不断出现的"自然地")以及反讽之类的文体特征。叙事学阅读主要关注叙述者、视角、情节结构以及其他叙事形式相关的问题。我的阅读方式结合了这两者,可能让人不太容易接受。这两种阅读方式无论如何都不能截然分开,也不能无缝写作。任何一种或结合二者的阅读方式都可能遇到莫里斯·布朗肖在《灾异的书写》中所点明的困境:"一切理论,无论彼此可能有多么不同,它们都在不断地彼此易位,它们彼此之间的鲜明区分仅仅在于它们由写作支撑,而这种写作也从那些声称评判这种写作的特定理论中逃逸。"①

米勒将修辞性阅读方法和叙事学方法结合起来的实践不仅突破了结构主义叙事学的局限性,也丰富了其文本细读的内容,如申丹所言:米勒在实际的文学批评中"常常与叙事学的分析构成一种互补关系"②。当然,如米勒所说,这两种方法并不能完美结合,也无法截然分开,且在结合中总会遭遇困境,这从根本上说是由两种研究方法的侧重点不同造成的。

对米勒来说,阅读是一种言语行为,它能够建构虚拟世界,并能够对现实世界造成影响,因此,他的阅读观强调了读者阐释的重要性,也就是说读者只有在细读中才能找到文本的内在特征。而结构主义叙事学所假设的前提是,规律和真理存在于文本之中,人们能够像对待其他科学一样找到文本结构的规律,并一以贯之,这与结构主义学派追求稳定的中心,一致、连贯的方法一脉相承。解构主义批评所批判的正是这种一成不变、统一的方法,如乔纳森·卡勒在《论解构:结构主义之后的理论与批评》中所说,结构主义囊括了"所有理论化倾向的批评",且它似乎是"借用了其他学科的概念来统治文学,如语言学、哲学",因而它放弃了"发掘作品的真正含义,主张一切阐释均等有效,从而威胁到文学研究生死攸关的存在理由"。③ 而米勒的修辞性阅读方法便是在细读中发掘文本中互相矛盾以及呈现出复杂性的地方,从而抵制了叙事学理论强加于文本的稳定意义和连贯性。

---

① J. 希利斯·米勒:《共同体的焚毁:奥斯维辛前后的小说》,陈旭译,南京大学出版社2019年版,第228页。
② 申丹、韩加明、王丽亚:《英美小说叙事理论研究》,北京大学出版社2005年版,第326页。
③ 参见乔纳森·卡勒《论解构:结构主义之后的理论与批评》(25周年版),陆扬译,中国人民大学出版社2018年版,第iii页。

## 否定　修正　创新： J. 希利斯·米勒叙事学思想研究

在《史蒂文斯的岩石与作为治疗的批评》①一文中，米勒以华莱士·史蒂文斯的《岩石》（*The Rock*）这首诗为例指出了像叙事学这样的"科学的"研究方法的弊端。这些文学理论或阅读方法的错误在于将作家的作品看作基于一种恒久基础的东西，且将西方语言看作是由固定的有多重意义的词语组成的，因而简单地认为掌握了这些就可以掌握西方的思想与文学。在米勒看来，这些词语的组成部分是无穷的，且诗人的词汇"不是一个聚合体或封闭的系统，而是疏离的（dispersal）、分散的（scattering）"②。通过对《岩石》这首诗进行细致的分析，尤其是针对诗行中"治疗"（cure）一词的分析，米勒为读者呈现出文学语言的复杂性和丰富性——从"治疗"一词开始，"阐释者被越引越远，进入交错纵横的迷宫，从惠特曼、艾默生追溯到弥尔顿、《圣经》和亚里士多德，然后又进入我们印欧语族的交叉路口"③。米勒也因此说明了这首诗的复杂程度和丰富性使其"无法被包容进一个单一的逻辑体系"④。可以说，米勒的解构主义批评是对所谓的"叙事科学"的抵制，它指向的是一种更为复杂的、开放的解读方法，这与文学文本自身的复杂性和不确定性是一致的。米勒将修辞性阅读与叙事学方法二者结合的时候并未对叙事学全盘接受，而是在对特定文本阐释时，不断地指出叙事学概念和范式在具体文本中呈现出的自相矛盾和不确定的地方，从而引发叙事学家们对这些概念与范式的重新思考和完善，甚至引发人们对文学批评中形式主义、结构主义等理论的重新思考，这也是米勒的"反叙事学"的重要意义所在。

柯里指出，叙事学的解构"与叙事学的多样化特点紧密相关"，因为它"不会尊重文学与真实世界间的界限"，⑤这为解构主义批评对语境叙事学的影响奠定了基础。德里达指出，"解构要做的最重要的事，便是在一特定时机，把等级秩序颠倒过来"⑥，那么从意识形态上来说，解构主义对中心和

---

① J. Hillis Miller, "Steven's Rock and Criticism as Cure: In Memory of William K. Wimsatt (1907 – 1975)." *The Georgia Review*, Vol. 30, No. 1, Spring, 1976, pp. 5 – 31.
② Ibid., p. 7.
③ Ibid., p. 31.
④ Ibid., p. 31.
⑤ 参见马克·柯里《后现代叙事理论》，宁一中译，北京大学出版社2003年版，第5页。
⑥ 乔纳森·卡勒：《论解构：结构主义之后的理论与批评》（25周年版），陆扬译，中国人民大学出版社2018年版，第47页。

"二元对立"结构的拆解为女权运动、黑人解放运动等平权运动提供了理论基础。因此,柯里认为,"解构主义允许将历史再次引入叙事学,此举为叙事学走向更为政治化的批评起到了桥梁作用",这得益于解构主义"引进了揭示意识形态的新方法"。如柯里所说,"从诗学到政治学的过渡亦可看成是解构主义的一大遗产"①,在解构主义的解读方法中,故事的核心思想与内容的二元对立形式遭到了拆解,原有的秩序和等级被打破,这为其他有政治倾向的批评提供了参照借鉴的方法。弗卢德尼克在研究叙事史时指出,"以意识形态为终极指向"的叙事研究从20世纪80年代开始发展,并形成诸如"后殖民批评、新历史主义或文化研究"的新理论派别。② 这些新发展推动着叙事学逐渐从结构主义叙事学走向语境叙事学,而这些新发展不无解构主义批评的影响。

叙事学在20世纪80年代的文学研究中产生了重大的影响,而此时也正是解构主义这一重要思潮蓬勃发展的时刻,两者的碰撞在米勒身上显得格外突出。柯里认为,这一时期出现的批评方法"不是一种线性后者取代前者的模式,它们是以叙事学为先声、由叙事学提供资源的方法,是叙事学的产物,而非取代者"③。这也说明了解构主义批评与叙事学并存的可能性,如柯里所言,"解构主义阅读发现了隐藏在叙事中的价值——这些价值常常颠覆所谓'叙事的自觉意图'的东西"④,可见解构主义叙事理论在后现代叙事理论中的重要作用,而米勒是唯一一位将解构主义批评实践于叙事学研究的学者,更值得深入探究。

## 二、阅读的"悖论":米勒对文学理论的抵制

从亚里士多德的《诗学》到当今各种文学理论著作,文学批评家们一直致力于创造一套完整、科学的理论范式来解读文学文本,从而帮助我们更好地揭示文学这一艺术形式的奥秘。不可否认,从关注文本内部结构的新批评、俄国形式主义、结构主义、叙事学理论到关注文本外部语境的后殖民理

---

① 马克·柯里:《后现代叙事理论》,宁一中译,北京大学出版社2003年版,第6页。
② 参见詹姆斯·费伦、彼得·J. 拉比诺维茨主编《当代叙事理论指南》,申丹、马海良、宁一中、乔国强、陈永国、周靖波译,北京大学出版社2007年版,第39页。
③ 马克·柯里:《后现代叙事理论》,宁一中译,北京大学出版社2003年版,第13页。
④ 同上书,第6页。

否定 修正 创新：J. 希利斯·米勒叙事学思想研究

论、女性主义批评、生态批评等理论方法，文学批评家们为解读文本提供了一套可供参照借鉴的理论工具，在一定程度上丰富了文本的内涵，并为读者与批评家们提供了更为全面的角度与更为广阔的视野。但对米勒来说，这些看似致力于教人阅读的范式是不必要的，因为读者只需将自己的身心、情感和想象交给文本，便能在一种康德所谓的"癫狂"（schwärmerei）① 状态中真正感悟文学的魅力。米勒将理论的繁荣视为文学死亡的标志，在他看来，每一部作品都有其自身震撼读者心灵的魅力，"这些都意味着文学能连续不断地打破批评家预备套在它头上的种种程式和理论"②。在《文学死了吗》（On Litterature，2002 年）一书中，米勒提出了阅读的"悖论"（the "aporia" of reading）一说，其中包含了彼此相悖的"天真式"（innocent way）与"祛魅式"（demystified way）两种方法③，而这两种共存又矛盾的阅读方法也是不同学派的文学批评家们长久以来争论不休的一个关键问题。在该书中，甚至是在 60 多年的文学研究生涯中，米勒的立场都是鲜明的——他始终推崇"天真式"阅读方法，而这也从本质上构成了米勒反对结构主义叙事学理论的基础。

崇尚理性是西方自古希腊以来便有的一种传统，而且这种传统在以"科学"与"理性"为纲领的启蒙运动中得到了前所未有的强化。作为一种艺术形式，文学有其自身审美与感性的部分，但对理性的崇拜迫使文学批评家们开始努力为文学创建一种理性的解读与批评方法，于是文学批评领域便出现了各种不同学派的理论方法，关于文学理论的著作也开始源源不断地出现。文学是一种涉及语言、审美、虚构等多种复杂问题的艺术形式，而文学理论则是对文学这一现象中的创作、阅读、文学语言等各类问题的系统认识，即康德所说的，"能够指导判断力把含有先天规则之条件的那些知性概念运用于现象之上"④。尼采在《偶像的黄昏——或怎样用锤子从事哲学》中写道：

> 从柏拉图开始，希腊哲人的道德主义都是有病理根源的；他们对辩

---

① J. 希利斯·米勒：《文学死了吗》，秦立彦译，广西师范大学出版社 2007 年版，第 173 页。
② J. 希利斯·米勒：《小说与重复：七部英国小说》，王宏图译，天津人民出版社 2007 年版，第 5 页。
③ 同上书，第 180 页。
④ 伊曼努尔·康德：《纯粹理性批判》，邓晓芒译，人民出版社 2017 年版，第 103 页。

证法的敬重亦然。理性＝美德＝幸福，这仅仅意味着：人们必须像苏格拉底那样，制造一个永久性的白昼——理性的白昼——用以对抗黑暗的欲望。人们无论如何都必须是明智的、清楚的、清醒的：跟随本能、跟随无意识会导致衰退……①

为了驱逐蒙昧，人们试图赋予一切难以理解的东西以理性、科学的思考，因此，诗、悲剧等充满奥秘的艺术形式变成了人们要努力用理性来拆解的对象。古希腊时期，亚里士多德在《诗学》中用26章全面分析了构成一部好的悲剧的要素，并重点分析了情节、人物、模仿等重要的文学问题，这些要素为以后的文学批评的发展奠定了理论基础。在勒内·韦勒克（René Wellek）与奥斯汀·沃伦（Austin Warren）的《文学理论》（*Literary Theory*，1949年）中，他们提出了一套文学的内部研究方法，并提出了"叙事焦点"②、"人物塑造"③ 等重要的文学要素，这些要素后来也构成了叙事学中重要的概念。在俄国形式主义学派中，弗拉基米尔·普洛普（Vladimir Plopp）对俄国民间故事的叙事结构进行了研究，在《俄国民间故事形态学》（*Morphology of the Russian Folktale*，1928年）一书中，普洛普从100多个民间故事中将人物抽象为"功能"（function），并总结出了31种"功能"和7种"人物"，这标志着人们在解读文学作品时开始从依赖感觉经验转向科学分析文本的深层内部结构，且普洛普的这一研究与列维·施特劳斯（Levi Strauss）对神话结构的分析极大地影响了格雷马斯（Greimas）、托多洛夫（Todorov）等早期结构主义叙事学家。

受普洛普的影响，法国结构主义理论家格雷马斯将语言学概念引入文学研究，并创建了一套细致的叙事语法，于是人们开始意识到，叙事作品中的故事可以被当作遵循语法结构的句子来研究。随后，托多洛夫进一步推动了叙事语法的研究，并最早提出了"叙事学"这一术语，这也是最早将叙事学命名为一门学科的尝试。托多洛夫将文学视为一种运用语言的符号系统，因此，他坚信深层结构中有一种普遍的叙事语法。在结构主义理论家的叙事

---

① 弗里德里希·尼采：《偶像的黄昏——或怎样用锤子从事哲学》，李超杰译，商务印书馆2009年版，第17页。

② 勒内·韦勒克、奥斯汀·沃伦：《文学理论》，刘象愚、邢培明、陈圣生、李哲明译，浙江人民出版社2017年版，第213页。

③ 同上书，第214页。

## 否定 修正 创新：J. 希利斯·米勒叙事学思想研究

语法与诺姆·乔姆斯基的语言学理论影响下，杰拉德·普林斯（Gerald Prince）运用了转化生成语法来分析故事的语法。在《故事的语法》（*A Gramamr of Stories*，1974 年）与《叙事学：形式和功能》（*Narratology: The Form and Function*，1982 年）中，普林斯试图发明各种公式来描述故事中的规则，他声称，"语法描述了允许人们将特定的表征作为叙事来处理的规则和操作"①。考虑到叙事语法研究的最终目标，普林斯指出，"随着结构主义批评的出现和符号学的后续发展，许多叙事学家已经开始形式化关于叙事的一些制度和发现了，以便能够更好地理解它们，并希望形式主义能带来新的发现"②。在上述这些文学理论家看来，通过运用叙事语法规则，读者和批评家可以采取更加科学、规范的策略来剖析特定的文学文本。普洛普、格雷马斯和托多洛夫建立了研究故事深层结构和语法的模型，这为文学研究的科学化和程式化发展奠定了基础。

在 20 世纪 70 年代和 80 年代，叙事学的重点转向了话语与叙事。作为结构主义的一个重要分支，叙事学以二元对立的结构为基石，而热拉尔·热奈特的叙事理论更明显地采用了二元对立的策略。在《叙事话语：方法篇》（*Narrative Discourse: An Essay in Method*，1980 年）中，热奈特创建了同故事叙述者与异故事叙述者、故事内叙述者与故事外叙述者、内聚焦与外聚焦等一系列二元对立概念。热奈特在《叙事话语》中建立的范式成为经典叙事学阶段举足轻重的一部著作，他针对叙事时间（包括顺序、持续时间和频率）、聚焦、叙事声音和叙事交流的论述对叙事学的发展产生了长久的影响。在此基础上，F. K. 斯坦泽尔（F. K. Stanzel）在《叙事理论》（*A Theory of Narrative*，1981 年）中引入了他的"三件套式叙事情境"（NRSs）的概念，并指出"它们对应于历史影响巨大的三种原型性小说类型"，包括"作者叙事情境"（authorial NRS）"人物叙事情境"（figural NRS）和"第一人称叙事情境"（first-person NRS）。③ 不管是二元对立还是"三件套式"，这些工整的研究范式的确立使得文学作品仿佛成了可用科学方法拆解的对象。

这些早期叙事学研究为文学研究提供了十分有效的研究工具。通过运用

---

① Gerald Prince, *Narratology: The Form and Functioning of Narrative*. De Gruyter Mouton, 1982, p. 80.

② Ibid., p. 80.

③ 参见詹姆斯·弗伦、彼得·J. 拉比诺维茨主编《当代叙事理论指南》，申丹、马海良、宁一中、乔国强、陈永国、周靖波译，北京大学出版社 2007 年版，第 30 页。

## 第一章 "反叙事学":米勒的解构主义叙事学立场

这些概念和策略,读者能够拆解文本的结构,并获取丰富的文本意义以及文学创作的奥秘,这就如尼采所说,我们可以简单地用这些理性的工具来破除文学中晦涩难懂的"黑暗"。但这恰是哈罗德·布鲁姆所批判的"学院虚伪套话"——由"'性别与性征'和'多元文化主义'之类的秘密小团体"① 所创建的概念和理论。在米勒看来,这种"祛魅"方法的陷阱在于将文学文本简化为一种封闭、僵化的艺术形式,且文学理论的出现指示着这样一个事实——文学文本是可读的,读者能够从"单一、统一、完整的"文本中获得终极真理,这显然是违背米勒对文本的独特性、多义性、开放性的认知的。米勒也曾在《文学死了吗》一书中对自己所坚持的"修辞阅读"进行过批判:

> 这种阅读密切注意魔法生效所用的语言技巧:观察比喻是如何使用的,视角是如何变化的,还有那极为重要的讽刺。比如,小说中的叙述者知道的,与其一本正经报告的人物们所知、所想、所感,二者之间的差距就产生了讽刺。
>
> ……
>
> 人们害怕文学作品具有的力量……。这种害怕很正常。文化研究和修辞阅读(后者尤其在其"解构"的模式下),都有这种卫生性、保护性目的。当修辞阅读或"缓慢阅读"揭示出文学魔法运作的机制时,魔法就失灵了。它被看成一种骗人把戏。②

尽管米勒在这里是自我矛盾的,否决了自己所坚持的修辞阅读方法,但他的立场是明显的:任何理性的、系统的文学解读范式都是对文学的审美和神秘特性的削弱,而且他曾严厉地指控文学理论的繁荣促成了文学的死亡。事物自身变化多端,很难受制于统一的艺术法则。当我们将一些范式、经验当作解读文学的金科玉律,那么它就反而成了束缚艺术创作的枷锁,导致文学创作、解读、批评都只能在一个僵化的系统中徘徊,止步不前。因此,米勒对祛魅式阅读方法是持反对态度的,他的这一根本看法不仅奠定了他反对

---

① 哈罗德·布鲁姆:《如何读,为什么读》,黄灿然·译林出版社2015年版,第8页。
② J. 希利斯·米勒:《文学死了吗》,秦立彦译,广西师范大学出版社2007年版,第178~182页。

叙事学范式的基础,也促成了读者重新审视文学特性及文学批评方法的契机。

受过文学理论训练的读者很容易将注意力集中于文字、文体的技术细节,甚或是政治、历史、阶级、性别等外部因素,从而导致他们无法做到"天真地、孩子般地投入到阅读中去,没有怀疑、保留或者质询"①。因此,米勒认为,读者在阅读文学作品前应先排除这些理论教条的影响。在表明自己的文学观时,米勒提及最多的一个词便是"魔法"。在米勒看来,文学的一大特征便是其具有施为(performative)功能,即文学的虚构性特征能够将我们引入另一个奇妙的世界——"它是创造或发现一个新的、附属的世界,一个元世界,一个超现实(hyper-reality)"②。因此,米勒所崇尚的阅读方法是一种天真式的阅读方法,即跟随文字,任由自己的想象驰骋,沉浸其中,也即上文所提及的"癫狂"状态。乔治·艾略特在《亚当·比德》(*Adam Bede*,2011年)的开头写道:

> 传说,埃及巫师只需要在镜子里滴上一滴墨水,过往来人的遥远过去就能一目了然。读者啊!我也想试试身手。不知我笔尖上的这滴墨水,能否让您了然公元1799年6月18日那天的一间作坊。该作坊地处干草坡,主人名叫乔纳森·伯格。③

这个开头便是文学的施为功能的体现,它为我们打开了一个新世界的大门,因而读者能够跟随艾略特的文字展开一场关于想象力的探险。在此,艾略特并未呼吁读者遵循任何理论教条来阅读并理解此书,或公开表明自己对理论教条的看法,而只是渴望读者能够根据文字所建构的虚拟世界来建构自己的想象世界。艾略特这一期望也是米勒所崇尚的天真式阅读方法。

米勒的天真式阅读方法与叔本华开创的直觉主义理念类似。受叔本华的影响,尼采进一步阐释了直觉对艺术的作用,他认为,艺术就是直觉的产物,而直觉与理性和道德是根本对立的,因为理性摧残了艺术。尼采在《悲剧的诞生》中指出了科学精神对神话的毁灭,并认为它导致"诗如何被

---

① J. 希利斯·米勒:《文学死了吗》,秦立彦译,广西师范大学出版社2007年版,第175页。
② 同上书,第29页。
③ 乔治·艾略特:《亚当·比德》,傅敬民译,复旦大学出版社2011年版,第1页。

## 第一章 "反叙事学"：米勒的解构主义叙事学立场

逐出理想故土，从此无家可归"，因此，尼采认为"科学精神走在反对音乐这种创造神话的能力的道路上"①。在科学精神与酒神精神的对立中，尼采指出了科学精神用"机械降神"以及反对酒神"智慧和艺术"的特征。②在英国小说家威廉·萨姆塞特·毛姆（William Somerset Maugham）的小说《月亮与六便士》（*Moon and Six Pence*）中，面对男主人公思特里克兰德的画作，没有任何关于绘画理论知识的叙述者说出了这段话：

> 尽管我对他的技巧懵然无知，我还是感到他的作品有一种努力要表现自己的力度。我感到兴奋，也对这些画很感兴趣。我觉得他的画好像要告诉我一件什么事，对我来说，了解这件事是非常重要的，但我又说不出来那究竟是什么。这些画我觉得一点不美，但它们却暗示给我——是暗示而不是泄露——一个极端重要的秘密。这些画奇怪地逼视着我。它们引起我一种无法分析的感情。它们诉说着一件语言无力表达的事。③

叙述者没有事后用绘画理论去拆解思特里克兰德的画作所使用的技巧，只是写下了自己在面对画作时的直观感受，因而他重复使用了"感到""觉得"这样的字眼。即使没有绘画理论基础，叙述者也可以直观感受画作带给他的震撼、兴奋和恐惧的感觉，并认为这种直觉"说不出来""无法分析"，且用"语言无力表达"。实际上，伟大的画作、诗歌、音乐等都有一种无法言说的神秘力量，观赏者唯有直面艺术作品才能感受那种震撼。

在《文学死了吗》一书中，米勒同样讲述了自己在幼儿时期阅读《瑞士人罗宾逊一家》（*The Swiss Family Robinson*）的经历，他描述了自己初读这本小说时的那种沉醉和激动。那时的米勒并未经受过任何文学理论的熏陶，因而他得以完全陶醉在故事和文字的美妙中，而且这种美好的幻想和体验一直影响着他，这便是文学的审美力量的再现。这正如康德在《判断力批判》中所指出的，人们要觉得某物是美的，不需要拥有关于此物的概念：

---

① 弗里德里希·尼采：《悲剧的诞生》，周国平译，北京十月文艺出版社2019年版，第165～166页。
② 同上书，第170页。
③ 威廉·萨姆塞特·毛姆：《月亮与六便士》，牟锐泽译，漓江出版社2000年版，第211页。重点标记为笔者所加。

花,自由的素描,无意图地互相缠绕、名为卷叶饰的线条,它们没有任何含义,不依赖于任何确定的概念,但却令人喜欢。对美的东西的愉悦必须依赖于引向任何某个概念(不定是哪一个)的、对一个对象的反思,因此,它也不同于快适,快适是建立在感觉之上的。①

经受过文学理论影响之后,米勒无法再用童真的眼光去看待这本小说,而是自然而然地会用修辞阅读的方法甚至是文化研究的方法来重新审视文本。米勒认为这些教条是一种干扰,破坏了文学的魔法,使得读者无法再全身心投入到文字的奇妙世界中,也无法再获得那种震撼的感觉。显然,当列维·施特劳斯将神话抽象成符号并赋予其理性的结构分析时,神话的魅力和活力便荡然无存了,而只是成了纸上一个个冰冷的符号。当文学的这种魔力和活力被理性的白昼驱散之后,文学便濒临死亡了。

而对于亚里士多德这样的传统哲学家来说,理论的形成反而是人类智慧的体现。他在《形而上学》中指出,"智慧就是有关某些原理与原因的知识",而"有经验的人较之只有官感的人更为富于智慧,技术家又较之经验家,大匠师又较之工匠更为富于智慧,而理论部门的知识比之生产部门更应是较高的智慧"。② 显然,亚里士多德认为感觉、直觉、经验这些东西仍然是初级阶段的认识,而"智慧"才是使人类高于动物的感觉本性的东西。在这种语境下,尽管米勒所提出的天真式阅读方法考虑了文学审美所需的感性认识,但如果对理论全盘否定便会走向另一个极端,这与卢梭对科学技术的反对一样是不符合发展规律的。

卢梭在《论科学与艺术》中抨击了科学与理性对艺术和人性的破坏,并提出回归自然的倡议。不可否认,科学与文明促成了人类的进步,也带来诸如环境破坏等诸多现代文明中的问题,卢梭这一提议符合当时法国的社会环境,但在当下的语境中,这一极端的提议显然是违背人类社会发展规律的。科学与理性固然对艺术的审美有所影响,但从宏观层面来看,系统科学的文学研究方法显然体现了人们在认识论方面的增长与进步,而一味地排斥这种方法也必有其弊端。面对祛魅式与天真式两种阅读方法之间的矛盾,米

---

① 伊曼努尔·康德:《判断力批判》,邓晓芒译,人民出版社2017年版,第32~33页。
② 亚里士多德:《形而上学》,吴寿彭译,商务印书馆1995年版,第4页。

## 第一章 "反叙事学": 米勒的解构主义叙事学立场

勒提出了阅读的"悖论"一说，他认为这两种方法是"彼此限制、禁止"①的，无法调和，并倾向于批判祛魅式阅读而推崇天真式阅读方法。实际上，二者各有其优势与不足，能否将二者结合以及如何结合也是很多文学批评家关注的问题。

在探讨艺术与哲学问题时，克罗齐在《美学原理》中指出，审美的与理性的（或概念的）知识形式各有不同，但不能完全分离脱节：

> 艺术家们一方面有最高度的敏感或热情，一方面又有最高度的冷静，或奥林比亚神的静穆。这两种性格本可并行不悖，因为它们所指的对象不同：敏感或热情是指艺术家融汇到他心灵机会里去的丰富的素材，冷静或静穆是指艺术家控制和征服感觉与热情的骚动所用的形式。②

当读者在面对结合了审美与理性特征的文学作品时，也可以像文学家们一样"热情"地对待文本的"素材"，"冷静"地审视文本的"形式"，从而能够更为全面地感受文学的美妙之处。这也与康德在探讨"美的艺术"时的看法如出一辙：

> 那诱发出美的科学这一常见的说法的毫无疑问不是别的，只是因为我们完全正确地发现，对于在其全部完满性中的美的艺术而言，要求有许多科学，例如古代语言知识、对那些被视为经典的作家的博学多闻、历史学、古典知识，等等，因为这些历史性的科学由于它们为美的艺术构成了必要的准备和基础，部分也由于在它们中甚至也包括美的艺术作品的知识（演讲术和诗艺），这就通过某种词语的混淆而本身被称为美的科学了。③

康德所说的"科学"自然也包括了亚里士多德的《诗学》与叙事学所建立的范式，它们被康德视为必要的准备和基础。例如，被亚里士多德视为

---

① 米勒：《文学死了吗》，秦立彦译，广西师范大学出版社2007年版，第180页。
② 贝奈戴托·克罗齐：《美学原理》，朱光潜译，商务印书馆2012年版，第25页。
③ 伊曼努尔·康德：《判断力批判》，邓晓芒译，人民出版社2017年版，第114页。

## 否定 修正 创新：J. 希利斯·米勒叙事学思想研究

典范的悲剧——《俄狄浦斯王》包含了丰富的内容，神学家可以从中读出天神至高无上的权威，心理学家可以从中读出"俄狄浦斯情节"，文学批评家可以从中读出情节的编排与人物的塑造，等等。每一种解读都赋予了作品新的生命，而经过了不同的理论方法训练的读者也能够更全面地感受这一出悲剧的魅力，并从不同的视角理解这一悲剧之所以伟大的原因。同样地，未经受文学批评方法训练但有基本阅读能力的读者只要全身心投入文本便也能够从这出悲剧中得到"净化"，但由于"准备和基础"的匮乏，这样的读者也极有可能忽略一些细节，从而失去了全面把握作品的机会。

在米勒的30多部著作中，他的大部分研究都专注于文本批评实践，尤其是对维多利亚时期小说的解读。在书写对查尔斯·狄更斯、托马斯·哈代、安东尼亚·特罗洛普、弗吉尼亚·伍尔夫、亨利·詹姆斯、乔治·艾略特等作家的作品的解读时，即便是使用天真式阅读的方式，米勒也遵循了理性的、逻辑的书写方式，否则读者将无法阅读他的文字。此外，米勒的解读过程显然也是遵循了某些方法的，如在《小说与重复》中，米勒探讨了康拉德的《吉姆老爷》中的叙事结构与重复的意象，以及伍尔夫的《达洛维夫人》中的重复叙事等，他不仅在此书中以"尼采式重复"为基础，还运用了叙述者、叙述时间等多种叙事学概念来完成自己的解读。同样地，在《维多利亚时期小说的形式：萨克雷、特罗洛普、乔治·艾略特、梅瑞狄斯和哈代》中，通过分析萨克雷、特罗洛普、乔治·艾略特、梅瑞狄斯和哈代几位作家的作品中的叙事时间、叙述者、间接引语等要素，米勒对作品中的诸多细节做了详尽的阐释，这符合他在文本细读上的追求——"作品的每一节都需要阐释者殚精竭虑、全神贯注地予以解读，好像它是桌子上仅有的一盆菜，每个细节都可被用来指代整体，作为通向整体的线索"[①]。这巧妙地将天真式阅读与祛魅式阅读方法结合起来，打破了叙事学家为文本预设某种规律的做法，赋予了文本鲜活的生命力。米勒对阅读"悖论"的探讨进一步强化了他对经典叙事学建立的范式的反对立场，且他的解读方法也说明，在文本细读的具体方法的指引下，读者同样可以全身心投入文本中，既"热情"又"冷静"地看待文本，并能够通过语言学、词源学、修辞等方法为文本的各处细节提供更深入的阐释。

---

① J. 希利斯·米勒：《小说与重复——七部英国小说》，王宏图译，天津人民出版社2007年版，第61页。

## 三、米勒与结构主义叙事学家的论辩

艾布拉姆斯在《解构的天使》("The Deconstructive Angel")一文中曾指控米勒将结构主义批评家定义为"谨小慎微"(canny)的批评家,而将解构主义批评家定义为"天马行空"(uncanny)的批评家。① 对米勒来说,以热奈特为代表的结构主义叙事学家便是"谨小慎微"的批评家的典型,因而他在《解读叙事》一书中对热奈特的《叙事话语》展开了猛烈的抨击,但也招致了其他捍卫叙事学传统的批评家的不满,从而引发了关于解构主义与结构主义对立立场的争论,进一步奠定了他的解构主义叙事研究的基础。

热奈特的《叙事话语》是经典叙事学中影响深远的理论著作,该书以普鲁斯特的《追忆似水年华》为研究对象,对小说中的叙述机制进行了细致精微地分析。在该书中,热奈特探讨了《追忆似水年华》中的叙事时间(包括顺序、时距、频率三个方面)、语式和语态的问题,且试图以《追忆似水年华》中的叙事为范本,建立一套从特殊到一般的适用于其他文学作品的叙事学方法论。

热奈特在《叙事话语》中建立的这一套科学的叙事学范式显然是深受结构主义哲学思想的影响的。乔纳森·卡勒在《结构主义诗学》中指出,结构主义是建立在一种认识基础上的——"如果人的行为或产物具有某种意义,那么其中必有一套使这一意义成为可能的区别特征和程式的系统"②。而对热奈特来说,文学和其他思维活动是一样的,"建立在它本身没有意识到(某些例外的情况除外)的程式基础上"③,比如作者在创作时就已经掌握了一些基本的写作技巧,而读者在阐释文本时也有了一些关于文学的观念,因此,建立一套系统的叙事学理论是需要的。

结构主义哲学思想对热奈特的影响可以追溯到列维·施特劳斯的神话模式研究与普洛普的民间故事模式研究。神话和民间故事是早期的文学形式,因而施特劳斯在分析神话结构时所采用的二元对立方法也被运用于整个文学

---

① M. H. 艾布拉姆斯:《解构的天使》,见《以文行事:艾布拉姆斯精选集》,赵毅衡、周劲松等译,译林出版社2020年版,第227页。
② 乔纳森·卡勒:《结构主义诗学》,盛宁译,中国人民大学出版社2018年版,第5页。
③ 此处参照盛宁的译文。参见乔纳森·卡勒《结构主义诗学》,盛宁译,中国人民大学出版社2018年版,第134页。

## 否定　修正　创新：J. 希利斯·米勒叙事学思想研究

范畴。神话模式与民间故事的模式的研究最突出的特点便是对文本材料的抽象、简化和归纳，从而找寻到文本中普遍的深层结构模式。比如在探讨《追忆似水年华》中"时间倒错"的问题时，热奈特将几个事件按照叙事层面出现的顺序编码成 A—I，并用数字1（代表过去）和2（代表现在）来标记事件，然后根据逻辑推理来按照事件实际发生的顺序重新排序。这种图表、图形等科学的分析方法也是结构主义叙事学家通常采用的，而热奈特这样科学的分析方法显然是带有符号学的印记的。对热奈特来说，将事件抽象为符号或标记为编码无疑是十分客观的，这样更有利于他理清小说中时间的逻辑，从而发现深层结构的规律。

另外，《叙事话语》的出现也与当时的语言学转向密切相关。文学语言是叙事成为可能的基础，因此，在文学研究中吸收语言学的研究成果是有益处的，但完全照搬语言学的模式势必会造成文学审美性的缺失，且其总结出的普遍的文学规律也必然会有缺陷。如保罗·德曼在《对理论的抵制》("The Resistance to Theory")一文中所说，文学理论的真正症结在于"同自己的方法论上的种种假设和可能性的论证"，他认为当下文学理论所遭遇的挫折是"对文学的审美和历史话语中引进语言学术语的一种抵制"。[①] 结构主义语言学深刻地影响了叙事学的发展，而这在德曼和米勒看来是极大地削弱了文学的审美功能的。

米勒所推崇的是一种解构的阅读方式，关注语言的修辞性特征，特别是语义扩散所导致的文本意义的不确定性，因而与以热奈特为代表的结构主义叙事学研究方法在本质上是相对立的。米勒首先肯定了热奈特在叙事时间、时态、语态等方面的卓越贡献，同时也认为他是"'精明而谨慎'的批评家中最杰出的一位"，因为他发明了一套术语来"理清叙事中的复杂问题"。[②] 但他也指出，这些术语既不规范也缺乏灵活性，因而对文本的复杂性和多义性是一种破坏。

在《解读叙事》中，米勒不仅将自己这本著作称为"反叙事学"著作，且一针见血地指出了热奈特建构的叙事学范式的弊端：

---

① 参见保罗·德曼《对理论的抵制》，见王逢振、盛宁、李自修编《最新西方文论选》，漓江出版社1991年版，第218页。
② 参见 J. 希利斯·米勒《解读叙事》，申丹译，北京大学出版社2002年版，第44页。

## 第一章 "反叙事学":米勒的解构主义叙事学立场

我们不可能一下子清楚地把握热奈特所识别的各种复杂叙事问题。从这种不可能性中,我们可以体验到一种非逻辑性。然而,像大多数叙事学家一样,热奈特耐心冷静的语调往往掩盖了这么一个事实:他一直行进在我所努力界定的叙事线条的非理性边缘。他沿着一条通道向前走,最终也将面对一条死胡同的无门之墙。①

米勒认为热奈特的范式注定是要失败的,而从他对热奈特的批评来看,《叙事话语》主要存在着两大弊端:①将文本看作意义明确的对象,用一种静态、僵化的理论工具来探讨意义不确定的文本;②忽略了文本的独特性,认为这种看似普遍的、规律性的东西可以机械化地套用于其他文本中。这不仅是热奈特的理论方法的缺陷,也是结构主义批评方法中不可避免的局限性。

关于意义的不确定性,米勒曾以康拉德的《黑暗的心脏·"水仙号"上的黑家伙》为例表明了文本意义不可寻这一事实。从故事与意义的关系上看,在《黑暗的心脏·"水仙号"上的黑家伙》的开头,马洛即将开始讲述他的故事时,叙述者便点明了故事与意义的关系:

> 海员们的故事都是直截了当的,那里面的所有含义就像一颗核桃仁。但倘若抛开他信口开河的毛病不提,马洛却不是这样,对他来说,事情的要旨并不是像一颗核桃仁那样藏于内部,而是包裹在一段故事的外部,就像是一团光亮周遭散发的雾气,也像有时候在朦胧的月亮周围出现的那些迷雾般的晕轮。②

米勒认为,叙述者在这里运用了两种修辞手法:①运用了寓言式手法来阐释寓言;②运用转喻式提喻(metonymic synecdoche),将故事与意义的关系类比为容器(container)与所盛之物(thing contained)的关系,并用所盛之物替代容器,用意义替代故事。对其他海员来说,他们所讲的故事都有一个相对直接和清晰的核心,人们可以从故事中归纳出"罪有应得""诚实

---

① J. 希利斯·米勒:《解读叙事》,申丹译,北京大学出版社2002年版,第46页。
② 约瑟夫·康拉德:《黑暗的心脏·"水仙号"上的黑家伙》,胡南平译,译林出版社2001年版,第6页。

## 否定 修正 创新：J. 希利斯·米勒叙事学思想研究

为上策"等容易理解的道德准则，这也是故事与意义的传统二元对立关系。然而，对于马洛所讲的故事来说，它的意义不是被包含在故事里面，而是在故事外面，包围着故事，正如米勒所说，寓言的意义"以类似外部光线的方式围绕着故事"①，这使得故事与意义的传统二元对立关系遭到了颠覆与解构，因此也暗示了《黑暗之心》这一故事的意义终将是无法确定的。面对意义无法确定的文本，任何理论方法都无法施展其祛魅的能力，因此，"叙事的科学"也必将失败。

另外，米勒一直强调文学的独特性，因此拒绝接受关于文学的普遍原则与规范。神话模式、民间故事模式等抽象、归纳的方法显然忽略了文学作品的独特性，而仅仅将每一个故事都肤浅地抽象为符号，这与他对人的"自我"（selfhood）的独特性的看法一致。在《阿里阿德涅之线：故事线条》中，米勒指出，西方的逻各斯中心主义传统一直信仰一种"单一/统一的自我"（unitary selfhood）②，从而忽略了自我的个性、变化的一面。叙事学家的努力也是一样的，他们从不同的文本间抽象出共性，从而找出文学的规律，却破坏了文学自身的独特性，因而为后人所诟病。除了针对热奈特的《叙事话语》，米勒在2014年新作《共同体的焚毁》中对整体的叙事学学科也做出了评价：

> 称为"叙事学"的学科理论及其实践的著作有很多，包括杰拉德·普林斯（Gerald Prince）、韦恩·布思（Wayne Booth）、西摩·查特曼（Seymour Chatman）、热拉尔·热奈特（Gérard Genette）、什洛米斯·里蒙-凯南（Shlomith Rimmon-Kenan）、申丹、多里特·科恩（Dorrit Cohn）、米克·巴尔（Mieke Bal）、罗伯特·斯科尔斯（Robert Scholes）、罗伯特·凯洛格（Robert Kellogg）、华莱士·马丁（Wallace Martin）、詹姆斯·费伦（James Phelan）、雅各布·卢特（Jakob Lothe）以及许多其他人的著作。尽管这些理论家观点各异，但他们的大致目标都是要建立一套术语及区分，客观而确定地分析某个作品的叙事手法。他们有一个推论是正确的，即叙事手法参与意义生成。有的叙事学家对

---

① J. Hillis Miller, *Tropes, Parables, Performatives: Essays on Twentieth Century Literature*. Duke University Press, 1991, p. 183.

② J. Hillis Miller, *Ariadne's Thread: Story Lines*. Yale University Press, 1992, p. 31.

## 第一章 "反叙事学": 米勒的解构主义叙事学立场

"意义"一词相当谨慎,他们更愿意使用"效应生成"(production of effect)的说法。①

从普林斯到卢特,尽管米勒肯定了他们的贡献和部分的正确性,但仍然对他们所倡导的"客观"与"确定"的理念颇有微词,且可以看出他仍然抗拒叙事学所构建的系统的科学研究方法。米勒对热奈特等叙事学家的批评实际上反映的是米勒对整个叙事学学科的质疑,而从他的言辞中可以看出他的"反叙事学"立场仍然十分坚定。

除了热奈特,米勒还曾在20世纪80年代与叙事学家里蒙-凯南展开过激烈的论战,再现了结构主义与解构主义之间的交锋。1980年,米勒在《今日诗学》上发表了《地毯中的图案》②一文,他认为,尽管凯南指出了詹姆斯的《地毯中的图案》中意义的不确定性,但凯南对于"歧义"(ambiguity)的定义过于理性和"谨小慎微"(canny)③。在凯南看来,《地毯中的图案》故事本身呈现出了两种无法协调的阐释,而任何一种"单一的"(monological)的解读都是失败的,这在米勒看来是一种将詹姆斯的多重歧义的作品逻辑化的尝试。米勒认为,詹姆斯的小说并不仅仅是几种共存的可能性,而是在"晦涩难解"(unreadability)的系统中相互缠绕,且每一种可能性都在一种不会停止的震荡中再引发其他的可能性。因此,米勒指出,尽管凯南所定义的"歧义"具有其语言学上的复杂巧妙性,但实际上它将文学的非逻辑因素逻辑系统化了,因而具有误导性。④ 随后,凯南在《今日诗学》上发表了《对解构主义的解构主义式反思》⑤一文回应了米勒的评论,在该文中,凯南表明她与米勒的交锋显示的正是结构主义批评与解构主义批评的分歧,且他们的分歧主要表现在两个方面:一方面是他们对"歧义"的认识,另一方面是他们对这"歧义"所存在的范围的认识。凯南认为,

---

① J. 希利斯·米勒:《共同体的焚毁:奥斯维辛前后的小说》,陈旭译,南京大学出版社2019年版,第132~133页。

② J. Hillis Miller. "The Figure in the Carpet." *Poetics Today*, Vol. 1, No. 3, pp. 107–118. 后该文被录入米勒著作《解读叙事》第七章,有删减。

③ Ibid., p. 112.

④ Ibid., p. 112.

⑤ Shlomith Rimmon-Kenan, "Deconstructive Reflections on Deconstruction: In Reply to Hillis Miller." *Poetics Today*, Vol. 2, No. 1b, pp. 185–188.

否定　修正　创新：J. 希利斯·米勒叙事学思想研究

"歧义"指的是"共存的互相排斥的阐释"①，且仅在部分文学作品中出现，但米勒认为"歧义"是一种普遍存在于文本中的"晦涩难解"。此外，凯南还用解构主义批评的方法指出米勒在《作为寄主的批评家》中所呈现出的二元对立思想，并认为解构主义批评的方法不需要替代结构主义的方法，二者只是看似在跷跷板的两头交替、反复。由于凯南在该文的最后引用尼采和米勒的话，将以她为代表的结构主义叙事学家比作"客人里最天马行空的(the uncanniest)"②，因而米勒随后在《今日诗学》上发表了《房子里的客人》③一文来回应凯南。在这次的回应中，米勒主要总结了他与以凯南为代表的结构主义叙事学家的不同，他指出，结构主义叙事学家在"语气"(tone) 和"风格"(style) 上充满理性，比较抽象，且惯于采用图表或表格这类科学的、技术性的方法来阐明问题，而解构主义批评却恰好是要证明这种分析方法的无效性。④可以说，米勒的解读更为关注文本中互为矛盾、不确定的和"晦涩难解"的细节。但申丹认为米勒想要揭示文本复杂性的努力恰好与凯南对"歧义"的定义是一致的。她指出，将米勒宏观的视角和凯南微观的视角相结合并不难使二人达成一致⑤。申丹这一结论是十分合理的，因为文本如米勒所说有其复杂性，但文本中同样有相对稳定和可理解的成分，否则读者将迷失在作者的文字游戏中，这正如艾布拉姆斯在《解构的天使》一文中所提出的问题："如果语言无确定的成分，那么交流还将如何进行？""如果所有对文本的批评（如同所有历史）能做到的只是批评家本人的错误建构，那又何必费神进行阐释和批评呢？"⑥米勒与凯南的争论并没有最终的胜负之说，但这场对话将结构主义叙事学家与解构主义学派不同的立场和视角呈现了出来。在这场争论中，米勒对结构主义叙事学的反对态势依然较为坚定，这取决于他自己对文学语言的不确定性和复杂性的认识。

---

① Shlomith Rimmon-Kenan, "Deconstructive Reflections on Deconstruction: In Reply to Hillis Miller." *Poetics Today*, Vol. 2, No. 1b, p. 185.

② Ibid., p. 188.

③ J. Hillis Miller, "A Guest in the House: Reply to Shlomith Rimmon-Kenan's Reply." *Poetics Today*, Vol. 2, No. 1b, pp. 189-191.

④ Ibid., pp. 189-190.

⑤ 申丹、韩加明、王丽亚：《英美小说叙事理论研究》，北京大学出版社2005年版，第355页。

⑥ M. H. 艾布拉姆斯：《解构的天使》，见《以文行事：艾布拉姆斯精选集》，赵毅衡、周劲松等译，译林出版社2020年版，第229页。

## 第一章 "反叙事学"：米勒的解构主义叙事学立场

从发展史来看，施特劳斯的神话模式研究与普洛普的民间故事模式在当时的历史语境下有其进步性，特别是它促进了人们对文本形式的关注，尤其是文本深层结构的关注，从而响应了新批评对回到文本本身的呼吁。此外，热奈特的《叙事话语》在原有的对文本的形式主义的分析基础上创造性地提出了许多新的概念。客观地说，这本著作不仅使得叙事学研究更为系统化，且补充和修正了诸多概念，为叙事学的理论化发展做出了突出的贡献，也为后来的后经典叙事学的发展奠定了坚实的基础。然而，《叙事话语》的缺陷也是十分明显的，尤其是其突出的科学主义与程式化倾向，将机械化的范式强加于文本的差异之上，使得丰富多样的文本成了千篇一律的东西。它完全忽略作者、社会语境，特别是读者对文本作品的体验与感受，这导致文学的艺术价值与审美特性遭到了严重损害。米勒所指出的《叙事话语》中的突出问题凸显的也是结构主义批评难以逾越的局限性。理论并没有绝对的对错，对任何理论的考察都应结合当时和当下的语境，关注其在前人研究基础上的修正与创新，以及对这一领域的后来研究的影响。

总而言之，热奈特的《叙事话语》及其他结构主义叙事学家精心建构的叙事学研究范式显然是有其无法克服的局限性的，但其在当时语境下也有进步性与优越性，并且深刻地影响了各个领域的发展。《叙事话语》中提出的概念与建立的范式成为经典叙事学中重要的概念与范式，影响了普林斯等后来的叙事学家，且成为后经典叙事学中无法脱离的基本概念。米勒的"反叙事学"也有其自身的局限性，但为结构主义叙事学突破自身的缺陷并走向语境叙事学带来了启示，也进一步强调了文本的独特性和文本细读的重要性，成为后现代叙事理论中一股强劲的力量。此外，有学者在探讨德里达的解构思想时指出，"不在场"（absence）是定义"在场"（presence）的关键因素，反之亦然。[1] 也就是说，作为二元对立关系两极的"不在场"与"在场"同时既存在于彼此的内部又存在于彼此的外部。据此，"反叙事学"与"叙事学"的关系也是如此，这也说明了"反叙事学"存在的合理性，它既处于"叙事学"的对立面，又是构成"叙事学"的一部分内容，因而值得更为深入的探讨。

---

[1] Ning Yizhong, "The Power of Absence: Derrida, Lao Tzu and Shelley's 'To A Skylark'." *The Journal of English Language and Literature*, Vol. 66, No. 3, 2020, p. 466.

# 第二章 "非线性叙事学":米勒对经典叙事学的批判

在《解读叙事》中,米勒指出,"线条的意象、比喻或者概念贯穿于西方涉及写故事和讲故事的所有传统术语"①,并指出了叙述与线条的关系,即"叙述都会涉及线条和重复"②。同时,他还进一步指出了叙事线条的多样性,即"情节、双重情节、从属情节、叙事线条、行动图形或曲线、事件的链条"都将故事"描述为一根线条",而且"它可以被投射、标绘或者图解为连续不断的一根空间曲线或锯齿型线条"③,从而形成了米勒对叙事线条的研究。实际上,叙事线条是一种关于故事情节和叙事的隐喻。在《阿里阿德涅之线:故事线条》中,米勒表明,叙事学家都将故事看作一条笔直、单一、符合逻辑的线条,而亚里士多德的《诗学》便是这一传统的开端。叙事学家坚信,就像希腊神话中阿里阿德涅(Ariadne)拿着特修斯给的线在迷宫中寻找出路一样,读者只要拿着这根"叙事线条"便能在文本的迷宫中找到文本的终极意义。显然,在米勒看来,这是一种逻各斯中心主义的错误,该观点预设文本有一个统一的中心,且文本的开放性、复杂性与语言的隐喻性特征都导致了线条的弯曲、断裂与重复。通过颠覆亚里士多德在《诗学》中建立的范式,并深入探讨叙事线条的特征,米勒指出了经典叙事学中的线条意象的自我解构性质,并建构了自己独特的、不同于结构主义叙事学的"非线性"叙事学研究方法。

---

① J. 希利斯·米勒:《解读叙事》,申丹译,北京大学出版社2002年版,第43页。
② 同上书,第44页。
③ 同上书,第60页。

## 第二章 "非线性叙事学":米勒对经典叙事学的批判

## 一、《诗学》中的反讽:米勒对叙事学源头的颠覆

在米勒看来,《诗学》的内容是十分丰富的——"《诗学》中预示的西方文艺批评理论:形式主义、结构主义、读者反应批评、心理分析批评、模仿批评、社会批判、历史批评,甚至修辞性即所谓的解构性批评也莫不如此"①。在叙事学家看来,《诗学》则是早期注重事件功能、结构规律、发展逻辑等叙事学家的鼻祖,因为它在情节、人物等方面为叙事学的概念和范式奠定了基础。②但米勒认为这导致《诗学》成为逻各斯中心主义的例证。通过《解读叙事》中的论证,米勒认为,《诗学》的研究对象——《俄狄浦斯王》不仅充满着反讽,《诗学》本身也充满了反讽。

在经典叙事学中,"情节"是一个不可忽视的问题,而这都源于亚里士多德在《诗学》中对情节的强调。亚里士多德在该书中强调了悲剧的6个决定性因素——"情节、性格、言语、思想、戏景、唱段"③,并将情节放在首位,在他看来,"情节是悲剧的目的,而目的是一切事物中最重要的。此外,没有行动即没有悲剧,但没有性格,悲剧却可能依然成立"④。因此,"情节是悲剧的根本,用形象的话来说,是悲剧的灵魂。性格的重要性占第二位"⑤。亚里士多德对"情节"重要性的强调源于其对悲剧作用——情感的"净化"(katharsis)功能的重视,在他看来,情节的"突转和发现"是最能打动人心的,因而也是最能实现悲剧这一功能的。亚里士多德同时将《俄狄浦斯王》视为悲剧的最佳典范。

亚里士多德将所有的艺术形式都视为使用不同媒介的模仿,其中悲剧是"对一个严肃、完整、有一定长度的行动的模仿"⑥。这看似合理,但米勒认为,《俄狄浦斯王》实际上并不是对行动的模仿,而是对话语的模仿,因为这一场剧是通过歌队、演员在剧场中的对话呈现的。比如仆人受命去抛弃俄

---

① J. 希利斯·米勒:《解读叙事》,申丹译,北京大学出版社2002年版,第4页。
② 参见申丹、韩加明、王丽亚《英美小说叙事理论研究》,北京大学出版社2005年版,第329页。
③ 亚里士多德:《诗学》,陈中梅译注,商务印书馆1996年版,第64页。
④ 同上书,第64页。
⑤ 同上书,第65页。
⑥ 同上书,第63页。

狄浦斯的行动，俄狄浦斯在三岔路口杀死拉伊俄斯和他的三个侍从的行动，忒拜人立俄狄浦斯为王的行动，俄狄浦斯迎娶自己的母亲伊娥卡斯忒的行动等，都是由歌队和演员在舞台上站着对话陈述出来的。现场的观众看到和听到的只有歌队和演员们出场、入场、站在舞台上一问一答这些行动，而现在真实的读者拿着《俄狄浦斯王》的剧本，也只能从对话中了解人物的行动和情节的发展。可以说，是语言的陈述功能帮助读者构建了整部悲剧的情节，而不是对行动的模仿。但申丹认为，《俄狄浦斯王》属于戏剧，戏剧中没有作为中介的叙述者，因而人物的对话就成了"揭示行动的'叙述话语'"①，这符合亚里士多德对情节首要性的强调。

从米勒和申丹对亚里士多德的解读来看，行动并不是叙事话语所模仿的直接对象，二者之间还隔了语言这一媒介。所有的文学作品都是如此，因为叙事是对已发生之事的再现，因此，人们在阅读文学作品或者观赏戏剧时实际上读到或听到的都是语言对现实的模仿，而并非现实本身。尽管申丹声称戏剧中的对话揭示了行动，人们也无法否认语言作为中介的事实。对德里达和米勒这样的解构主义批评家来说，语言的模糊性、多义性等特点造成了其意义的不确定性，因此通过语言呈现出来的行动便面临着不确定性的问题。例如，在《俄狄浦斯王》剧的第二幕中，俄狄浦斯诅咒杀死老国王拉伊俄斯的凶手：

> 我诅咒那没有被发现的凶手，不论他是单独行动，还是另有同谋，他这坏人定将过着悲惨不幸的生活。我发誓，假如他是我家里的人，我愿忍受我刚才加在别人身上的诅咒。
> ……
> 我为他作战，就像为自己的父亲作战一样……我要竭力捉拿那杀害他的凶手。②

在这段话里，不知晓真相的俄狄浦斯按照常理诅咒那杀害老国王的凶手，并发誓会像为父亲作战一样尽力，但知晓真相的读者、观众都知道俄狄

---

① 申丹、韩加明、王丽亚：《英美小说叙事理论研究》，北京大学出版社2005年版，第330页
② 索福克勒斯：《索福克勒斯悲剧集：俄狄浦斯王》，罗念生译，上海人民出版社2020年版，第18页。

浦斯正是自己口中的凶手，而且拉伊俄斯也是他真正的父亲。因此，米勒认为俄狄浦斯的言语被夺走，他无法按照自己的意志表达心中所想，也就是说俄狄浦斯"'心灵'层的逻各斯无法控制其'词语'或'意思'层的逻各斯"①。如果无法确定人物所说的话与他原本想要表达的意思是否一致，那么由语言来承载的行动便更加无法确定。此外，读者和批评家也无法确定剧中人物对话的真实性，比如，在康拉德的《黑暗的心脏》的结尾，库尔兹死前喊出了"可怕呀！可怕！"，但马洛却撒了一个谎，告诉库尔兹的未婚妻他的遗言是"你的名字"。② 由于叙述者点明了马洛的这一谎言，读者便了然于心。然而，在《俄狄浦斯王》剧中，俄狄浦斯的"发现"均来自伊娥卡斯忒、仆人等人的话语，因此读者实际上可以质疑他们中是否有人撒谎，进而质疑"行动"的真实性，比如在三岔路口杀死拉伊俄斯的人究竟是否真的是俄狄浦斯本人。俄狄浦斯确实十多年前在一个三岔路口杀死了一位老人和两位随从，而拉伊俄斯也确实是丧命于一个三岔路口，但这些"行动"的真实性都是靠人物的陈述和俄狄浦斯的推理得来，并没有一个叙述者认真地向读者或观众承诺俄狄浦斯在三岔路口杀死了拉伊俄斯的事实，因此大大降低了其情节的可靠性。正如乔纳森·卡勒在《符号的追寻》一书中所说，假如俄狄浦斯抗拒意义的逻辑，争辩说"尽管他是我父亲，但这并不意味着我杀了他"，并要求得到有关那一事件的更多的证据，那么俄狄浦斯就不会获得那必不可缺的悲剧境界。③ 尽管申丹指出俄狄浦斯弑父娶母这一事实可以根据神谕来确定，但从叙事层面来说，关于俄狄浦斯是否是凶手的结论确实有待商榷。按照亚里士多德的说法，情节是对行动的模仿，那么当"行动"成为无法确定的元素时，情节的首要性便被大大削弱了。

另外，亚里士多德强调情节的"合理性"，而他认为《俄狄浦斯王》便是体现这一合理性的例子。在这里，这种合理性可以理解为符合逻辑与常理。在《俄狄浦斯王》这一故事中，所有人物的悲剧都源于一则俄狄浦斯终将弑父娶母的神示，尽管人人都知晓且畏惧这则神示，但索福克勒斯却并未说明神示的原因。从整部悲剧来看，俄狄浦斯十分机智勇敢，打败了斯芬

---

① J. 希利斯·米勒：《解读叙事》，申丹译，北京大学出版社2002年版，第19页。
② 参见约瑟夫·康拉德《黑暗的心脏》，胡南平译，译林出版社2001年版，第107页。
③ 此处参照申丹的译文。参见申丹、韩加明、王丽亚《英美小说叙事理论研究》，北京大学出版社2005年版，第362页。

## 否定 修正 创新：J. 希利斯·米勒叙事学思想研究

克斯，拯救了忒拜人，而当他看到城邦人民由于瘟疫受苦时，他为无辜的人民感到痛心，并立誓要尽全力帮助城邦人民脱离苦海，可以说他是一个道德高尚的人。俄狄浦斯、拉伊俄斯、伊娥卡斯忒本不应遭受这一苦难，却由于天神的一则毫无缘由的神示度过了痛苦的一生，尽管他们付出了很大的代价来规避这一神示，却始终无法避免这个神示的应验。但丁在《神曲》中建构了天堂、地狱和炼狱，善良的人在死后会进入天堂，而作恶的人将会在地狱与炼狱中遭受惩罚。但在索福克勒斯的笔下，并无任何关于俄狄浦斯和他的父母作恶的说明，且在希腊神话中，也并无关于为何俄狄浦斯会遭此劫难的说明，因此他们是无缘无故遭受这一惩罚。唯一合理的解释便是：这一神示在剧中只是突显了天神至高无上的权力，但从整个故事的逻辑来说却毫无合理之处。米勒认为：

> 从剧中可以得到的唯一合理的结论是：天神没有理性，至少用人的理性作为尺度来衡量是如此。我们无法理解他们，无法透视他们的动机……通常叙事也可能是这样一个符号。或许，我们之所以需要讲故事，并不是为了把事情搞清楚，而是为了给出一个既未解释也未隐藏的符号。无法用理性来解释和理解的东西，可以用一种既不完全澄明也不完全遮蔽的叙述来表达。我们传统中伟大的故事之主要功能，也许就在于提供一个最终难以解释的符号。①

在这个结论中，米勒不仅否定了《俄狄浦斯王》剧中的理性，也否定了叙事的确定性与合理性，因而彻底颠覆了亚里士多德的情节观。如果《俄狄浦斯王》这部悲剧毫无理性可言，那么亚里士多德将其视为悲剧的典范便是一种反讽。

从另一方面看，尽管《俄狄浦斯王》这部悲剧在合理性上有缺陷——不仅天神是没有理性的，人物也总是遇见各式各样的巧合，但从叙事层面的合理性与虚构世界的层面看，索福克勒斯的创作是符合理性原则的，且他创造的虚构世界也是符合真实性标准的。就叙事层面来说，索福克勒斯这一安排不仅符合"古典戏剧的'三一律'所强调的时间上的统一性"，也符合作

---

① J. 希利斯·米勒：《解读叙事》，申丹译，北京大学出版社2002年版，第13~14页。

者"为了表达'天神之神秘叵测、不合情理'而进行的艺术安排"①，因此，米勒的批评显然仅关注到了故事层面，而忽视了叙事层面，尤其是对索福克勒斯的创作艺术的忽视。就虚构世界来说，根据"可然世界"（possible worlds）这一概念，虚构世界与真实世界是共存且互相矛盾的两个平行世界，尽管米勒指出了《俄狄浦斯王》剧中有违常理的神谕与不可思议的巧合，但在俄狄浦斯王的虚构世界中，这些都是合乎常理的，正如爱丽丝·贝尔（Alice Bell）和玛丽-劳勒·瑞恩（Marie-Laure Ryan）在《可然世界理论与当代叙事学》（*Possible Worlds Theory and Contemporary Narratology*，2019年）中所说："为了激发想象，虚构世界的构建必须远远超越文本明确主张的命题和严格的逻辑含义。"② 中西学者都关注到了虚构世界中的真实性。例如，王国维在《人间词话》中就有如下的深刻见解："自然中之物，互相关系，互相限制。然其写之于文学及美术中也，必遗其关系、限制之处。故虽写实家，亦理想家也。又虽如何虚构之境，其材料必求之于自然，而其构造，亦必从自然之法律。故虽理想家，亦写实家也。"③ 也就是说，在艺术创作中，作者必然舍弃了自然中某些关联和限制的地方，但即使是在虚构的情境中，作者也遵循了某些法则，比如古典戏剧的"三一律"。因此，米勒对合理性的批评仅以现实世界的准则来评判文学世界中的真实性，忽视了文学作品构建的虚构世界中的真实性。

情节是叙事学中十分重要的一个概念，特罗洛普、普洛普、格雷马斯等人在亚里士多德的情节观基础上发展了系统化的情节观，且他们都是在亚里士多德所定义的完整、统一、理性的情节基础上提出"功能""行动素"等概念，这为经典叙事学中关于故事深层结构的分析奠定了坚实的基础。米勒对情节的首要性与合理性的批判有一定的正确性，但也有一定的局限性，实际上，米勒与亚里士多德的情节观是从不同的视角来看的，没有绝对的对错，而米勒开放式的思维能够帮助我们重新思考原本理所当然的情节观，从而推动"情节"这一概念的完善和发展。

除了情节的首要性和合理性，完整性是亚里士多德所定义的好的情节的

---

① 参见申丹、韩加明、王丽亚《英美小说叙事理论研究》，北京大学出版社2005年版，第338页。

② Alice Bell and Marie-Laure Ryan, *Possible Worlds Theory and Contemporary Narratology*. University of Nebraska Press, 2019, p.10.

③ 王国维：《人间词话》，李经邦译注，四川文艺出版社2019年版，第9页。

一项特质,在探讨事件的编组问题时,他指出,"悲剧是对一个严肃、完整、有一定长度的行动的模仿"①,且"一个完整的事情由起始、中段和结尾组成"②。亚里士多德对完整的统一体的追求反映的也是传统西方哲学中对逻各斯的崇拜。而米勒认为,这种完整和统一是不存在的,借用叙事线条的概念,米勒解构了情节的完整性,特别是针对线条的开头和结尾。

亚里士多德将"起始"定义为"不必承继它者,但要接受其他存在或后来者的处于自然之承继的部分"③,也就是说,亚里士多德将故事的开头看作可以追溯的起源,在起源之前别无他物。这正如尼采在《希腊悲剧时代的哲学》一书中所说,希腊哲学始于一个"愚蠢的想法",即一个命题——"水是一切事物的本原和诞生地",尼采还给出了这个命题的重要性的三个理由,其中第三个理由是"因为这个命题包含了'一切是一'的思想"④,且这种思想正是源于形而上学的理念。而这在米勒看来却是一个悖论,他指出:

> 既然是开头,就必须有当时在场和事先存在的事件,由其构成故事生成的源泉或支配力,为故事的发展奠定基础。这一事先存在的基础自身需要先前的基础作为依托,这样就会没完没了地回退。小说家甚或不得不一步步顺着叙事线条回溯,但永远也找不到任何线外之物来支撑该叙事线条。⑤

从故事层面看,这里的开头可以理解为因果关系中的"因",而那些"自然承继的部分"则属于"果"。在《俄狄浦斯王》剧中,故事的开头是忒拜城暴发瘟疫这一事件,这可以看作一个导火索,引发了俄狄浦斯对神谕的重新审视,从而发现真相。然而,忒拜城的瘟疫同样又可以看作一个结果,即天神对俄狄浦斯弑父娶母这样的大逆不道之事的惩罚,因此这一事件又从因转成了果。如果再向前追溯造成这一结果的"因",线索就中断了,因为不管在索福克勒斯的剧本中还是在古希腊的神话中都没有说到天神降罪

---

① 亚里士多德:《诗学》,陈中梅译注,商务印书馆1996年版,第63页。
② 同上书,第74页。
③ 同上书,第74页。
④ 弗里德里希·尼采:《希腊悲剧时代的哲学》,李超杰译,商务印书馆2020年版,第17页。
⑤ J. 希利斯·米勒:《解读叙事》,申丹译,北京大学出版社2002年版,第54页。

于俄狄浦斯的原因,因此这个起源成了一个缺失的谜,即米勒所说的无法"支撑该叙事线条"的东西。

但从叙事层面看,索福克勒斯实际上是采取倒叙的方式将故事的中部放置于文本的开头,因为在文本的开头处老国王已经过世许久了,而俄狄浦斯也已与伊娥卡斯忒结婚数年。人物的对话逐渐揭示出过去发生的事,可以追溯到俄狄浦斯出生之前,即神谕的出现。很显然,神谕出现这一事件构成了整个《俄狄浦斯王》剧的悲剧动因,若没有这一事件,则后面所有的事件均不可能发生,而俄狄浦斯的故事也将不复存在。因此,从这个角度看,"神谕的出现"这一事件便构成了亚里士多德心目中那个统一的故事的开头。米勒采用一种宏观的视角打破了文本的疆界,因此人们可以顺着叙事线条永无止境地回溯"尚未叙述的过去"①,如俄狄浦斯的父母的婚姻、祖父祖母的婚姻等,永无止境。相反,亚里士多德采用的是一种微观的视角,即限定于文本疆域内。在索福克勒斯的创作中,对俄狄浦斯父母、祖父母的婚姻等的回溯与这一出悲剧的关联度并不高。一般来说,"常规概念上作品的开头是在叙事惯例的基础上,作者的创作与文本的疆界共同作用的产物"②。按照这种叙事惯例,作者在创作时都会以文本疆界为标准来选取故事的开头。

关于叙事线条的结尾,亚里士多德在《诗学》中指出,悲剧是由"结"和"解"组成:"结"是"始于最初的部分,止于人物即将转入顺境或逆境的前一刻",而"解"则"始于变化的开始,止于剧终"。③米勒认为亚里士多德的这一定义具有模糊性,因为读者很难判断哪一刻才是解结的时刻,同时,他还指出,"亚里士多德暗示有的叙事过程可能自始至终都在解结"④。比如在美国当代华裔作家伍绮诗(Celeste Ng)的小说《无声告白》(*Everything I Never Told You*)中,小说开头第一句便是"莉迪亚死了"。这一事件是整个故事的最终结局,但它却出现在了小说的开头,当读者沿着这条线索继续探究莉迪亚的死因,便会发现作者如抽丝剥茧般将莉迪亚家中压抑的气氛,以及她一步一步走向绝望的过程都通过回溯的方式展示了出来。读者很难判断

---

① J. 希利斯·米勒:《解读叙事》,申丹译,北京大学出版社2002年版,第5页。
② 申丹、韩加明、王丽亚:《英美小说叙事理论研究》,北京大学出版社2005年版,第333页。
③ 参见亚里士多德《诗学》,陈中梅译注,商务印书馆1996年版,第131页。
④ J. 希利斯·米勒:《解读叙事》,申丹译,北京大学出版社2002年版,第49页。

哪一个事件是莉迪亚寻死念头的开始，或"解结的开始"，或转折点，可以说，小说中的种种矛盾是压死莉迪亚的一根根稻草，因此，这部小说可以说是一部"自始至终都在解结"的叙事范例。但矛盾的是，我们同样可以将那"一根根稻草"看作引发最终悲剧的"结"，因为正是这一个个从最初开始的"结"造成了人物最终的死亡/故事的结束，这正是米勒尖锐地指出的关于开头与结尾的悖论——"既是开头又是结尾的开端必然要以前面发生的时间为前提，否则无法开始结尾。在这一模式中，很难实现或者辨认由缠结到解结的转折，因为这两个过程相互交织，合为一体"[①]。

同时，米勒认为我们无法判断叙事作品的结尾是解结还是打结的原因就是因为"无法判断该叙事是否完整"[②]。如果叙事线条的结尾是"打结"的形式，那就意味着结尾之前松散的故事线条都被收紧了，每个人物的结局都有了交代。在简·奥斯汀的爱情小说《傲慢与偏见》中，故事涉及伊丽莎白·班尼特、简·班尼特等几条爱情故事线，而在结尾的时候，每个人的婚姻状况都有了交代，看似将先前四姐妹松散的故事线条收拢了。而如果叙事线条的结尾是"解结"的形式，则意味着结尾之前故事中的疑问和秘密都水落石出了，正如《俄狄浦斯王》剧中俄狄浦斯的最终发现。侦探类小说的结尾则是"解结"最好的例证，读者跟随作者设定的线索不断找寻，最后在结尾处，凶手落网，先前缠绕的线条也就随着解开了。然而，如同坚信线条的源头是缺失的一样，米勒认为线条的结尾同样是缺失的，因为读者无法判断故事是否完整，因此收拢的线条可以再度打开，解开的线条也可以再打上结。比如，《傲慢与偏见》是以姐妹们的婚姻为打结的方式，而繁衍子孙就会成为另一个循环的开始。此外，索福克勒斯的《俄狄浦斯在克罗诺斯》是对俄狄浦斯离开忒拜城后的生活的续写，那些从《俄狄浦斯王》中梳理出来的线条又再次打上了结。因此，米勒认为结尾是一个悖论，人们能够得到的只有一种结尾的感觉。

通过对故事线条的开头和结尾的质疑，米勒否定了亨利·詹姆斯提出的"连贯性、完整性和有限形式"的传统叙事三要素，而他对叙事线条的开头和结尾的探讨便是对叙事这三个元素的颠覆。无论是对亚里士多德还是对詹姆斯来说，故事的完整性都是建立于封闭的文本疆域内的，而米勒是以一种

---

[①] J. 希利斯·米勒：《解读叙事》，申丹译，北京大学出版社2002年版，第49页。
[②] 同上书，第51页。

## 第二章 "非线性叙事学":米勒对经典叙事学的批判

开放、宏观的视角来看待文本。

就像追求开头与结尾的完整性一样,结构主义叙事学家也追求叙事线条的连贯性,即米勒所说的,"无论是在叙事作品和生活中,还是在词语中,意义都取决于连贯性,取决于由一连串同质成分组成的一根完整无缺的线条。由于人们对连贯性有着极为强烈的需求,因此无论先后出现的东西多么杂乱无章,人们都会在其中找到某种秩序"①。这种"连贯性""秩序"和"完整无缺"正是结构主义学派所追求的真理,因而小说在结构主义那里也就必须要有一条清晰的一以贯之的主线,而读者只要拿着这根线条便可以像阿里阿德涅找到迷宫出口一般找到文本的终极意义。而米勒认为,线条是复杂的,"相互探测、交叉、平行、缠绕,积成一堆,乱成一团"②,因此绝不可能是结构主义学派所期待的那种直线。

如劳伦斯·斯特恩(Laurence Sterne)在《项狄传》(*Tristram Shandy*)第六卷第四十章中所言:

> 现在,我开始进入我的工作,借助于一顿素食,再加上几粒冷瓜子,我确信我将能够用一条说得过去的直线,继续讲脱庇叔叔和我自己的故事。

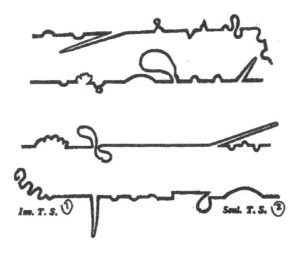

---

① J. 希利斯·米勒:《解读叙事》,申丹译,北京大学出版社2002年版,第59页。
② 同上书,第61页。

这些是我在第一二三四卷中进展的四条线路。——在第五卷中我一帆风顺,——我在里面所描述的准确的线路是这样的:

这条线路表明,除了在标有 A 的曲线处,我到纳瓦尔旅行过一回,——还有锯齿状曲线 B 是我在那儿和博西耶小姐和她的男侍一起,暂时外出换换空气外——我一点儿也没有跑题,直到约翰·德·拉·卡萨的魔鬼们领着我绕过您看到标有 D 的圆。——因为就 ccccc 而言,它们不过是插入成分,是国家最高的大臣们的生活中常有的浮沉、升降;和人们的经历比较的时候——或者和我自己在 ABD 走过的三段弯路相比——它们就算不了什么。①

在这里,斯特恩巧妙地通过绘图的形式呈现了叙事线条的样子,尽管他想尝试将故事写成一条直线,但最后却不得不面对各种各样的插曲、倒叙、重复,等等,因而叙事线条最终就成了弯弯曲曲的样子。可以说,不连贯性是小说的常态,而对读者来说,也许正是这种曲折造就了《项狄传》经久不衰的魅力,也使得故事线条像米勒所说的美人的曲线轮廓一样令人着迷。在米勒看来,"叙事之趣味在于其插曲或者节外生枝。这些插曲可以图示为圆环、结扣、线条的中断或者曲线"②。没有插曲的故事情节往往是过于平淡的,而越复杂的叙事线条则越会像斯特恩所绘制的图像一样偏离线条的样子,变成一种非线性的结构。

另外,插曲的概念是模糊的,很难定义从哪里开始是偏离主题的,而且作者、不同的读者会有不同的阐释,这与开头和结尾的模糊性是相似的。在结构主义学派看来,叙事始终有一个中心,即米勒所说的,叙事线条在

---

① 劳伦斯·斯特恩:《项狄传》,蒲隆译,上海译文出版社 2020 年版,第 479～480 页。
② J. 希利斯·米勒:《解读叙事》,申丹译,北京大学出版社 2002 年版,第 66 页。

## 第二章 "非线性叙事学":米勒对经典叙事学的批判

"弯来绕去之时,它依然受制于那个无穷远或者不在场的中心的关联"①,这样看来,只要是偏离这个中心的内容便是插曲。米勒还提出了浪漫主义小说与中产阶级现实主义戏剧的统一性,即"内在逻各斯的统一性"和"涡卷线状的统一性"②,这与施莱格尔所说的精神上的统一性类似。米勒还指出,小说的统一性不是字面上的,而是"精神上"③的,即通过与一个精神中心的共同关联将各个部分连接为一体,这与汉语中"意合"这一概念有异曲同工之妙。也就是说,在小说这个整体中,不可避免的插曲在文本范围内依然是围绕着不在场的中心的,而且受制于这个中心,并以此达到叙事的连贯性。

然而,像康拉德的《黑暗的心脏·"水仙号"上的黑家伙》这样的小说,出现了"事情的要旨并不是像一颗核桃仁那样藏于内部,而是包裹在一段故事的外部"④的情况,叙事的中心与内容的二元对立关系已经被颠覆,作者呈现给读者的只有找寻黑暗的中心的过程,而并不是中心本身。尽管很多学者赋予了《黑暗的心脏·"水仙号"上的黑家伙》批判帝国主义殖民等中心思想,但又不可避免地陷入片面阐释的误区,因此,《黑暗的心脏·"水仙号"上的黑家伙》的故事便无法成为上述理想的连贯性状态。米勒别出心裁地勾勒了双曲线、正切曲线、抛物线这三种偏离中心的图形,而《黑暗的心脏·"水仙号"上的黑家伙》的故事便呈现出不经过中心的抛物线的图式,无限接近中心却始终无法到达。另外,米勒指出,反讽不属于任何一种图形,因为反讽是一种"永久性旁白","它消除了任何可以想到的中心",而且"完全悬置、扰乱和分解了叙事线条"。⑤ 在《俄狄浦斯王》中,俄狄浦斯的诅咒构成了一种反讽,话语的中心遭到了消除。尽管米勒在这里探讨的是线条的连贯性的问题,但实际上还是结构主义的中心的问题。结构主义对线条连贯性的要求也是对确定的中心的信仰,而对解构主义学派来说,中心和源头都是不可寻的,人们只能无限接近中心却无法获得终极意义,米勒的这种去中心化的追求正是符合后现代潮流的。

---

① J. 希利斯·米勒:《解读叙事》,申丹译,北京大学出版社2002年版,第69页。
② 同上书,第71页。
③ 同上。
④ 约瑟夫·康拉德:《黑暗的心脏·"水仙号"上的黑家伙》,胡南平译,译林出版社2001年版,第6页。
⑤ 参见 J. 希利斯·米勒《解读叙事》,申丹译,北京大学出版社2002年版,第72页。

米勒从解构主义的视角解构了亚里士多德在《诗学》中探讨的情节首要性和理性，以及叙事的统一性、完整性和连贯性，从而颠覆了读者对线性叙事的认知。叙事学家对情节的探讨是基于中心明确、统一、稳定的文本的，而在米勒的解构主义视角下情节则充满了非理性的、分裂的成分。当然，这只是米勒与叙事学家不同的视角与立场所导致的不同，并没有绝对的对错，米勒的研究方法，尤其是超越文本疆域的做法，挑战了结构主义叙事学家将文本视为静态、封闭的内容的研究方法。

## 二、"地毯中的图案"：异质重复的线条

在探讨叙事线条问题时，米勒表明重复是叙事线条的一个基本特征，因为"叙述"这个词本身就暗含"判断、阐释、复杂的时间性和重复等因素。叙述就是回顾已经发生的一串真实时间或者虚构出来的事件"①。早在1982年的著作《小说与重复：七部英国小说》中，米勒便关注了小说中重复的问题，他认为，重复的作用是"将众多不可重现的事件的前后发展顺序按照一定的程序组织得脉络清晰可辨。在这种程序内，众多事件发生着、被复述着，这类事件环环相扣、情节性很强的故事常能激起人们感情上强烈的共鸣"②。热奈特在定义叙事时指出，叙事最通用的含义即为"承担叙述一个或一系列事件的叙述陈述，口头或书面的话语"③，显然，热奈特的这一定义与米勒对重复的定义有重叠的部分，即叙事本身就是对事件的重复，且重复的线条也是叙事学中的一个重要的研究问题。相比之下，热奈特关注的是重复的线条在文本中所产生的意义，而米勒更关注重复的线条如何在文本中产生意义，他所提出来的异质重复的线条意象对结构主义者所坚持的单一、统一的叙事线条提出了挑战。

重复的理念最早源于柏拉图的模仿说，即将万物视为对理念的模仿或复制。在《理想国》第三卷中，苏格拉底对阿得曼托斯说，"讲故事的人或诗人所说的不外是关于已往、现在和将来的事情"，并且用到了"简单的叙

---

① J. 希利斯·米勒：《解读叙事》，申丹译，北京大学出版社2002年版，第44页。
② J. 希利斯·米勒：《小说与重复：七部英国小说》，王宏图译，天津人民出版社2007年版，第1页。
③ 热拉尔·热奈特：《叙事话语·新叙事话语》，王文融译，中国社会科学院出版社1990年版，第6页。

## 第二章 "非线性叙事学":米勒对经典叙事学的批判

述"和"模仿"两种方式。① 可以说,古希腊时代关于模仿的内容和形式的探讨构成了现代重复理论的基础。米勒在《解读叙事》中指出,人们通常认为,"写作、阅读、生活、写下某人的一生或一段历史,都可视为在重新追踪一根已经生产出来的线条"②,而在叙事学家看来,事件是构成叙事的素材(fabula),因此,叙事本身便成了对已发生之事的一种重复,这正如热奈特在《叙事话语》中所言,"恰恰将被我们称作重复倒叙或'回想'的第二类同故事(内)倒叙避免不了赘言,因为叙事公开地、有时明确地回到自身的踪迹"③。因此,像普鲁斯特的《追忆似水年华》这样的叙事作品便可以看作对过往经历的重复。

米勒在《小说与重复:七部英国小说》中提到了两种形式的重复,其中一种便是最为普遍的"柏拉图式的重复"(Platonic repetition)——"根植于一个未受重复效力影响的纯粹的原型模式"④,毫无疑问,这种类型的重复是现实主义小说所遵循的准则,即以现实为原型,最大限度地"模仿"和"再现"现实。在《诗学》中,亚里士多德将诗和其他的艺术形式看作一种模仿,并认为它们的区别在于模仿的媒介和对象的不同。显然,模仿说强调对原型的重复,忽略了文学作品的虚构性质,也遏制了作家的创作与想象,因此在文学的审美问题上时常为人诟病。单就叙事线条来说,模仿说也打破了亚里士多德对单一线条的规定,模仿与现实在此构成了双重线条。

除了模仿的内容外,亚里士多德还在《诗学》中强调了模仿的对象,即"一个单一而完整的行动"⑤,并指出"一个构思精良的情节必然是单线的",而不是"双线的"⑥。然而,叙事中的插曲是无法避免的,而且插曲与主要事件之间的界限也并不清晰。里蒙-凯南在《叙事虚构作品》中指出,事件可以分为两大类,一类是"核心"事件,即能够推动情节发展的事件,

---

① 参见柏拉图《理想国》,郭斌和、张竹明译,商务印书馆2018年版,第96页。
② J. 希利斯·米勒:《解读叙事》,申丹译,北京大学出版社2002年版,第61页。
③ 热拉尔·热奈特:《叙事话语·新叙事话语》,王文融译,中国社会科学院出版社1990年版,第29页。
④ J. 希利斯·米勒:《小说与重复:七部英国小说》,王宏图译,天津人民出版社2007年版,第6页。
⑤ 亚里士多德:《诗学》,陈中梅译注,商务印书馆1996年版,第78页。
⑥ 同上书,第98页。

另一类是"催化"事件,即维持和延缓原有情节的事件。① 如《项狄传》中的那些图形所示,"核心"情节推动着叙事沿着 A 到 D 的方向前行,但"催化"事件是不断出现的,而且围绕着"核心"事件,因而线条无法呈现出一条直线的样子,而是呈现出多处弯曲。随后,里蒙-凯南又指出,"'故事线'与一个完整的故事结构相似,所不同的是前者只限于某一组人物"②,并表明:

> 围绕同一组人物发生的一连串事件在作品文本中成为起支配作用的故事要素时,这些事件就构成了主要故事线(不幸的是,对于什么是支配作用并没有明确的标准);而围绕另外一组人物发生的一系列事件就是故事的次要故事线。③

根据里蒙-凯南的定义,《李尔王》中的主人公李尔王与他的女儿们的故事便是主要故事线,他与格罗斯特和自己的儿子们的故事又成了次要故事线。但正如里蒙-凯南所说,"什么是支配作用并没有明确的标准"④,《李尔王》中时常交叉的两条故事线也说明,文学作品中也很难严格区分主要故事线与次要故事线的界限。就像斯特恩在《项狄传》里说的,他尽可能地将故事线条画成一条直线,"用的是一位书法教师的尺子(专门为画线借的),既不向右拐,也不朝左斜",但最终成型的确实是弯弯曲曲的线条,尽管这直线是"基督徒步入的道路!"和"道德端正的象征!"⑤。尽管亚里士多德声称单一、统一的叙事线条才是最理想的,但即使按照里蒙-凯南粗略划分叙事线条的方法,主要故事线与次要故事线这两条故事线也并不像读者所想象的那样清晰可辨。

除此之外,作者模仿人物说话时所采用的间接话语也引起了米勒的关注。在《理想国》中,苏格拉底在与他的兄弟阿德曼托斯的对话中探讨了诗人模仿其他人说话的问题。苏格拉底列举了《伊利亚特》开头几行,表

---

① 参见里蒙-凯南《叙事虚构作品》,姚锦清等译,生活·读书·新知三联书店1989年版,第28页。
② 同上书,第29页。
③ 同上。
④ 同上。
⑤ 劳伦斯·斯特恩:《项狄传》,蒲隆译,上海译文出版社2020年版,第479～480页。

## 第二章 "非线性叙事学"：米勒对经典叙事学的批判

明诗人荷马在诗行中模仿了赫律塞斯的声音来讲述故事，他还认为这种模仿是危险且不道德的谎言。在诗歌或者小说中，作者模仿故事中人物的声音是十分常见的，这个声音时常通过叙述者来发出。苏格拉底认为，简单纯粹的叙述应该是这样的：诗人用自己的声音说话[1]，即一种第三人称的客观陈述或仅由对话组成，而不是模仿赫律塞斯的口气说话或加入诗人的情感。这是因为苏格拉底坚信模仿会带来许多问题，诗人对道德败坏的人、奴隶等的模仿便会给大众尤其是孩童带来坏的教育，这不符合"净化"的要求，因此只能慎重地选择英雄、模范等人作为模仿的对象，而且他也严禁诗人在模仿时损害神的光辉形象。苏格拉底对简单纯粹的叙述的推崇源于他对神的信仰，因为他相信"神在言行方面都是单一的、真实的，他是不会改变自己，也不会白日送兆，夜间入梦，玩这些把戏来欺骗世人的"[2]。亚里士多德所推崇的单一线条只能是源于上帝或作者自己的话语，作者在创作虚构作品时就必然会模仿人物或叙述者的声音，因此作者与人物或叙述者的声音就构成了双重线条，这也就消解了作者单一且权威的声音。

另外，叙事作品中也充满了重复的元素，例如，《俄狄浦斯王》中人物的对话里重复出现的"看见"这一隐喻，《德伯家的苔丝》中反复出现的红色物品，等等，当我们运用文本细读的策略时便会发现文本中重复的影子。作品中的重复因素也构成了斯特恩在《项狄传》中所勾勒的三幅图形中的部分弯曲的图形，破坏了线条的单一性和连贯性。不管是对现实的模仿，还是对上帝话语或人物与叙述者的模仿，柏拉图式重复都强调了源头的可追溯性，在他看来，人们总能找到重复的原型，也就是那个真实存在的被模仿对象，但根据米勒对叙事线条开端的质疑便知道他并不认可柏拉图源头可寻的论断。

除了柏拉图意义上的线条的双重性，米勒还指出，重复并不是完整的模仿，而是带有差异的重复，他由此提出了"尼采式重复"（Nietzchean mode of repetition）"[3]的概念，并指出，与"柏拉图式重复"的本质不同，"尼采式重复"并无原型作为基础。米勒以哈代的《卡斯特桥市长》为例说明，

---

[1] 参见柏拉图《理想国》，郭斌和、张竹明译，商务印书馆2018年版，第98页。
[2] 同上书，第81页。
[3] J.希利斯·米勒：《小说与重复：七部英国小说》，王宏图译，天津人民出版社2007年版，第6页。

亨察尔德在生命走向终点时想象自己又回到了小说开头拍卖妻子的地方，然而实际上他记错了地方，因此，这段叙事"看上去 x 重复了 y，但事实上并非如此。"①

米勒是这样定义"尼采式重复"的：

> 它假定世界建立在差异的基础上，这一理论设想为：每样事物都是独一无二的，与所有其他事物有着本质的不同。相似以这一"本质差异"的对立面出现，这个世界不是摹本，而是德鲁兹所说的"幻影"或"幻象"。它们是些虚假的重影，导源于所有处于同一水平的诸因素间的具有差异的相互联系。②

也就是说，所有的重复都不是一种机械的模仿再现，而是在重复中重新建构。这就像"地毯中的图案"一样，虽然是重复的，但图案之间必定存在着差异，也就是德勒兹所指出的，没有一片树叶是完全相同的。在《追忆似水年华》中，主人公看似是在回忆过往，用记忆的碎片编织起整个叙事，然而，小说的性质便决定了其中的虚构成分。在再现过去的场景时，叙述者记忆的偏差或遗忘都会导致细节的不一致，因而最终呈现在读者面前的只能是一种带有差异的重复。

米勒认为，在"柏拉图式重复"中，人们只是机械地按照时间顺序客观地陈述事实，而在"尼采式重复"中，"记忆构造了一种虚构的生活"③，因此，米勒赞同瓦尔特·本雅明的说法，相信普鲁斯特在《追忆似水年华》中那"不自觉的、极富感染力的记忆中有着建设性的、想象的、虚构的一面"④。而这一面在小说中是随处可见的，比如在伊恩·麦克尤恩的《赎罪》中，女主角布里奥妮的记忆便出现了偏差，因而误将罗比当成了真正的凶手，在目睹案发现场之后，布里奥妮一遍遍向不同的人"陈述案发经过，

---

① J. 希利斯·米勒：《小说与重复：七部英国小说》，王宏图译，天津人民出版社 2007 年版，第 8 页。
② J. 希利斯·米勒：《小说与重复：七部英国小说》，王宏图译，天津人民出版社 2007 年版，第 7～8 页。
③ 同上书，第 8 页。
④ 同上。

但控诉的内容有重重疑点,犹如釉面上的瑕疵和细纹"①。甚至在59年之后,布里奥妮将故事编写成了一本自传小说《阿拉贝拉的磨难》,以求从书写中得到救赎。导致陈述中出现"瑕疵和细纹"的原因便是布里奥妮每一次叙事时的差异性,由于她在黑夜中并不能确定真正的凶手的样貌,她的内心又因为罗比先前对自己的表姐塞西莉亚的"不正当"行为而对罗比有了偏见,再加上她爱幻想和喜爱创作的特点,她便由此说服自己相信罗比就是真实的凶手,一遍遍地叙述那自以为是的"真相"。她的叙述都是在说服自己向家人和警察证实罗比就是凶手,然而由于真实性的缺失,她的每一次叙述都会呈现出明显的漏洞和不一致。当布里奥妮在完成《阿拉贝拉的磨难》这本小说的创作时,她也承认,罗比和塞西莉亚事实上已经于"二战"中不幸离世,而她却为了减轻自己这些年内心的自责和愧疚在小说中编造了一个假的结局,为读者制造了罗比和塞西莉亚仍幸福地生活在一起的假象。尽管对于虚构作品来说,作者创作的艺术是必不可少的,但这也说明叙事并不是过去已发生事件的一面镜子,完完整整地再现事件,而是一种建立在原型基础上的带有差异的重复。

在米勒看来,"柏拉图式重复"是一种基于原型且合乎逻辑的形式,而"尼采式重复"又是基于"柏拉图式重复"的,并不是"柏拉图式重复"的否定或对立面,而是它的"对应物"②。米勒解释道,这种对应关系就像本雅明所说的对立的因素:"内/外;满/空;清醒/梦幻;记忆/遗忘;同一/相似;容器/容器中盛纳的物件"③,这些对立的元素之间既保持着差异,又能互相转化。因此,米勒在《小说与重复:七部英国小说》一书中力图证明,重复的两种形式既具备根基,又缺乏根基,而且两种形式重复缠结交叉在作品之中,这正是"解构"所意味着的"瓦解建构/解构这一对立中包含的或者/或者的逻辑法则"④。总而言之,两种重复形式都是对叙事学家所追求的单一、有源头的叙事线条的解构。

为了回应艾布拉姆斯等人对解构主义寄生于他物的批评,米勒在《作为寄主的批评家》一文中指出,寄主与寄生物是相互依赖而存在的,而且

---

① 伊恩·麦克尤恩:《赎罪》,郭国良译,上海译文出版社2011年版,第188页。
② J. 希利斯·米勒:《小说与重复:七部英国小说》,王宏图译,天津人民出版社2007年版,第9页。
③ 同上书,第11页。
④ 同上书,第20页。

可以互相转化，此外，不只是批评家依附于文本，任何一个文本也具有依附于更早的文本的性质，正如他在解读雪莱的《生命的凯旋》这首诗时所说的，"这首诗里隐居着一条寄生性存在的长长的链条——先前文本的模仿、借喻、来客、幽灵"①。这种寄生关系意味着对先前文本的重复，超出了给定文本的疆界，这与"互文"（intertextuality）在概念上也有重叠。

克里斯蒂娃在《语言中的欲望：符号学方法下的文学与艺术》（*Desire in Language*: *A Semiotic Approach to Literature and Art*, 1980 年）一书中将"互文"定义为"文本的置换"（permutation of texts），即"在给定的文本中，来自其他文本的话语相互交叉（intersect），并相互抵销（neutralize）"②，因而这种"置换"和"交叉"都是一种文本间重复的形式。如人类的起源所引发的诸多争议一般，文本的源头也依然是一个谜，而在现有的文本中，我们总能找到部分其他文本的影子，如米勒在《小说与重复：七部英国小说》中所言，"如果第一个故事就已经是一种重复，那么它自身就总会包含进一步重复的可能性，其表现方式包含引语、戏仿、颠覆、双重、从属情节和阻挠主要情节的对抗情节等"③。比如，雪莱的《生命的凯旋》中所出现的意象在很多先于雪莱的诗人的作品中都出现过，而雪莱之后的作家又相继模仿了他的诗中的意象。因此，在米勒看来：

> 任何一部小说都是重复现象的复合组织，都是重复中的重复，或者是与其他重复形成链形联系的复合组织。在各种情形下，都有这样一些重复，它们组成了作品的内在结构，同时这些重复还决定了作品与外部因素多样化的关系，这些因素包括：作者的精神或他的生活，同一作者的其他作品，心理、社会或历史的真实情形，其他作家的其他作品，取自神话或传说中的过去的种种主题，作品中人物或他们祖先意味深长的往事，全书开场前的种种事件。④

---

① J. 希利斯·米勒：《作为寄主的批评家》，见 J. 希利斯·米勒编《重申解构主义》，郭英剑译，中国社会科学出版社 2000 年版，第 121 页。

② Julia Kristeva, *Desire in Language*: *A Semiotic Approach to Literature and Art*. Translated by Tomas Gora etc., Columbia University Press, 1980, p. 36.

③ J. 希利斯·米勒：《解读叙事》，申丹译，北京大学出版社 2002 年版，第 62 页。

④ J. 希利斯·米勒：《小说与重复：七部英国小说》，王宏图译，天津人民出版社 2007 年版，第 3 页。

## 第二章 "非线性叙事学":米勒对经典叙事学的批判

米勒将这种重复比喻为"一组大匣套小匣式的中国匣子"①,当读者以为找到意象的起源时,却发现这个所谓的"源头"被打开之后里面还套着一个新的"源头"。这就像我们在前一个章节中探讨线条的开端一样,尽管"柏拉图式重复"强调原型的存在,然而实际上这个原型或源头是不可寻的。

米勒所探讨的"寄生"问题以及我们所说的"互文"现象实际上都是重复的问题,而且米勒在这里是以一种宏观的、超出文本疆域的视角来看待重复问题的。解构主义自身并未形成理论体系,它的生长便是寄生于批判其他理论之上的,这时常导致其成为其他流派攻击解构主义的武器,而米勒对寄生、重复的探讨正是对这些批评的有力回击。综上所述,没有任何一种理论或一个文本可以宣称自己独立于所有的理论和文本,因而任何一种理论或文本都同时是寄主和寄生物,在重复这张大网中相互交叉,相互抵销。

在探讨线条的重复问题时,米勒实际上是用一种宏观、解构的视角瓦解了结构主义叙事学家所追求的单一、中心明确的线条,如他在《解读叙事》中所言,无论采用何种方式"来使叙事线条双重化,它都会颠覆逻各斯的秩序,将偏心、离心、非理性或无理性、对话性或非逻辑性的因素引入中心化的、逻辑的、独白性的因素之中"②。因此,米勒对线条重复问题的探讨进一步挑战了结构主义叙事学的基础。"重复"概念是米勒的文学研究中的一个重要内容,他所强调的是"差异的重复",而不是简单的模仿。米勒将"重复"理念运用于文学作品的阐释中是极具创新价值的,不仅对单一的阐释发起了挑战,也引发人们重新思考文学理论与文学作品中的寄主与寄生物的关系。申丹近年来在"隐性进程""双重叙事运动""双轨反讽"等方面的研究在国际上引发了强烈的反响③,这同样是对经典叙事学中单一、确定

---

① J. 希利斯·米勒:《作为寄主的批评家》,见 J. 希利斯·米勒编《重申解构主义》,郭英剑译,中国社会科学出版社 2000 年版,第 129 页。
② J. 希利斯·米勒:《解读叙事》,申丹译,北京大学出版社 2002 年版,第 47 页。
③ 可参见申丹的相互论文。申丹:《何为叙事的"隐性进程"?如何发现这股叙事暗流?》,载《外国文学研究》2013 年第 35 卷第 5 期,第 47 ~ 53 页。申丹:《情节冲突背后隐藏的冲突:卡夫卡〈判决〉中的双重叙事运动》,载《外国文学评论》2016 年第 1 期,第 97 ~ 122 页。申丹:《叙事的双重动力:不同互动关系以及被忽略的原因》,载《北京大学学报(哲学社会科学版)》2018 年第 55 卷第 2 期,第 84 ~ 97 页。申丹:《明暗相映的双重叙事进程——〈苲萝泡菜〉单轨反讽背后的双轨反讽》,载《外国文学研究》2019 年第 41 卷第 1 期,第 17 ~ 27 页。申丹:《"双重认知轨道":认知文化研究面临的挑战和机遇》,载《英语研究》2020 年第 1 期,第 31 ~ 40 页。

的叙事进程的颠覆。米勒的重复观在当时是十分前沿的研究，为叙事学突破单一、确定的预设奠定了基础。

## 三、"Ariachne 之线"：断裂的叙事线条

在《诗学》中，亚里士多德强调了叙事线条单一和完整性的重要性，然而米勒却敏锐地觉察到线条断裂的情况，从而对亚里士多德的线性叙事提出了挑战。在米勒的解构主义批评实践中，他通过"文本细读"的方法揭示出文本自相矛盾的地方，然后对表面统一的结构进行了拆解，从而表明文本意义是如何在各种修辞与矛盾中自我破坏的。在米勒看来，统一、完整的线条是不存在的，文本中的错格、反讽、副文本、叙事声音的转换等现象都造成了线条的断裂。以"Ariachne"一词的自我拆解属性开头，米勒将单一、完整的叙事线条瓦解得粉碎，可以说，米勒对叙事线条断裂的分析是其践行解构主义批评策略的又一实践。

在探讨线条的连贯性问题时，米勒注意到莎士比亚的《特洛伊罗斯与克瑞西达》中出现的"Ariachne"一词，并指出该词本身分裂的特质。在第5幕第2场，第175～177行，莎士比亚写道：

> 但在这广阔的距离之间，
> 却没有一个小洞可让一个细如
> Ariachne's 破裂纬线的尖头进入。[①]

米勒质疑"Ariachne"一词是否为莎士比亚的笔误，或抄写员的笔误。在希腊神话中，阿拉喀涅（Arachne）是一位技艺精湛的织布女子，她会"将羊毛纺成粗纱、把粗纱不断整细并且灵巧地晃动纱缍"[②]，但她过于傲慢，扬言自己的技艺胜过女神雅典娜，因而引起了雅典娜的不满。在与雅典娜比赛织布的时候，阿拉喀涅又在纺布上嘲弄天神宙斯，导致雅典娜忍无可忍将阿拉喀涅的织物撕得粉碎，并用梭子在阿拉喀涅的额角上敲了三下。阿拉喀涅失去理智，拿起绳子套在自己的脖子上，把自己吊在半空中，雅典娜

---

[①] 转引自 J. 希利斯·米勒《解读叙事》，申丹译，北京大学出版社 2002 年版，第 128 页。
[②] 古斯塔夫·施瓦布：《希腊古典神话》，曹乃云译，译林出版社 2019 年版，第 83 页。

心有不忍，于是抓住绳子将阿拉喀涅从绳套中救了下来。女神临走之前在阿拉喀涅的脸上撒了几滴魔液，将可怜的阿拉喀涅变成了一只难看的蜘蛛——"直到今天她还操持着古老的艺术，把线跟线努力地搭织起来，织成一张漂亮的蜘蛛网。"① 阿拉喀涅的神话故事包含着线条的隐喻，而希腊神话中的另一位女子阿里阿德涅（Ariadne）的故事也与线条紧密相关。根据希腊神话的记载，阿里阿德涅是克里特岛的国王弥诺斯的女儿，她对抵达岛上的忒修斯一见钟情。阿里阿德涅交给忒修斯一团线圈，让他把线圈的一端拴在迷宫的入口，然后跟着滚动的线团一直向前走，以便安全走出迷宫。忒修斯最终顺着线团幸运地钻出了迷宫的鬼怪途径，但阿里阿德涅的结局却不得而知了。② 显然，莎士比亚创造的 Ariachne 一词是将阿拉喀涅（Arachne）与阿里阿德涅（Ariadne）混杂在一起了，米勒猜测莎士比亚是因为二者都与"线"这一意象相关，因而将二者混淆了。

无论是何种情况，米勒认为 Ariachne 这个词"像是一条裂缝、一个省略或者词中省略，或像是掉了一个字母般引人注意"③，因而这个词的出现导致了莎士比亚这首诗中统一线条的断裂。另外，米勒又指出，Ariachne 将两个既和谐又矛盾的神话合为了一体，这与《特洛伊罗斯与克瑞西达》这首诗中特洛伊罗斯的话语特点是吻合的，因为他的话语也呈现出分裂的特质。例如，在第 171 行，特洛伊罗斯所说的"这是，这又不是克瑞西达"④的矛盾分裂的话。在第 166 行，特洛伊罗斯说"假如世间存在同一法原则"⑤，米勒将这种同一性看作"构成独白性形而上学的基本假定"，也包括对秩序的描述，比如"将天与地相连的宗教、形而上学或宇宙论的纽带，政治或社会秩序，伦理的、主体间的秩序"以及"语言或理性话语的秩序"等。⑥ 尽管特洛伊罗斯也提到了诸如"统一""话语""原因""权威"等依赖于以逻各斯为中心的形而上学的词，但特洛伊罗斯在提到这些词的时候又以"假如"开头，表明这只是一种理想，而非现实，也体现了特洛伊罗斯心里一面向往着这种理性与秩序，一面又抵抗着它们的矛盾心理。假如我们

---

① 古斯塔夫·施瓦布：《希腊古典神话》，曹乃云译，译林出版社 2019 年版，第 85 页。
② 参见古斯塔夫·施瓦布《希腊古典神话》，曹乃云译，译林出版社 2019 年版，第 219 页。
③ J. 希利斯·米勒：《解读叙事》，申丹译，北京大学出版社 2002 年版，第 128 页。
④ 同上书，第 127 页。
⑤ 同上。
⑥ 参见 J. 希利斯·米勒《解读叙事》，申丹译，北京大学出版社 2002 年版，第 130 页。

### 否定　修正　创新：J. 希利斯·米勒叙事学思想研究

用一根线从头到尾贯穿特洛伊罗斯的话，便会发现特洛伊罗斯的话语中体现的分裂与矛盾是有违同一性法则的。

在谈到该诗中的叙事问题时，米勒指出：

> 倘若特洛伊罗斯的话语可视为叙事话语的样板，那么它就显示出一个故事可以同时是两个互不相容的故事。这两个故事永远不可能通过任何一个法则合并为一。它们也永远无法同时存在于一个单一有序的理智心灵中。然而，这两个故事都囿于一个文本、一个或者一组词的范围之内。①

显然，在莎士比亚的笔下，特洛伊罗斯的经历呈现出两条完全不同的叙事线条，既同时存在于一个文本中，又是互不相容的，就像"Ariachne"这个词所体现的共存与互不相容一样。米勒将"Ariachne"的结构特征称为"错格"（anacoluthon），意为"反对跟随"，即"反对跟着一条连贯的道路走到底"，且它"指称一种句法格局，即在句子中间转换时态、人称或单复数，结果文字在语法上难以协调一致"②。时态转换、人称转换等现象在叙事中普遍存在，因此线条并非结构主义叙事学家所说的那样是一种单一、连贯的线条，而是分裂、断裂的线条。米勒的解构主义批评方法便是指出文本中这种自相矛盾的内容，并表明这种矛盾、分裂造成了文本的自我解构。

除了错格，米勒认为文本中各种形式的对话同样构成了线条的断裂。在结构主义叙事学家看来，上帝和作者的声音是一种单一而权威的声音，这也是叙事线条统一、完整性的要求，独白性话语便是这种统一的最直接的形式。然而，米勒认为，文本中出现的诸如"卷首语"等现象使得独白声音被打断，最终以对话的形式呈现。热奈特在《隐迹稿本》中也探讨过"副文本"（paratext，或类文本）的问题，他认为一部作品是由"副文本"与正文构成的，并指出"副文本"有以下类别：

> 标题、副标题、互联型标题；前言、跋、告读者、前边的话等；请予刊登类插页、磁带、护封以及其他许多附属标志，包括作者亲笔留下

---

① J. 希利斯·米勒：《解读叙事》，申丹译，北京大学出版社2002年版，第134～135页。
② 同上书，第138页。

## 第二章 "非线性叙事学":米勒对经典叙事学的批判

的还是他人留下的标志,它们为文本提供了一种(变化的)氛围,有时甚至提供了一种官方或半官方的评论,最单纯的、对外围知识最不感兴趣的读者难以像他想象的或宣称的那样总是轻而易举地占有上述材料。①

米勒以卢梭的《新爱洛伊丝》为例,首先,米勒指出该小说的序言中的对话使读者对其真实性产生了疑虑,即对话中提及的《新爱洛伊丝》里的信件究竟是卢梭杜撰的还是他搜集的真实信件。米勒之所以会有这样的疑问是因为卷首语(或序言)通常被认为是独立于文本的正文的,而究竟是作者、叙述者、编辑还是什么人书写的这一段话是不得而知的,因而其归属会引起争议。同样的问题也适用于热奈特所提及的各项独立于文本正文的元素。其次,米勒还专门提及了脚注和插图,对读者来说,脚注和插图是对正文信息的一种补充性阐释,因而独立于正文文本,且它们与正文的虚构性形成一种鲜明的对比。例如,在乔治·艾略特的《米德尔马契》②中,在"前言"之前有一张乔治·艾略特的画像,在第7页中又出现了女主角多萝西娅的画像,打断了叙述者的话语。此外,文中还出现了多处脚注,对历史人物、事件等做出了详细的解释,比如第3页中对罗伯斯·庇尔这位英国政治家的补充性解释。罗伯斯·庇尔在英国历史上是真实存在的,且这些脚注的信息本身也是真实的,然而脚注信息和插图的出现却打断了作者独立、统一的声音,并强化了《米德尔马契》这个故事自身的虚构性。

尽管有人会说,无论是脚注还是叙述者或人物的声音,他们都统一于作者的笔下,然而,毫无疑问,脚注和叙述声音的变化都会造成独白声音的断裂。米勒认为:

> 一部虚构作品,无论看上去如何像是产生于一个单一作者的大脑,如何安全地泊靠于此,也许只不过是一连串自由漂流的文字。它们制造一种虚幻的假象,似乎有叙述者的头脑、作者的头脑、这个那个人物的头脑,然而,任何头脑都无法与语言相分离,都不是事先存在的独立实

---

① 热拉尔·热奈特:《隐迹稿本》,见《热奈特文集》,史忠义译,百花文艺出版社2000年版,第71页。
② 乔治·艾略特:《米德尔马契》,项星耀译,北京人民文学出版社2017年版。

体。这种基础的缺乏很可能就是任何谎言和虚构作品的存在方式。①

由此可见，将文本看作产生于一个单一头脑的东西是犯了将意识置于语言之上的错误。从读者的认知上看，读者习惯于用理性将这些断裂的线条拼接成逻辑上的统一体，即米勒所说的"大脑总是想构建出一个故事，构建出一根连贯一致、意思单一的叙事线条，这种倾向如此根深蒂固，以至于会从最不连贯的素材中建构出连贯性"②。那么可以说，单从文本层面来看，文本充斥着"Ariachne"这样分裂线条完整性的力量，这从根本上抵制了亚里士多德对线条统一、完整的规定。读者的阐释对断裂线条的修补则是超出文本之外的力量。

此外，米勒认为文本中存有大量未叙述的内容和未知的秘密，这同样造成了线条的断裂，也构成了文学经久不衰的魅力。在《诗学》中，亚里士多德强调史诗诗人应当编制一个"完整划一、有起始、中段和结尾的行动"③，并将荷马的创作视为一种典范。亚里士多德认为，尽管特洛伊战争本身有始有终，但荷马并没有原封不动地将整个战争过程描写出来，而仅仅截取了战争的部分，然后将其他故事设置为穿插的情节。在叙事中，像这种截取重要事件的做法十分普遍，但这种做法往往又会造成叙事线条的断裂和残缺，那些被省略的部分就形成了沃夫冈·伊瑟尔所说的"空白"④。

在探讨叙事作品中的"时距"（duration）问题时，热奈特提出了非等时的概念，即叙事时间与故事时间的错位。通过对《追忆似水年华》中时距的研究，热奈特描绘出了普鲁斯特在整本小说中叙事速度的变化，而"省略"（叙事时间小于故事时间）⑤ 这一方法的使用便是加快叙事节奏的一种方法。热奈特还在文中区分了三种省略，其中第二种是"暗含省略"，即"文本中没有声明其存在、读者只能通过某个年代空白或叙述中断推论

---

① J. 希利斯·米勒：《解读叙事》，申丹译，北京大学出版社2002年版，第149页。
② J. 希利斯·米勒：《解读叙事》，申丹译，北京大学出版社2002年版，第150页。
③ 亚里士多德：《诗学》，陈中梅译注，商务印书馆1996年版，第63页。
④ 沃夫冈·伊瑟尔：《阅读行为》，金惠敏等译，湖南文艺出版社1991年版，第210～216页。
⑤ 热拉尔·热奈特：《叙事话语·新叙事话语》，王文融译，中国社会科学院出版社1990年版，第60页。

出来的省略"①，这便是荷马截取特洛伊战争中重要事件的做法。"暗含省略"需要依靠读者敏锐的观察和细致的推理才能发现，从而填补这些线条上的空白。

尽管在米勒看来，这种省略造成了线条的断裂，但在伊瑟尔看来，这些文本中"空白"正是读者与文本交流的地方，并且对读者形成了一种"召唤"力量。

> 诱入各种事件之中，并用来补充那些言外之意。说出来的仅仅作为对尚未说出来的一种提示而呈现出意义。使意义得以实现并给意义以重要影响的是暗示，而不是明确的叙述。但是，由于言外之意作用于读者的想象，所以，已被描绘的内容就能出人意料地"展现出"更深的意味：即使从琐细的场景中也会出乎意料地发现意味深长之处。②

伊瑟尔在这里肯定了"空白"在增强文本给读者带来的审美体验中的积极作用，尤其是使读者参与文本意义建构的作用。对新批评派来说，文本的意义存在于文本自身，而伊瑟尔的文本接受理论则强调了读者与文本间的相互作用。对米勒来说，他更为关注的是文本中自相矛盾的部分，比如文本中的错格、反讽等所引起的线条的不连贯性，从而强调文本的不确定性和自我拆解的性质。米勒赞同费雷德里希·施莱格尔对反讽的定义，即"永久的悬置"——"叙事线条永远悬置，分裂为互不相连的小线段"③。米勒认为反讽导致叙事线条的意义悬而未决或无法确定，也导致了文学批评的不可能性。

在谈及阅读问题时，米勒更为关注的是读者对这种叙事线条中矛盾、分裂的察觉，以及这种矛盾、分裂造成的阅读的困难和中断，他在这一时期的研究中并未重视读者对文本意义的建构作用。侦探小说在读者群中十分受欢迎便是在于其设置悬念所带来的叙事张力，这种张力召唤读者根据支离破碎的信息来推理，从而破解谜团。因此，尽管"空白"造成了叙事线条的断

---

① 热拉尔·热奈特：《叙事话语·新叙事话语》，王文融译，中国社会科学院出版社1990年版，第69页。

② 沃夫冈·伊瑟尔：《阅读行为》，金惠敏、张云鹏、张颖、易晓明译，湖南文艺出版社1991年版，第210～216页、第214～215页。

③ J.希利斯·米勒：《解读叙事》，申丹译，北京大学出版社2002年版，第153页。

裂，但正是这些缝隙为读者创造了参与其中的空间，无形中增强了叙事的魅力。

　　在以多样性、解构为特征的后现代主义阶段，以中心、真理、起源等为追寻目标的现代主义学派遭到了全方位的攻击。米勒对线性叙事发出的挑战正是向经典叙事学中的结构、秩序、中心发起挑战。通过分析叙事线条的方方面面，米勒对单一、完整、连贯的叙事线条进行了拆解，因而文本的意义也开始动摇，变得不确定。对米勒来说，拆解文本的意义并不是他的目的，因为在他看来，"解构"是一种在解构的同时又具有"建构性"和"肯定性"的方法。① 因此，米勒建构的"非线性叙事学"并不是对线性叙事学的一种全面否定，而是从宏观的、超出文本疆界的视角将叙事线条带入一个更加多样化、开放的、动态的空间，从而为叙事学研究打开了新的视野，也为文本阐释带来了新的批评方法。

---

　　① 参见 J. 希利斯·米勒《作为寄主的批评家》，见 J. 希利斯·米勒编《重申解构主义》，郭英剑等译，中国社会科学出版社 2000 年版，第 150 页。

# 第三章 米勒对叙事学概念的解构与重构

从托多洛夫、格雷马斯、韦勒克和沃伦、热奈特等人在早期提出的叙事学概念开始,经过数位叙事学家的不懈努力,叙事学至今已经构建了一整套概念和范式,为文学文本的阐释提供一套实用的工具。然而,在米勒看来,叙事学所建立的范式和概念都是在稳定和统一的前提下建立起来的,因而其弊端也是显而易见的,正如马克·柯里在《后现代叙事理论》中探讨"术语化"问题时所说的,"文学批评和文学理论的语言已经成为世界上最丑陋的私人语言。叙事学一直就是最具冒犯性的术语扎根的地方"①。针对叙事学中建立在二元对立之上的术语,米勒在《共同体的焚毁:奥斯维辛前后的小说》一书中指出,"通常来说,叙事术语和概念会暗示,好的小说是,或者应当是有机统一的,因而人们的解读可以毫不含糊、清晰可证,然而这是叙事学另一个可疑的假设"②。在对叙事学诸种概念进行批判式解读时,米勒不仅指出了概念中的含混性和不确定性,也呈现了自己对这些概念的重新解读,可以说是对叙事学概念的一种修正和补充。

## 一、"character"的消解与"人物之死"

在《叙事虚构作品》中,里蒙-凯南指出,"在当代诗学中,关于故事时间及各事件之间的联系的研究已有相当显著的进展,而关于人物的研究却并无进展"③。这种对人物要素的轻视行为可以追溯到《诗学》的传统:亚里士多德在《诗学》中表明,悲剧的模仿方式是"借助人物的行动",他还

---

① 马克·柯里:《后现代叙事理论》,宁一中译,北京大学出版社2003年版,第38页。
② J. 希利斯·米勒:《共同体的焚毁:奥斯维辛前后的小说》,陈旭译,南京大学出版社2019年版,第136页。
③ 里蒙-凯南:《叙事虚构作品》,姚锦清、黄虹伟、傅浩、于振邦译,生活·读书·新知三联书店1989年版,第52页。

强调,"悲剧模仿的不是人,是行动和生活","没有行动即没有悲剧,但没有性格,悲剧却可能依然成立"。① 因此,对后来的结构主义叙事学家来说,人物往往在叙事中充当不同的功能,例如,普洛普所归纳的7种行动角色等可以说是完全抹杀了人物作为独立自我的特性,而仅仅将人物看作一种由语言组成的符号。在修辞叙事学家詹姆斯·费伦的《解读人物,解读情节》中,他将人物建构成"模仿性""主题性"和"虚构性"的模式②,虽然补充了叙事学在人物方面的研究,但从本质上说仍是将人物视为一种功能和符号。在这种语境下,罗兰·巴特所声称的"人物之死"也就应运而生了——"今天的小说中正在绝种的并不是小说特性,而是人物,不能再写的就是专名(Proper Name)"③。在《阿里阿德涅之线:故事线条》一书中,关注叙事理论的米勒从解构主义视角用大篇幅建构了自己独特的人物观,重新定义了人物在叙事中的属性。米勒对叙事中的人物这一要素的研究不仅补充和修正了叙事学家在人物方面的研究,也凸显了叙事学概念中的不稳定因素,从而引发人们重新审视叙事学的诸种概念。

对叙事学家来说,"人物"(character)这个元素是形而上学的自我统一体,而统一的人物自我是探讨人物的功能以及人物塑造方法的基础,但米勒认为这种先决条件是不存在的。在他看来,读者在阅读文学作品时经常会产生一种错觉,即将虚构作品中的人物当作真实世界中的人物,例如,《米德尔马契》中的多萝西娅,读者能够在作者的全知视角中了解多萝西娅的一切,甚至可以透视人物的内心世界,因此,读者便会认为自己对多萝西娅的了解要比现实生活中自己身边的朋友还多。米勒认为造成这种错觉的根源在于人们对统一的自我(unitary selfhood)的信仰,就像人们受"逻各斯中心主义"影响而相信意识的建构一般。

米勒认为,"人物"一词本身便包含一种线性意象(linear figure)④,且"人物"是由阅读一系列的构成人物的词语和概念的例子形成的,也包括一些相近的词语或概念,比如"主体"(subject)、"自我"(self)、"自我"

---

① 参见亚里士多德《诗学》,陈中梅译注,商务印书馆1996年版,第64~65页。
② James Phelan, *Reading People, Reading Plots: Character, Progression, and the Interpretation of Narrative*. The University of Chicago Press, 1989, p. 3.
③ 里蒙-凯南:《叙事虚构作品》,姚锦清、黄虹伟、傅浩、于振邦译,生活·读书·新知三联书店1989年版,第52页。
④ J. Hillis Miller, *Ariadne's Thread: Story Lines*. Yale University Press, 1992, p. 31.

(ego),等等①。米勒十分认同"在西方传统中,统一的自我一直是遭受质疑的"② 这一论断,这也是米勒看待人物的一个基本观点。在后文艺复兴时期,固定的、实质性的自我遭到了挑战,因此,当自我处于变化中时,上帝、法律对人的制裁和制约就开始遭到了质疑。胡塞尔、海德格尔、萨特都不认同自我的始终如一,且在尼采和弗洛伊德之后,人们很难再将统一的自我看作一种先决条件。米勒在《阿里阿德涅之线:故事线条》一书中对尼采、本杰明、鲍德里亚、德里达、特罗洛普、乔治·艾略特、爱伦·坡等人的人物观进行了批判式解读。

在米勒看来,在《权力意志》中,尼采呈现了最为系统化的对主体的拆解,并加深了西方传统中对主体统一性的质疑。尼采指出了拆解主体性内部世界的4个步骤:①构成灵魂的个人实体(如思想、情感、官能)并不存在。②没有两种情感或想法是相同的,或延续的,或重复出现的,人们极易犯的一种错误便是给事物命名,从而将有差别的事物归于同一个范畴之下。③拆解那些看起来盲目地将虚构实体联系起来的因果关系。④反对将自我的观点统一起来的内心世界的连贯性。对尼采来说,意志并不是由意识、统一、实质的自我所引导的意向,而是促使事情发生的内在和外在力量。③此外,尼采认为主体是多重的,并强调主体的对话性,从而冲击了"逻各斯中心主义"的独白话语。尼采看到了自我内部由不同的力量构成的自我封闭的战场。米勒认为,尼采对自我的拆解是对解构主义策略的运用,而且尼采在解开这些结之后也并未呈现一条笔直且真实的线条供人们理解,而是重构了一个更为复杂且交织在一起的结,就像盘根错节的迷宫一般。米勒继承了尼采的这一观点,他认为叙事作品中人物这一重要因素与文本自身一样具有自我拆解的力量,因而叙事学家将人物系统化为功能和行动的先决条件也就无效了。

关于自我是否具有稳定性的问题,里蒙-凯南认为,它已经被那些追求变化的、多样化的见解所取代了。她借用法国女权主义作家海琳娜·西苏(Hélène Cixous)的观点表明,"'我'始终超过一个人的,复杂多样,能够

---

① J. Hillis Miller, *Ariadne's Thread: Story Lines*. Yale University Press, 1992, p.35.
② Ibid., p.35.
③ Ibid., pp.39-41.

充当任何一个总有一天会成为的人,是集体行动的一群人"①。由此可见,西苏在这里的观点与米勒反对人物稳定自我的观点是一致的,他们都认同自我是不断变化的,因而那种统一的、稳定的自我便分崩离析了。在《追忆似水年华》中,作为叙事自我的"我"在所有事情发生之后以观察者的身份叙述着过往的事件,而作为经验自我的"我"则以当时情景下不同时刻的"我"打破了自我的连贯性,使得统一的自我遭到了拆解。再看"一千个读者有一千个哈姆雷特"这一论断,不同读者的阐释仅为表面上的原因,人物自身无法统一和稳定才是造成读者无法对其获取一致认识的本质原因。米勒这种用开放和动态的眼光看待人物的方法瓦解了结构主义叙事学家机械化地为人物分类的基础,将人物从死气沉沉的符号中解放了出来,使读者能够看到人物所具有的与现实中的人一样的鲜活生命。

除此之外,德里达和特罗洛普还提到了主体中的他者问题。在德里达看来,命运便是性格那神秘的"他者",对主体来说,命运是无法逃脱的,但命运又是主体无法感知、察觉或直接面对的,主体甚至无法在当下体验到命运的存在。可以说,命运是悬置在构成人物的其他元素之外的,因为命运既是无法被描述清楚的,也是无法被人物掌控的,在人物的生命中,它是隐而不现的,但它又是决定人物的一个决定性因素。就像俄狄浦斯那无法逃脱的弑父娶母的命运一般,尽管俄狄浦斯并不知晓它的存在,但它却影响了俄狄浦斯所有的行动、语言和心理活动,成了建构人物的一个不可忽略的因素。显然,作为"他者"的命运加深了人物作为独立自我的不确定性,也造成了人物的不稳定和不连贯性。除了命运这个他者,决定人物的还有多重因素,如福斯特在《小说面面观》中所说,"他们(人物)的本性仍旧是他(作者)通过推己及人臆想出来的,是融入了他本人血肉的,并且受制于他的作品的其他各个方面"②。由此可见,在作者的作品中,人物的外貌、生活的环境等都是构成人物特征的符号,人物这一符号与这些作为他者的符号是相关联的,而且这些符号是可以重复的,任意的组合就能创造一个新的人物,比如康拉德的"海洋小说"系列均以航海为背景,这一重复的背景与其他不同的元素组合成了不同的小说中不同的人物。米勒认可并接收了德里

---

① 里蒙-凯南:《叙事虚构作品》,姚锦清、黄虹伟、傅浩、于振邦译,生活·读书·新知三联书店1989年版,第54页。
② E. M. 福斯特:《小说面面观》,冯涛译,上海译文出版社2019年版,第47页。

达与特罗洛普对主体中他者的认识,而这一问题在叙事学研究中是被忽略的。与叙事学家将人物视为功能的做法完全不同,米勒认可人物的独立自我,但反对简单地将人物视为稳定、统一的主体。在人物的问题上,米勒更为认可的还是尼采对人的独立自我的拆解,而这种拆解直接瓦解了叙事学家将人物视为功能的基础,因而米勒的研究为我们继续思考人物的"存在"方式及其本质提供了更多的思路,也无疑是扩展了叙事学家对人物这一概念的认识。

当然,除了以上所探讨的问题,米勒认为人物这一概念还涉及更多复杂的问题,比如人物的模仿性与真实性的问题。实际上,这一问题一直是文学批评家们争论不休的一个议题,而在当代众多的文学理论中,心理学、现象学、女性主义等文学批评方法倾向于将小说中的人物等同于现实中的人,从而便于人们运用理论来得出关于现实中的人的心理、性别等结论。对亚里士多德来说,"模仿者表现的是行动中的人"[1],也就是说叙事作品中的人物被认定为一种虚构,而且就是对现实中的人的模仿。亚里士多德还指出,诗人既可以描绘比我们好的人,也可以描绘比我们差的人或者与我们相同的普通人。正如柏拉图所说,诗人要"模仿好人的言语"[2],且"可以适当地模仿勇敢的人,模仿他们沉着应战,奋不顾身,经风雨,冒万难,履险如夷,视死如归"[3]。基于这个观点,结构主义叙事学家关注更多的是叙事作品中人物塑造的方法,以及人物所抽象出来的功能。然而,这种方法忽略了人物在文本世界中的真实性,也弱化了人们对作者的创造力与想象力的关注力度。关于人物的真实性和虚构性问题,米勒首先关注的是,现实生活中或叙事作品中的人物究竟能否作为独立的、实在的、超语言的实体。米勒认为这个问题的关键在于我们究竟如何定义"存在"(exist)。

以往的叙事学家强调人物的本质虚构性特征,并将人物等同于语言,即认同人物是由语言创造和表现出来的。在《阿里阿德涅之线:故事线条》中,米勒也表明了相似的观点,他认可特罗洛普在作者创建人物上的观点,即不同的性格就像中国的汉字中的不同部分一样,不同的部分与不同的偏旁部首都可以自由组合成一个不同的字,因此,不同的性格特征也可以组合成

---

[1] 亚里士多德:《诗学》,陈中梅译注,商务印书馆1996年版,第38页。
[2] 柏拉图:《理想国》,郭斌和、张竹明译,商务印书馆2018年版,第104页。
[3] 同上书,第106页。

不同的人物。在这个问题上，米勒将自己的重复理论运用于人物的分析上，并将这些性格看作可重复的因素。同时，米勒还指出，在批评家的笔下，原小说中的过去时态被转换成了现在式，这使得人物仿佛在语言中得到了永生，而非仅仅存活于过去，这可以理解为，对过去的重复（特别是叙事）使得人物从文字中重获新生。例如，达洛维夫人的回忆和叙述让死去的人物又在文字中复活。

此外，米勒认同尼采在人物问题上的一个重要观点，即构成一个给定的人的"character"（如情感、思想、意志力、"自我"）的不同内部世界的实体并不是等待读者阅读的文件，而是产生于读者阅读的行为。里蒙－凯南认为：

> 在文本中，人物是语词结构的交节点，在故事中他们——在理论上——是非（前）语言的抽象物或构造。虽然这种构造绝不是字面意义上的人，但它们多少是根据读者对一般人的观念而塑造成的，从这一点上讲它们是类似于人的。[1]

在读者的建构作用上，米勒与里蒙－凯南观点一致，也与费伦对人物的模仿性研究密切相关。申丹等认为，这种对读者建构作用的强调是"将作品视为作者与读者之间的一种交流，注重作者的修辞目的和作品对读者产生的修辞效果，因而注重读者在阐释作品的主题意义时对人物产生的各种情感"[2]。例如，巴尔扎克笔下的欧也妮·葛朗台，他在世界范围内都是出了名的吝啬鬼的代名词，而他吝啬的品质就是读者从文字间建构而来的。葛朗台这种吝啬在巴尔扎克的笔下是栩栩如生的，与现实中的人无异，因此极易被人们当作真实存在的人，而且读者也会厌恶反感葛朗台的吝啬行为，进而产生负面情绪。尽管米勒与叙事学家们都关注到了读者在建构人物中的作用，但米勒在这一点上又是从另一个视角来思考的。通常，读者在阅读中所建构的人物形象是静态的、统一的。例如，当人们想到葛朗台时，脑海中便时常会浮现"吝啬"这样的性格词汇，仿佛葛朗台的性格被统一为了"吝

---

[1] 里蒙－凯南：《叙事虚构作品》，姚锦清、黄虹伟、傅浩、于振邦译，生活·读书·新知三联书店1989年版，第60页。

[2] 申丹、王丽亚：《西方叙事学：经典与后经典》，北京大学出版社2010年版，第185页。

啬",且静止不动。在米勒看来,这种现象是读者的错觉,即将人物看作稳定、统一的独立自我的错觉。

英文"character"一词除了指"人物",也含有"性格""品质""特性"的意义,这也就解释了读者想到葛朗台时脑海中会浮现"吝啬"这一性格特征的原因。叙事作品中的人物也像现实中的人一样有不同的性格特点,这些特点都像一个个符号,由作者来排列组合,因而小说中便出现了各种各样有特色的人。例如,在约翰·班扬的长篇小说《天路历程》中,人物的名字有"基督徒""忠诚""慈悲""救助者""猜疑""诚实"等,可以说都与人物的性格一一对应,这正是一种理想化的独立自我的体现。但米勒认为,人们对统一的自我的信仰是由于读者对符号的误读,即将符号与所代表的事物一一对应起来,且米勒将语言和符号学问题看作人物这个元素中最根本的问题。在米勒看来,符号的字面意义与修辞意义是断裂的,因此读者无法将人物建构成一个稳定、统一的人物形象。最典型的例子便是曹雪芹在《红楼梦》中为人物命名时所采用的谐音法,例如,全书中最讲究和最用意深刻的命名——"甄士隐"和"贾雨村","甄士隐"的谐音是"真事隐",而"贾雨村"的谐音是"假语存",这一"真"一"假"引发了读者对作品的多重解读和猜想。显然,在这里,字面意义与修辞意义是不对等的,曹雪芹为人物的命名超越了文字的字面意义,因而也就要求读者在细读文本的时候注意文字的修辞意义,警惕那种统一的错觉。

米勒还指出,作为符号的人物本身是一种提喻,仅代表人物一部分特征的性格符号仿佛代表了人物的全部,特别是人物的内心世界,因而这也进一步造成了符号与人物的不对等。这也是福斯特所分析的"圆形人物"的特征,即复杂、处于变化之中的特征。当读者在阐释文本的时候,会在心里以一些特定的词(如"善良""虚伪"等)来建构人物形象,而米勒认为符号与所指示之物不对等的特点导致统一的人物成了一种分裂的状态。因此,针对人物的命名,米勒认同尼采的说法,将命名视为一种典型的抹杀差异性的做法,因为当读者为一种性格命名时,便将其他类似的性格都归入同一个范畴之中了。例如,当读者将葛朗台的性格命名为吝啬时,那么莎士比亚的《威尼斯商人》中的夏洛克、莫里哀的《吝啬鬼》中的阿巴贡和果戈理的《死魂灵》中的泼留希金等人物都成了"吝啬"这一性格的代表人物,而他们性格中异质的东西便被这个符号消解了。里蒙-凯南指出,罗兰·巴特"将这种'拼凑'或重新构造描绘成'命名过程'(process of nomination)

的一部分"①，而且罗兰巴特将这种"命名过程"等同于阅读行为，因为读者也会在阅读中为人物命名他们的性格。例如，《了不起的盖茨比》中黛西的虚伪、《名利场》中阿米丽亚的善良专情和丽蓓卡的狡猾，等等，这些都是读者在阅读的过程中为人物命名的标签。读者的这种阅读和命名方式赋予了人物一种稳定、统一的特征，并使得人物的其他性格成分都被统一在命名中了。

福斯特在《小说面面观》中提出了"扁平人物"和"圆形人物"的区分。"扁平人物"，顾名思义，就是性格上没有太多变化的人物，例如，狄更斯笔下那些重复的人物形象；而"圆形人物"则是有变化的人物，而且时常让读者感到意外，例如，《傲慢与偏见》中的主要人物，以及《名利场》中的丽蓓卡，等等。但尽管人物呈现出复杂性和变化性，读者仍然会用特定的符号来定义伊丽莎白·班尼特和丽蓓卡这样的人物，将多样性统一成人物的固有特性。对此，里蒙－凯南指出，"由重复、相似、对照和暗指所产生的统一可能是一种多样化的统一，但仍不失为把各种不同的性格特征围绕着专名聚合起来的重要手段，而我们称作'人物'的这种效果就是依赖于这个专名才最终形成的"②。显然，命名这一行为体现的是形而上学的统一性，对米勒来说，人物始终是存在于语言中的，语言的修辞性、多义性终会拆解这种统一性，而那些符号也因为指示的任意性和自身的重复性对统一性造成了冲击。

米勒认同特罗洛普对人物重要性的强调，即人物是一部优秀小说的精华所在，而情节只是人物的载体，因为人物这一构想是作者、文本与读者之间交流的基础。③ 因此，米勒在《阿里阿德涅之线：故事线条》中用上百页篇幅探讨了人物的本质，这也是他在研究这一叙事元素时的重要关注点，而不是侧重分析人物塑造的方法。米勒的探讨延伸、补充了叙事学中对人物的独立自我、真实与虚构性的争议以及其符号学意义，但是，他也强调了人物这个概念自我拆解的性质，包括对稳定、统一的人物概念的颠覆。米勒的分析更具有哲学意义，而且带有其解构的意味。他对叙事学中人物这一概念并不是持否定的态度，而是从不同的视角重新审视了叙事学家对人物这一概念的

---

① 申丹、王丽亚：《西方叙事学：经典与后经典》，北京大学出版社 2010 年版，第 66 页。
② 同上书，第 72 页。
③ J. Hillis Miller. *Ariadne's Thread: Story Lines*. Yale University Press, 1992, p. 69.

传统看法，以一种更为动态、开放的视野扩展了人物这一概念的内涵。

## 二、叙事聚焦的缺失与矛盾

涉及"谁看"与"谁说"的"聚焦"与"叙述"这一组概念一直是叙事学研究领域一组极易混淆的概念，为此，热奈特在《叙事话语》中对两个概念进行了专门的区分，但仍难以避免二者交叉的情况，尤其是当叙述者与主人公为同一人时。热奈特将他对聚焦的研究归入"语式"这一章中进行了探讨，并表明选择"聚焦"是因为"视角、视野和视点是过于专门的视觉术语"①。米勒对"聚焦"这一概念进行了重新审视，他认为，"聚焦"暗示着一种空间上的隐喻，即人物和事件都在空间中陈列着，等待读者观看，而实际上它们只是在文本中排列着的文字，等待着读者一行行一页页地阅读。在米勒看来，"小说不是一个可用视觉观测的开放的空间场景，不可能借助光学设备进行集中观测，产生特写或全景效果"②，因此，通过对亨利·詹姆斯、卡夫卡等人的作品中的"聚焦"问题进行深入的分析，米勒具体指出了这一重要的叙事学概念的种种自我解构特质。

在《亨利·詹姆斯与"视角"，或为何詹姆斯喜欢吉普》③一文中，米勒指出，詹姆斯认为"将视角局限于单一的'意识中心'是完美形式的一个基本要求"④，而这种单一的"意识中心"便是结构主义者所坚信的一种统一、稳定的视角。不管是热奈特定义的零聚焦还是内聚焦，都指明了焦点统一于叙述者或某个人物上的特点。米勒指出了"中心意识"这一概念的缺陷：

"中心意识"还有一些其他名称，如传统上的老名称"视点"，或

---

① 热拉尔·热奈特：《叙事话语·新叙事话语》，王文融译，中国社会科学院出版社 1990 年版，第 129 页。

② J. 希利斯·米勒：《共同体的焚毁：奥斯维辛前后的小说》，陈旭译，南京大学出版社 2019 年版，第 135 页。

③ J. 希利斯·米勒：《亨利·詹姆斯与"视角"，或为何詹姆斯喜欢吉普》，见詹姆斯·费伦、彼得·J. 拉比诺维茨编《当代叙事理论指南》，申丹、马海良、宁一中、乔国强、陈永国、周靖波译，北京大学出版社 2007 年版，第 122～136 页。

④ 同上书，第 122 页。

## 否定 修正 创新：J. 希利斯·米勒叙事学思想研究

当今微妙拓展了的叙事学理论中的"聚焦"。这些名称并不像看上去那么简单，它们都回避了一些本应阐明的问题。譬如，它们都回避了小说是由文字组成的这一事实，而暗示小说的问题在于"观察"，或暗示小说是由"意识"组成的。"聚焦"一词来自光学，其比喻基础与"视点"大同小异，只是它不把"视点"作为从一个特定的位置来观察，而是通过某些装置（如望远镜、双目镜、显微镜或头脑/身体构成的装置）来对事物加以聚焦。这样的名称忽略了文字虚构作品仅仅存在于文字之中的本质。除了文字，别无他物。[①]

在米勒看来，"聚焦"这一概念仅仅是一个比喻，因为小说中并没有意识，而只有意识的语言再现。米勒在这里呈现了他意识批评后期的观点，即认识到语言的重要性，而非意识。正如米勒在《维多利亚时期小说的形式：萨克雷、特罗洛普、乔治·艾略特、梅瑞狄斯和哈代》中所说的，"关于文学，没有办法综合或调和这两种相互矛盾的假设：意识优先，语言也优先。对文学语言的深入研究真正地颠覆了意识是文学研究的起源和指导概念的假设"[②]。米勒对文学语言的重视使得他无法将文学作品中的意识当作真实存在的东西，因此从语言层面上看，米勒否认了"聚焦"的存在。

在解读亨利·詹姆斯的《未成熟的少年时代》（1899年）这部小说时，米勒表明，这部小说既没有一个全知叙述者，也没有采用人物的视角，因为詹姆斯只是采用了自然主义的写法，即作者不介入叙述和评价，只是客观地描述人物的言行、外貌和环境等，也就是叙事学家所说的"展示"（showing），而不是"叙述"（telling）[③]。热奈特将这种视角称为"外视角"[④]，即叙述者知道的比人物少，如海明威在《白象似的群山》中的写法。然而，米勒认为詹姆斯在使用"外视角"之外，仍然呈现出叙述者对人物内心的

---

[①] J. 希利斯·米勒：《亨利·詹姆斯与"视角"，或为何詹姆斯喜欢吉普》，见詹姆斯·费伦、彼得·J. 拉比诺维茨编《叙事理论指南》，申丹、马海良、宁一中、乔国强、陈永国、周靖波译，北京大学出版社2007年版，第123页。

[②] J. Hillis Miller, *The Form of Victorian Fiction: Thackeray, Trollope, George Eliot, Meredith, and Hardy*. Case Western Reserve University, 1968, p. viii.

[③] 热拉尔·热奈特：《叙事话语·新叙事话语》，王文融译，中国社会科学院出版社1990年版，第109页。

[④] 同上书，第129页。

洞察和揭示，因此米勒认为詹姆斯这本小说中不存在"聚焦"，或不符合热奈特所定义的"聚焦"类别中的任何一种。尽管热奈特的"聚焦"概念能够用来分析某些作品，但米勒对詹姆斯的小说的分析则证实了这一概念无法机械地套用于所有文本的事实。

詹姆斯在《未成熟的少年时代》的序言中写道："我的每盏'灯'都是人物经历和对话中的某个'社会场合'所放出光亮，它会充分照亮那一场合隐含的色彩，让那一场合彻底展示出其主题意义。"① 米勒认为这个"灯"并不是隐喻中心意识，而是詹姆斯所说的"社会场合"，且与"聚焦"和"视点"的概念大同小异。但米勒也指出，"灯"的比喻与"聚焦"有本质上的不同："聚焦"暗示着物体的清晰可见，读者只需将焦点对准它即可，而"灯"则暗示着周围事物是不可见的，因此只有"灯"的光亮才能使其可见。米勒还认为这种区分类似于艾布拉姆斯对镜与灯的区分。在他看来，"灯"这个词在这里属于词语误用，因为它只是比喻性地表达了没有字面名称的修辞手法，且"中心物体"和"情景"是难以界定的。一方面，"灯"这个比喻暗示了其他物体均处于黑暗之中，这是不符合常理的；另一方面，每一盏"灯"（每一个场景）"几乎完全是由人物对话和叙述者报道的人物动作所构成的"②，因而无法体现出照亮周围物体的效果。同时，米勒还指出，戴维·赫尔曼在描述《未成熟的少年时代》中的这一情况时使用了"直接假设的聚焦"（direct hypothetical focalization）和"反事实的聚焦者"（counterfactual focalizer）等专业术语。在米勒看来，赫尔曼只是想表明不存在旁观者，但这样的术语"过于技术化，甚至有误导的可能"③。例如，像《未成熟的少年时代》这样的作品原本就是虚构的，是"反事实的"，那么读者便会疑惑赫尔曼的"反事实的聚焦者"究竟是指什么。根据赫尔曼等编写的叙事学大辞典，他们并未将"反事实的聚焦者"这一概念收录其中，而针对"直接假设的聚焦"这一术语，他们仅在"聚焦"这一词条下一笔带过，并指出这仅为一种假设，即"叙述者或人物提出的关于可能看见或

---

① 转引自 J. 希利斯·米勒：《亨利·詹姆斯与"视角"，或为何詹姆斯喜欢吉普》，见詹姆斯·费伦、彼得·J. 拉比诺维茨编《当代叙事理论指南》，申丹、马海良、宁一中、乔国强、陈永国、周靖波译，北京大学出版社2007年版，第126页。
② 同上书，第127页。
③ 同上书，第127页。

### 否定　修正　创新：J. 希利斯·米勒叙事学思想研究

可能已经看到的东西的假设——如果有人能够采用必要的视角的话"①。由此可见，这些概念具有不确定性，叙事学家仍在不断地对概念进行反思和修正，而米勒的探讨也能够在一定程度上促其进一步完善。

在为"聚焦"这一概念进行分类的时候，热奈特提出了"零聚焦""外聚焦""内聚焦"这三种类别②，既区别于前人对"聚焦"的分类，又弥补了前人在分类中的缺陷，可以说，这种分类方式很好地解决了大部分作品中的聚焦问题。热奈特的"聚焦"这一概念在一定程度上是阐释文本的实用工具，且其他叙事学家又在热奈特的研究基础上继续扩展了"聚焦"的分类。米勒对此的分析并不是刻意用一两个特例来推翻叙事学的术语，而是为了说明文本的复杂性和丰富性，引导读者采用"文本细读"的方法来挖掘文本的内涵；也不是简单地将术语和范式套用在文本上，导致对文本形成一个错误或片面的阐释。同时，米勒严密的论证也是在提醒读者用批判的眼光看待术语。

在热奈特对"聚焦"概念的分类中，零聚焦便是我们通常所说的"全知视角"，即叙述者所知晓的要多于人物所知道的，而且其最大的特点便是可以自由进入人物的心理。在米勒看来，"全知视角"这一概念还有诸多问题，而他对"聚焦"进行批判研究也主要集中于对"全知视角"的重新审视。米勒认为，"全知视角"具有误导性，因为其难以摆脱神学渊源，暗示叙述者能够像上帝一样知晓一切事件、想法和感受，所以"这个假设可能会因混淆了叙述者和作者而站不住脚，作者才像上帝一样创造叙事作品"③。他在《维多利亚时期小说的形式：萨克雷、特罗洛普、乔治·艾略特、梅瑞狄斯和哈代》中指出：

> "全知叙述者"（omniscient narrator）一词往往模糊了对维多利亚时代小说中叙述者声音的清晰理解。"无所不知"（omniscient）一词的神学意味表明，这样的叙述者就像一个上帝，站在行动的时空之外，以超

---

① David Herman etc., *Routledge Encyclopedia of Narrative Theory*. Routledge, 2005, p. 219.
② 参见热拉尔·热奈特《叙事话语·新叙事话语》，王文融译，中国社会科学院出版社 1990 年版，第 129～130 页。
③ J. 希利斯·米勒：《亨利·詹姆斯与"视角"，或为何詹姆斯喜欢吉普》，见詹姆斯·费伦、彼得·J. 拉比诺维茨编《当代叙事理论指南》，申丹、马海良、宁一中、乔国强、陈永国、周靖波等译，北京大学出版社 2007 年版，第 135 页。

然的旁观者身份俯视着人物，他从远处看到一切，知道一切，判断一切。维多利亚时代小说的叙述者确实具有这种无所不知的能力。①

根据米勒的描述，这种"全知叙述者"拥有作者那种统一且权威的声音，似乎难以区分，但对读者来说，作者与叙述者显然是很好区分的。正如维多利亚时期小说家萨克雷的《名利场》中那拥有全知视角的叙述者一样，他知晓所有人物的行动和故事，甚至包括无足轻重的仆人的故事——女佣人波琳的情郎"年轻的勒古鲁斯·范·卡村是个好兵，不肯违抗他的上校叫他们逃跑的命令"② 等。叙述者还知晓丽蓓卡心里的盘算、阿米丽亚的痛苦，呈现出一种上帝般无所不知的视角。但根据萨克雷"开幕前的话"，《名利场》的叙述者显然是一位戏班说戏的人。在故事开始前，说戏人拿出丽蓓卡、阿米丽亚等人的木偶，并在将这些木偶一一展示给观众后便"退到后台，接着幕起"③。在讲完故事后，说戏人又说，"来，孩子们，咱们把木偶收进盒子盖上，因为咱们戏唱完了"④，就这样结束了《名利场》的故事。在这里，叙述者与作者很明显不是同一人，尽管叙述者也是由作者创作出来的，但在小说中也是有明显区分的。

此外，米勒还质疑了"全知叙述者"与人物的重叠和混乱的关系。在对卡夫卡的《城堡》的解读中，米勒谈及《城堡》的叙述者时是这样说的：

> 仅仅是一种无实体的、幽灵般的叙述力量。这个叙述者是一种语言力量，致力于连贯地表达 K 的经验、想法和感受；又或者相反，将 K 的经验、想法和感受弄得支离破碎。这股语言能量在小说章节之间不断调整，而这种叙事也很难被称作"有机的统一体"，不符合部分叙事学家以此为依据提出的评判好的文学作品的标准。⑤

---

① J. Hillis Miller, *The Form of Victorian Fiction: Thackeray, Trollope, George Eliot, Meredith, and Hardy*. Case Western Reserve University, 1968, p.63.
② 萨克雷：《名利场》，彭长江译，春风文艺出版社 2018 年版，第 353 页。
③ 同上书，第 2 页。
④ 同上书，第 776 页。
⑤ J. 希利斯·米勒：《共同体的焚毁：奥斯维辛前后的小说》，陈旭译，南京大学出版社 2019 年版，第 155 页。

在这里,米勒尖锐地指出了"全知叙述者"在感知人物内心时所导致的叙述者与人物逐渐融合的问题。在他看来,"叙述者也像角色一样被认为是从始至终不会改变的一个人或者类似一个人,就像一个'真实生活的主体'"①。但在对卡夫卡的《城堡》这部小说进行解读时,米勒指出,《城堡》的叙事声音缺乏一致性,并不像《名利场》的叙述者那样个体化,因而无法被当作一个"人"。米勒指出了该小说中的一个重要问题——叙述者并没有表明自己就是 K,但 K 的内心又能够被"全知叙述者"透视。如果叙述者如米勒所说是一个"真实生活的主体",那么这种透视便是不合理的,因此,"全知叙述者"的概念呈现出了叙述者与人物交叠的问题。如米勒所说,全知视角是维多利亚时期小说的一个典型特征,而到了现代,使用全知视角的作者已经较少了,更多的作者选择了更为复杂的视角,从而在创作上体现新意,并对读者形成一种吸引力。

除了外聚焦,米勒也对热奈特提出的"内聚焦"概念提出了质疑。在热奈特的分类中,内聚焦叙事还可以分为三种形式:"固定式""不定式"和"多重式"。② 热奈特也指出,在某些作品中,不定式聚焦与零聚焦有时很难区分。零聚焦就是一种"全知视角",而不定聚焦指的是作品中的焦点人物不断变化从而引发聚焦的变化,尽管二者所指向的主体不同,但在某些作品中达到的效果却是相似的,即都能向读者展示事件的更多细节和人物的心理活动。热奈特对自己所提出的聚焦概念的反思也证实了米勒所认同的文本的复杂性,因此,可以说,任何概念都无法涵盖文学作品中所有复杂情况。

在热奈特的分类中,内聚焦和外聚焦都属于一种限知视角,即叙述者与人物知道的一样多,或者比人物所知道的少一些。热奈特还指出,"不折不扣的内聚焦是十分罕见的,因为这种叙述方式的原则极其严格地要求决不从外部描写甚至提到焦点人物,叙述者也不得客观地分析他的思想或感受"③。然而在小说中却出现了不同的"聚焦"情况,例如,在《名利场》中,萨克雷既从人物自身的视角描写了人物自己的内心活动,又从外部客观视角描

---

① J. 希利斯·米勒:《共同体的焚毁:奥斯维辛前后的小说》,陈旭译,南京大学出版社 2019 年版,第 136 页。

② 参见热拉尔·热奈特《叙事话语·新叙事话语》,王文融译,中国社会科学院出版社 1990 年版,第 129~130 页。

③ 同上书,第 131 页。

写了焦点人物。对此,热奈特表明,我们对待内聚焦这个概念应该"只取其必然不大严格的含义"①。热奈特多次提及的这种术语定义的不严格问题正是米勒重新审视叙事学概念的一个重要原因。

在探讨狄更斯的《荒凉山庄》和康拉德的《诺斯特罗莫》时,米勒指出两部作品中均有叙述者对背景的全景描述,即"叙述者从一个内隐的固定位置居高临下纵览一切"②。在《城堡》中,卡夫卡采用的也是"内部有限视角而非外部的支配性视角进行描述"③,因而读者可以跟着K观察村庄和城堡:

> 从远处看,城堡大体上符合K的预想。它既不是一座古老的骑士城堡,也不是一座新的豪华府邸,而是一个庞大的建筑群,由几幢两层楼房和许多鳞次栉比的低矮建筑物组成……
> 
> ……可是当他走近的时候,城堡却使他失望,原来它只是一个相当简陋的小市镇,由许多村舍汇集而成,唯一的特色就是也许一切都是用石头建造的,可是墙上的石灰早已剥落,石头似乎也摇摇欲坠。④

卡夫卡很显然用的是内部聚焦的方式,因而读者感觉仿佛身临其境。在米勒看来,这种神秘、如梦如幻的感觉使得读者仿佛在梦境中漫游。但他也指出,小说前半部分的内聚焦是在叙述者身上,到了后半部分又转移到了K身上,因而小说中的聚焦并不像热奈特的分类那样稳定和确定。卡夫卡在其另一部小说《审判》中也使用了具有同样的限知视角的叙述者。在《审判》中,卡夫卡命名了另一个人物一样的名字K,且这部小说的叙述者所知道的也比人物少,因此,直到小说结尾,K本人、法官、叙述者、读者无一人知道K究竟因何罪而被捕。米勒认为,《审判》的叙述者"从未自己发声","只是冷静地跟随K和其他人,以第三人称过去时重述他们的行动、语言、

---

① 热拉尔·热奈特:《叙事话语·新叙事话语》,王文融译,中国社会科学院出版社1990年版,第132页。

② J.希利斯·米勒:《共同体的焚毁:奥斯维辛前后的小说》,陈旭译,南京大学出版社2019年版,第148页。

③ 同上。

④ 弗兰兹·卡夫卡:《卡夫卡小说全集Ⅱ:城堡》,韩瑞祥等译,人民文学出版社2018年版,第16页。

思想和经历"①，这是热奈特所定义的内聚焦概念。但小说中的情形并不只这么简单，例如，《审判》的叙述者也有未跟上 K 的时候，他/她像一位旁观者一样与 K 始终保持着一定距离，"泰然自若甚至带着些微反讽"，且叙述者在 K 被执行死刑后还"站在未来的某个时间用过去式讲述 K 的故事"。因此，米勒将这个叙述者定义为"同谋旁观者"。② 由此可知，小说中的聚焦情形远比热奈特为"聚焦"所做的分类要复杂得多。这也再次说明了，用术语来统摄文学文本注定会失败。

在探讨聚焦问题时，米勒与叙事学家们的出发点明显不同，叙事学家们是在故事层面探讨聚焦问题，而米勒是从话语层面看待聚焦，因而在他看来，由文字组成的文本是没有聚焦的。此外，米勒对全知叙事所呈现出的统一和稳定的中心提出了质疑，也对热奈特等叙事学家为聚焦所做的分类提出了质疑。热奈特在定义术语时数次表现出模棱两可的态度，这也从根源上表现出了概念的不确定性。对于这个问题，马克·柯里也在《后现代叙事理论》中对以叙事学为代表的术语化现象进行了质疑。在柯里看来，叙事学中冒犯性的术语在整个文学理论和文学批评的语言中都是十分突出的，且他认为诸如"历史性"（historicity）等所谓的术语都是不准确的，因而也不成立。他还指出，"成千上万的读者面对这种新词的滥用和故作姿态无不义愤填膺，因为这是以术语为旗帜宣称批评家对科学、历史的忠诚，甚至只是为复杂而复杂的一种极为肤浅的行为"③。叙事学术语的模糊性和不确定性造成了其自我解构的性质，米勒的探讨为叙事学家重新思考这些概念的可行性提供了参考。

## 三、叙事交流的中断与集体意识的崩解

米勒在《维多利亚时期小说的形式：萨克雷、特罗洛普、乔治·艾略特、梅瑞狄斯和哈代》一书中指出，"小说是一种相互渗透的结构，即叙述

---

① J. 希利斯·米勒：《共同体的焚毁：奥斯维辛前后的小说》，陈旭译，南京大学出版社 2019 年版，第 128 页。
② 参见 J. 希利斯·米勒《共同体的焚毁：奥斯维辛前后的小说》，陈旭译，南京大学出版社 2019 年版，第 128 页。
③ 马克·柯里：《后现代叙事理论》，宁一中译，北京大学出版社 2003 年版，第 39 页。

者在他注视或进入角色时的心理,以及在人物注视或彼此认识时的心理"①。这是米勒早期对叙事中交流模式的思考。叙事交流模式是经典叙事学和后经典叙事学研究的重要内容,且叙事交流模式涉及叙事学中重要的主体,如作者、叙述者、人物。在《维多利亚时期小说的形式:萨克雷、特罗洛普、乔治·艾略特、梅瑞狄斯和哈代》中,米勒从话语层面探讨了作者、叙述者、人物、读者的独立性。米勒在这本书中区分了五种不同的时间节奏:"读者的时间、小说家的时间、叙述者的时间、主体间场的时间,以及每一个人物的私人时间。"② 可见,米勒认为每个主体的时间并不在同一个时间,也不是线性的。米勒所提及的这些叙事学交流的主体涵盖了查特曼建构的交流模式中的参与者,时间的错位预示了主体间交流障碍和误读的可能性。查特曼的叙事交流模式见图1。

**图1 叙事交流情景示意③**

叙述者是在交流中起着重要作用的角色,叙事学家们对叙述者的功能和分类已有诸多的研究。在《维多利亚时期小说的形式:萨克雷、特罗洛普、乔治·艾略特、梅瑞狄斯和哈代》一书中,米勒也提出了自己对叙述者的看法,与以往的叙事学家的看法不同,米勒别出心裁地将维多利亚时期小说中普遍出现的全知叙述者看作一种集体意识。

米勒在《维多利亚时期小说的形式:萨克雷、特罗洛普、乔治·艾略特、梅瑞狄斯和哈代》的开篇"时间与主体间性"中肯定了叙述者在叙事交流中的重要作用,并探讨了叙述者与作者的关系。米勒将叙述者定义为"小说家扮演的一个角色,一个虚构的人物",他还认为"在小说之镜中,叙述者常被赋予某种独特的力量——存在于所有的时空中,并能够直接接触

---

① J. Hillis Miller, *The Form of Victorian Fiction: Thackeray, Trollope, George Eliot, Meredith, and Hardy.* Case Western Reserve University, 1968, p. 2.
② Ibid., p. 14.
③ 参见西摩·查特曼《故事与话语:小说和电影的叙事结构》,徐强译,中国人民大学出版社2013年版,第135页。

### 否定　修正　创新：J. 希利斯·米勒叙事学思想研究

他人思想"①。米勒此处的定义实际上是针对"全知叙述者"的，并未包括热奈特所涵盖的拥有限知视角的叙述者。此外，米勒还在这里混淆了作者与全知叙述者的概念，因而错误地将二者等同起来，并将叙述者简化为"小说家扮演的一个角色"。面对《名利场》中叙述者手中的木偶，米勒将其视为作者操控叙述者的一种隐喻。在研究哈代的小说时，米勒指出，小说中的叙述者并不是真正的哈代，而是哈代所发明的为他讲故事的声音：

> 叙述者是由哈代选择写在纸上的词的节奏、措辞和语气所创造的人格。从某种意义上说，在《一双蓝眼睛》中，哈代的叙述者是在所有人离世之后，站在所有事件的外部来观察的。他在所有的行为结束之后来回顾过往，或者说是从一个完全超越时间的高度向下看。他存在于所有的时间与空间中，并且知道在那包罗万象的跨度中应该知道的事。此外，从他的观点来看，故事中的事件是真实的，而并不是像哈代所描述的（想象的，虚构的）事件，就好像它们有一个实体的存在，且不为叙述者所知。②

在这段话的前半部分，米勒从话语层面强调了"全知叙述者"作为作者的传声筒的作用，但在后半部分中，米勒又从故事层面肯定了叙述者的独立性，并从叙述者的视角认可了文本世界的真实性，可见米勒在此从两个层面厘清了作者与叙述者之间交流的模式。此外，米勒也探讨了叙述者与人物之间的交流情况，并在查特曼的交流模式中加入了叙述者与人物以及人物与人物之间的交流。针对维多利亚时期的小说，米勒指出，叙述者不仅是作者的传声筒，也是表达人物意识的途径。米勒在这里所指的是全知叙述者的功能，他们能够自由进入人物的意识，形成无障碍的交流。

米勒还指出，在维多利亚时期小说中，作者并未像扮演戏剧中的演员一般扮演第一人称叙述者，也没有扮演匿名的讲故事者，因而作者不再是一个独立的意识，而是一个扮演了集体意识的角色。由作者创建的叙述者在共同体内部移动，他们认同人类的意识，这种意识在小说中随处可见，而且，这

---

① J. Hillis Miller, *The Form of Victorian Fiction: Thackeray, Trollope, George Eliot, Meredith, and Hardy*. Case Western Reserve University, 1968, p. 3.
② Ibid., pp. 10–11.

种意识包围并渗透到每个人物的头脑中，还可以从内部观察人物的内心。例如，在探讨萨克雷的《名利场》时，小说中的叙述者从一个假扮的声音转向了另一个假扮的声音，但是叙述者的声音却有一个特点，那就是他成了公众意识代言人的完美典范。萨克雷也明确指出，尽管叙述者名义上以"我"说话，但实际上代表了整个社会的声音，在小说中，叙述者使用了复数的"我们"，而不是单数的"我"来向读者传递信息，强化了这种集体意识。与此相类似的还有哈代的《卡斯特桥市长》（*The Mayor of Casterbridge*）和《还乡》（*The Return of the Native*）中的叙述者，他们都代表了人类的集体智慧。如米勒所说：

> 这样一个叙述者是一个广阔的宇宙记忆，它包含过去所有男人和女人的生命，并且可以在他们死后复活他们，专注于他们中的任何一个，苔丝的生命，或亨察德的生命，或犹太人的生命，追踪它所形成的模式，就像它在历史的结构中所遵循的那样，这是由卓越的意志为它设计的线。①

当叙述者在叙述时，他肯定了"我们"在他身上的统一性，代表了我们所有人，代表了我们对世界的共同体验。例如，特罗洛普在《巴塞特郡纪事：巴彻斯特养老院》的开头介绍主人公哈定先生时说："在我们把他介绍给读者的时候，他正带着小女儿（那时候二十四岁）住在巴彻斯特，做圣诗班的领唱人。"② 特罗洛普在此处用了"我们"，而不是"我"，因而叙述者是在代表拥有"对世界的共同体验"的集体来介绍哈定先生，可以说此处的叙述者便是群体意识的代表，他/她告诉了读者"世界"如何看待一个人物的行为或处境。在探讨詹姆斯的《未成熟的少年时代》（*The Awkward Age*）时，米勒也提及"全知"叙述者与群体意识的关系，在他看来：

> 他（或者她、它）可以对故事的意识加以高明的评论，从而引导

---

① J. Hillis Miller, *The Form of Victorian Fiction: Thackeray, Trollope, George Eliot, Meredith, and Hardy*. Case Western Reserve University, 1968, pp. 74–75.
② 安东尼·特罗洛普：《巴塞特郡纪事一：巴彻斯特养老院》，主万译，上海译文出版社2020年版，第2页。

读者的阐释和评价。这种叙述者可以进入人物的意识深处，用自由间接引语向读者报道此时此地人物的所思所感。达到这种全知的途径就是尼古拉斯·罗伊尔所正确识别的一种怪异的心灵感应。①

这种心灵感应和集体意识就是共同体得以存在的基础。米勒还指出，乔治·梅瑞狄斯在《喜剧文集》（*Essay on Comedy*）中将"喜剧精神"（comic spirit）定义为"社会的一种升华或反映""集体智慧的表达"和"文明人的常识"②，而后又在《利己主义者》（*The Egoist*）的前言中将其定义为"我们统一的社会智力所产生的精神"③。在米勒看来，在具有代表性的维多利亚时期小说中，叙述者并不是与上帝或者任何个人一致，而是与群体的普遍心理相一致。可以说，这种一致性构成了维多利亚时期小说中的共同体的基础，米勒将由全知叙述者带来的作者、人物、读者间的无障碍交流看作建构共同体的一个重要因素。

然而，在分析詹姆斯的《未成熟的少年时代》中的叙述者问题时，米勒通过细读文本指出詹姆斯所声称的全知叙述者并没有在这部作品中出现，他认为詹姆斯并未做到客观写作，而且小说中有诸多前后矛盾的内容和未解之谜，读者对此可以有多种解读，而造成这种现象的原因就是全知叙述者功能的缺失。在米勒看来，全知叙述者应该清晰地为读者展现全局，并为集体智慧代言，因而使用全知叙述者的文本中不应出现矛盾和未解之谜。全知叙述者是保障叙事交流成功的关键，由全知叙述者带来的共同理解也是维持共同体运转的重要力量，而詹姆斯小说中全知叙述者的失败也就意味着共同体建构的失败。米勒在早期作品《维多利亚时期小说的形式：萨克雷、特罗洛普、乔治·艾略特、梅瑞狄斯和哈代》一书中还从故事层面指出，小说中的人物并不知道叙述者对他们的了解，关于叙事交流的中断，米勒并未展开讨论，仍较为关注共同体的建构。

在40多年后，米勒在他2010年出版的《共同体的焚毁：奥斯维辛前后

---

① J. 希利斯·米勒：《亨利·詹姆斯与"视角"，或为何詹姆斯喜欢吉普》，见詹姆斯·费伦、彼得·J. 拉比诺维茨编《当代叙事理论指南》，申丹、马海良、宁一中、乔国强、陈永国、周靖波译，北京大学出版社2007年版，第135页。

② J. Hillis Miller, *The Form of Victorian Fiction: Thackeray, Trollope, George Eliot, Meredith, and Hardy.* Case Western Reserve University, 1968, p. 78.

③ Ibid., p. 79.

的小说》一书中以卡夫卡的《城堡》为研究对象，再次探讨了小说中作为集体意识的叙述者。米勒分析了《城堡》的叙事结构的三个语域：①"K和其他人物的对话，通过匿名叙述者叙述，很少有（与阐释相对应的）客观的或描述性的评论"；②"其他人物向 K 解释 K 本人目前的处境，这种解释有时持续数页，而 K 几乎总是持反对意见，并就此提出自己的理解和评论"；③"非人格的叙述者以自由间接引语陈述 K 内心的感受、知觉、阐释和想法，不过叙述者触及 K 内心的程度有限"。[①] 在小说的开头，出现不少质疑 K 的土地测量员身份的人物，然而只有 K 自己声称自己是城堡的土地测量员，叙述者并未提供过多的信息。对真实的读者来说，叙述者似乎也不清楚 K 是否在说谎。此外，叙述者和 K 都无法进入任何其他人物的内心，无法呈现其他人物的看法和感觉，且小说中大量的局部叙事都是由直接对话和自由间接引语构成。因此，米勒认为：

> 小说中的人物都处于相互隔绝的封闭状态，每个人固守自己的堡垒。他人的想法和感受只能据其语言和脸色判断，因而总是让人无法捉摸、疑问重重。小说中其他人物的长篇大论为读者和 K 提供了理解这些人物特异的内心世界的途径，但这种途径间接而不确定，无从验证。他们完全有可能伪装、掩饰或撒谎。无论是 K 还是读者，都无法核查这些话的真实性。证据的指向往往相互矛盾。作者卡夫卡当然可以按他的意愿来安排，而他选择截掉获取他人想法的直接途径。这些人物的心理内在因而成为捉摸不透的谜题。[②]

可以说，叙述者在这里已经无法发挥出全知全能的作用了，尽管他依然可以从外部了解所有的事情，但却无法再进入人物的内心，这也使得阐释出现了诸多的不确定性。因此，作为集体意识的全知叙述者在卡夫卡的这部小说中失灵了。在《维多利亚时期小说的形式：萨克雷、特罗洛普、乔治·艾略特、梅瑞狄斯和哈代》中，米勒将（全知）叙述者看作主体间性，在作者、人物和读者之间搭建起了沟通的桥梁，成为建构共同体的重要力量。

---

[①] 参见 J. 希利斯·米勒《共同体的焚毁：奥斯维辛前后的小说》，陈旭译，南京大学出版社 2019 年版，第 155～156 页。

[②] 同上书，第 157 页。

然而《城堡》中（全知）叙述者既无法知晓所有的事情，也无法进入人物的内心，因而给读者留下诸多阐释的不确定性。

随后，米勒分析了《城堡》中人物与人物的交流情况。米勒认为，大多数维多利亚时期小说中的主人公都是通过了解他人来认知自己，而小说中的语言就是用来表达叙述者对人物的认知的，且人物这种认知是通过他们与其他人物的关系建构的。在这部小说中，绝大部分交流的形式都是对话，但问题在于人物间的对话矛盾而神秘，还需要 K 进行进一步阐释，这就难免产生种种误读。K 与所遇见的人物，包括费丽达、巴纳巴斯、村长、老板娘等人，彼此之间都无法进行顺畅而清晰的交流。米勒认为，"这些不确定性源于该小说基本的叙事假设，即人们从来不能触及和理解他者（如果他者真是'人'的话）的主体性"[①]。当小说中的人物之间面临着诸多沟通的障碍，维系共同体生存的基础——相互理解——也就遭到了拆解。"联系"是《城堡》中的关键词，例如，比尔格"联络秘书"的身份以及经常出现的"电话"意象等，但 K 总是将自己封闭起来，拒绝与这些中间者产生联系，因而无法通过断裂的通道来与城堡建立起联系。在米勒看来，小说中人物之间的交流是失败的，无法达成共识，这也是共同体构建崩塌的原因。由于全知叙述者的失败，小说中的人物变得踌躇不定，他们不仅无法理解他者，也无法从外部找到确定的信息来稳固自己的想法。

最后，米勒将讨论聚焦于读者身上，这与查特曼的模型是一致的。米勒认为，《城堡》中的语言具有不确定性，导致读者在阐释时产生了诸多的矛盾和不确定性因素，使得交流出现了障碍。此外，小说并未写完，而且故事主线"四处漫射，支离破碎，为透彻地理解这部小说设下重重障碍"[②]。对大部分读者来说，《城堡》是一种隐喻，如果将城堡看作终极真理，那么小说呈现的就是 K 追寻真理的过程，K 通过不同的方法建立通往城堡的通道，可以说是无数次接近这个真理，却始终无法抵达。这就像康拉德的《黑暗之心》的隐喻，马洛在通往"黑暗的中心"的水道上行走，但总是只能接近中心，却无法抵达中心。我们还可以将其看作叙事交流的隐喻，当人物间的交流出现障碍的时候，查特曼的交流模式中的终端——读者也就无法获取

---

① J. 希利斯·米勒：《共同体的焚毁：奥斯维辛前后的小说》，陈旭译，南京大学出版社 2019 年版，第 170 页。

② 同上书，第 168 页。

文本的信息了,也就是说连接文本与读者之间的线也断掉了。由此可见,查特曼建构的叙事交流模式的各个主体间相连的线都断裂了,各个主体成了孤立的存在。

对米勒来说,"某部小说关于共同体的设想,会与该小说对叙述者(或叙述声音)、叙事连贯性以及其他与叙事学相关的学术问题的设定相一致"①。从《城堡》所涉及的叙事学问题来看,该小说的叙述者并不属于"全知叙述者",且小说中也没有能够表现共同体集体意识的叙述者。米勒认为,该小说的叙述者"是一个几乎完全受限的无实体的叙述声音,只能进入K的思维。叙述者处于受限状态,只能以自由间接引语反讽地模仿K的思维活动,或者客观地指出K的见闻和感受"②。米勒将这种情形描述为"叙事学意义上的重影"(narratological doubling),即"通过超然而略带反讽的叙述声音声称一种主角的重影"③。总体来说,米勒认为《城堡》中的叙述者是"隐匿而反讽的"④,他将叙述者对人物的了解、人物相互之间的了解以及读者对叙述者和人物的把握视为人们现实生活中某种状态的影射。在叙事交流无法进行时,人们便无法感知他人的想法和感受,也无法确认他人的语言所传递的信息,并最终导致了共同体的崩溃。米勒将这种叙事交流的失败看作奥斯维辛的先兆,即犹太人最终像K一样被排除在共同体之外,并遭到了毁灭性的打击。

此外,米勒认为《城堡》中反复出现的"电话"意象也是隐喻叙事交流的一个重要因素。米勒指出,"在村庄或城堡构成的(非)共同体中,电话如同书信一样,构成了'这下面'和'那上面'之间完全不可靠的交流或'联系'方式"⑤。很显然,小说中通过电话交流的方式导致了信息的不可靠性,例如,自称施瓦采的年轻人在夜晚给城堡打电话核实K土地测量员的身份,城堡的几位副总管之一——弗里茨先生接了电话。在弗里茨先生查询之后,卡夫卡没有说明弗里茨先生说了什么,而是将施瓦采怒气冲冲指责K撒谎的话道了出来,读者可以据此猜测,弗里茨先生查询之后告知施

---

① J. 希利斯·米勒:《共同体的焚毁:奥斯维辛前后的小说》,陈旭译,南京大学出版社2019年版,第174页。
② 同上书,第177页。
③ 同上书,第178页。
④ 同上书,第179页。
⑤ 同上书,第145页。

## 否定　修正　创新：J. 希利斯·米勒叙事学思想研究

瓦采没有核查到 K 土地测量员的身份。然而，没过一会儿电话又响了，施瓦采去接了电话，"对方说了一大通以后"就听见施瓦采低声说："是弄错了吗？我真为难。主任亲自打了电话？真稀奇，真稀奇。现在我该如何向土地测量员先生解释呢？"① 卡夫卡接下来这样描述 K 的反应："K 竖起耳朵听。如此说来，城堡任命他为土地测量员了。"② 读者可以据此再猜测，K 是在这通电话之后成为城堡任命的土地测量员的，那么弗里茨先生与施瓦采的交流显然就是失败的。此外，"如此说来，城堡任命他为土地测量员了"可以看作作为旁观者的叙述者的结论，也可以看作卡夫卡将 K 的想法通过叙述者的口吻表达出来的一句自由间接引语。对于 K 究竟是不是土地测量员，卡夫卡、叙述者、K 自己都未给出一个确切可信的答案，读者心中仍然与村庄里的人一样半信半疑。这种不可靠的叙述方法在米勒看来是共同体崩解的标志，因为互相理解是一个共同体建构的重要因素。

涉及叙事交流的方式，米勒认为，维多利亚时期小说的显著特点就是使用间接引语（自由间接引语）③，而不是使用直接对话或独白。米勒还指出，这种间接引语就是"一个人扮演一个叙述者的角色，他从一个人物的思想和感情中重温，并将这些记录在他自己的语言中，或者在人物的语言和他自己的语言的混合中"④。在热奈特的《叙事话语》中，他为直接引语、间接引语和自由间接引语做了区分，并重点分析了不同引语所引发的叙事交流的距离、叙述可靠性等问题。米勒在《维多利亚时期小说的形式：萨克雷、特罗洛普、乔治·艾略特、梅瑞狄斯和哈代》《解读叙事》等著作中都关注了自由间接引语，但他更为关注的是自由间接引语中的对话性和反讽。在探讨特罗洛普的小说《巴塞特郡纪事一：巴彻斯特养老院》时，米勒列举了文本中大量使用的自由间接引语的例子。他认为，读者能够轻易分辨叙述者与人物之间的转换，例如，可以通过人称的转换、动词时态和单复数变化等标志来做出判断。但米勒也敏锐地观察到一些重要的问题，例如，如何划定

---

① 弗兰兹·卡夫卡：《卡夫卡小说全集 II：城堡》，韩瑞祥等译，人民文学出版社 2018 年版，第 13 页。
② 同上书，第 13 页。
③ 米勒在文中所指的实际上是自由间接引语，但他所用的术语是"间接引语"，因而此处用（自由）间接引语来表示。二者的具体区别可参见热奈特的《叙事话语》。
④ J. Hillis Miller, *The Form of Victorian Fiction: Thackeray, Trollope, George Eliot, Meredith, and Hardy*. Case Western Reserve University, 1968, p. 3.

叙述者与人物的语言在何处交接，以及读者所看到的文字是读者还是叙述者的语言或是二者的混合体。在米勒看来，两种语言是不断交叠的，而且构成了双重或者置换的关系。

米勒将（自由）间接引语看作对原话的歪曲行为，这与苏格拉底对荷马模仿赫律塞斯的声音来叙述的指责一样。在（自由）间接引语中，原话中的人称、时态、语言技巧等均遭到了更改，且转述的行为也的确无法保证事实和信息得到准确的传达。从意识的角度来看，米勒认为（自由）间接引语包含了人物的意识、叙述者的意识和集体的意识，因而拉远了读者与人物的距离。例如，在《名利场》中，乔治准备上战场，但不知如何告知自己的妻子阿米丽亚，而阿米丽亚看着丈夫紧张的样子便向他跑过去，"请求最亲爱的乔治告诉她一切——是不是接到了出国令？下周就会打仗，她早就知道会打仗的"①。紧接着萨克雷又写道，"最亲爱的乔治避开了到国外作战的问题"②，也就是说阿米丽亚询问了乔治是否接到出国令的问题。但萨克雷在这里并未用引号标示这是阿米丽亚的原话，也没有用"阿米丽亚询问乔治是否接到了出国令"这样的间接引语来转述阿米丽亚的话，而是采用了自由间接的引语的形式，既保留了人物的说话语气，又与叙述者的话语交织在一起，仿佛表现的是人物的潜意识。而阿米丽亚问这样的问题是因为当时欧洲大陆的战争一触即发，人人都很紧张，话题也都离不开战争，这也自然影响了阿米丽亚，否则她不可能贸然问乔治这个问题，因此这句自由间接引语也彰显了集体意识的力量。三股力量在这句话中同时起作用，且互为依赖，从而构成了米勒引自巴赫金的概念"对话性"（dialogology），但这三者的界限却含混不清，因而打断了任意一方的连贯意识，增加了读者与人物间的距离，也增加了读者阅读的困难。因此，从某种程度上说，自由间接引语引发的含混、不确定的问题不利于集体意识的形成和巩固，当然，从文学创作上来说，自由间接引语的"直接性、生动性与可混合性"③ 的优点也是不可忽视的。

米勒对叙事学的概念重新审视暴露了这些概念中的矛盾、含混等诸多问题，从而引发了人们对术语的重新思考。如米勒在探讨聚焦问题时所说，叙

---

① 萨克雷：《名利场》，彭长江译，春风文艺出版社2018年版，第275页。
② 同上书，第275页。
③ 申丹、王丽亚：《西方叙事学：经典与后经典》，北京大学出版社2010年版，第156页。

事学的范式与科学发现是不同的,"叙事学的区分不是关于外部世界的事实,而是学科里的人工制品,是为讨论人类语言特性这样的目的而生产出来的"①。米勒还认为叙事学的范式与概念最主要的目的应当是帮助人们更好地解读作品,而现在叙事学家却更乐于关注对叙事学概念进行细致的区分,反而忽略了这些形式特征与作品意义的关联。在米勒看来,这些区分毫无意义,而且也无法涵盖所有的作品。米勒对叙事学概念的拆解的目的并不是为了推翻叙事学的诸种概念,与叙事学形成互相抗衡的局面,其最终目的是说明文本的复杂性和难解性,这与他提出"反叙事学"的目的是一样的。

---

① J. 希利斯·米勒:《亨利·詹姆斯与"视角",或为何詹姆斯喜欢吉普》,见詹姆斯·费伦、彼得·J. 拉比诺维茨编《当代叙事理论指南》,申丹、马海良、宁一中、乔国强、陈永国、周靖波译,北京大学出版社2007年版,第123页。

# 第四章 "施行叙事":米勒文学言语行为研究的叙事学维度

从新批评到解构主义批评,米勒始终关注着文学语言的异质性与复杂性,这也为他后期逐渐转向文学言语行为研究奠定了基础。系统的言语行为理论始于英国的 J. L. 奥斯汀。他在《如何以言行事》(*How to Do Things with Words*,1975 年)一书中建构了基于日常话语分析的言语行为的理论体系,并将文学语言排除在外。经过约翰·R. 塞尔(John R. Searle)、德里达、玛丽·路易斯·普拉特(Mary Louise Pratt)、米勒等人的努力,文学言语行为研究终成了一股强大的力量,而米勒在文学言语行为方面的批评实践可以说是最具代表性的。米勒出版的《语言的时刻:从华兹华斯到史蒂文斯》《阅读的伦理:康德、德曼、艾略特、特罗洛普、詹姆斯和本杰明》《修辞、寓言、施行话语①:二十世纪文学的论文》《新的开始:文学与批评中的施行地形学》等著作都涉及了对文学言语行为的研究,尤以他的《文学中的言语行为》与《作为行为的文学:亨利·詹姆斯作品中的言语行为》两部著作为代表。米勒对奥斯汀、塞尔、朱迪斯·巴特勒、德里达等人的言语行为理论研究做出了批判性解读,并在此基础上建构了自己独特的文学言语行为研究策略。米勒在此领域最大的贡献便是将言语行为理论巧妙地实践于叙事作品的阐释之中,为文本细读注入了新的活力,也对语境叙事学的发

---

① 在奥斯汀的《如何以言行事》中文译本中,"performative utterance" 被译为"施行话语","performative sentence" 被译为"施行句","performative" 被译为"施行式",根据米勒此著作的内容,本书将此处的"performatives" 译为"施行话语"。在其他中文著作与文章中,"performative" 也有被译为"述行"的情况,但笔者认为"述行"这一译法使得奥斯汀的"施行话语"(performative utterance)与"记述话语"(constative utterance)两个概念难以区分,且奥斯汀原本使用这一词便意在表达用语言做事(即施行)的意思,因此,本书参照杨玉成、赵京超的译法译为"施行话语",下文中均按此处理。参见 J. L. 奥斯汀《如何以言行事》,杨玉成、赵京超译,商务印书馆 2013 年版,第 9 页。

展起到了推动作用。迈克尔·卡恩斯（Michael Kearns）在《修辞叙事学》中将言语行为理论引入叙事学研究中，并将其作为研究修辞叙事学的基础。实际上，早在20世纪90年代，米勒已在其《解读叙事》等著作中将言语行为理论运用于叙事作品研究的方方面面，可以说，米勒的文学言语行为研究的叙事学维度为叙事学与言语行为理论的结合奠定了基础。

# 一、言语行为的叙事转向：从以言行事到以叙行事

奥斯汀和他的学生塞尔所建构的言语行为理论广泛地影响了语言学、哲学等诸多领域，而其在文学研究领域的发展要稍晚一些。以往，人们通常只注意到语言的记述和报道的功能，但奥斯汀注意到，像"'我把这艘船命名为伊丽莎白女王号'——在轮船命名仪式上如是说"这样的句子并不需要人们判断真假，而是在说话间呈现了所做之事——"命名"，而奥斯汀将这种类型的句子称为"施行句"或"施行话语"。在《如何以言行事》中，奥斯汀致力于区分"记述话语"（constative utterance）与"施行话语"（performative utterance）两种话语①，并着重分析了"施行话语"的规约及分类。

然而，并不是所有看起来在"做事"的言语都属于施行句，在定义施行句时，奥斯汀列出了六条使施行句成为可能的必要条件：

（A1）必须存在一个具有某种约定俗成之效果的公认的约定俗成的程序，这个程序包括在一定的情境中，由一定的人说出一定的话。

（A2）在某一场合，特定的人和特定的情境必须适合所诉求的特定程序的要求。

（B1）这个程序必须为所有参加者正确地实施。

（B2）完全地实施。

（Γ1）这个程序通常是设计给有一定思想或情感的人使用，或者设计给任何参加者去启动一定相因而生的行为，那么，参加并求用这个程序的人，必须事实上具有这些思想和情感。

---

① 参见 J. L. 奥斯汀《如何以言行事》，杨玉成、赵京超译，商务印书馆2013年版，第7、9页。

## 第四章 "施行叙事":米勒文学言语行为研究的叙事学维度

(Γ2)随后亲自这样做。①

奥斯汀还制定了一些规约:"只要我们违反这六条规则中的任何一条(或者多条),我们的施行话语就会(以这种或那种方式)出现不适当。"② 通过对这三组规则进行细致分析,奥斯汀还为未达到要求的话语进行了命名,如图2所示。

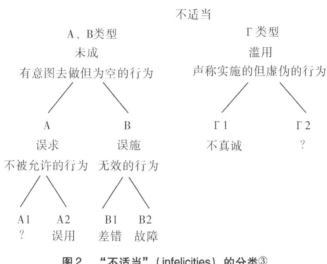

图2 "不适当"(infelicities)的分类③

尽管这些原则后来遭到了塞尔、德里达等人的质疑,但当时出于对这些原则的考虑,奥斯汀将文学语言归类为"未成"和"滥用"的话语,而且他的言语行为理论也明确将文学语言排除在外。奥斯汀以戏剧语言为例表明:

> 如果一个施为话语是由一个演员在舞台上说出的,或者是被插在一首诗中,或者仅仅是自言自语,那么它就会以一种奇特的方式成为空洞或无效的。并以一种相似的方式适用于处于特定环境急剧变化中的任何

---

① J. L. 奥斯汀:《如何以言行事》,杨玉成、赵京超译,商务印书馆2013年版,第17~18页。
② 同上书,第18页。
③ 同上书,第20页。图中问号表示奥斯汀还未思考清楚分类的内容。

话语。在这样的情境中,语言以一些特殊的方式被不严肃地使用,这种不严肃的使用寄生于语言的标准用法,可将其归入有关语言退化的原则。所有这类情形都被我们排除在考虑范围之外。①

在谈及文学性问题时,乔纳森·卡勒指出,"文学的言辞表述与世界有一种特殊的关系",即"虚构"②,也就是说,文学语言并非对真实世界的指涉,而是使用语言建构了一个有别于真实世界的可能世界。文学作品中充斥着虚构的人物、事件、场景和对话,这种虚构性对奥斯汀来说意味着语言并不是在他所规定的情境中讲出的,因而是"无效的行为"。鉴于此,奥斯汀的言语行为理论的研究对象并不包括文学语言。然而,特里·伊格尔顿对此表示了不同意见,他认为,单纯地将文学定义为"虚构意义上的想象性写作——一种并非字面意义上追求真实的写作"③是行不通的,因为也有一些基于事实的作品被归于文学,如自传式小说、历史小说等,它们并非纯虚构作品。因此,伊格尔顿认为,文学的定义不在于"虚构"的问题,而在于对语言的特殊使用方式。

关于文学虚构性的问题,塞尔在《表达与意义:言语行为理论研究》(*Expression and Meaning: Studies in the Theory of Speech Acts*,1979 年)一书中指出,尽管大部分文学作品是虚构的,但并非所有的文学作品都是虚构的,且文学作品与非文学作品之间没有什么明确的界限。通过比较《纽约时报》的新闻报道与爱丽丝·默多克的小说《红与绿》,塞尔将新闻报道的语言定义为一种施行话语——断言,并总结了断言所符合的语义和语用学规则:

(1) 本质原则:断言人应当保证表达命题的真实性。
(2) 预备原则:说话人必须为表达命题的真实性提供证据或原因。
(3) 在话语语境中,表达命题对于说话人和受话人来说都不具有明显真实性。
(4) 真诚原则:说话人必须相信表达命题的真实性。④

---

① J. L. 奥斯汀:《如何以言行事》,杨玉成、赵京超译,商务印书馆 2013 年版,第 24 页。
② 乔纳森·卡勒:《文学理论入门》,李平译,译林出版社 2008 年版,第 32 页。
③ 特里·伊格尔顿:《二十世纪西方文学理论》,伍晓明译,北京大学出版社 2018 年版,第 1 页。
④ 约翰·R. 塞尔:《表达与意义:言语行为理论研究》,王加为、赵明珠译,商务印书馆 2017 年版,第 83 页。

## 第四章 "施行叙事":米勒文学言语行为研究的叙事学维度

奥斯汀将这些指定的规范用于判断新闻报道的断言是否有效,只要违反其中一条规则便为无效。很显然,新闻报道的断言是符合上述规则的,而对照作者默多克的文字便会发现其并不符合任何一条原则。从本质上说,塞尔所设定的"断言"的规则与奥斯汀的"不适当"的规则都是针对语言的真实性与有效性的,而文学语言总是不符合二者所定的规则。对此,有些作者将默多克的语言(或虚构文学的作者笔下的语言)视为讲故事或写小说的话语施事行为(illocutionary act)[①]——"虚构作品的作者或说话人有其自己的话语施事行为系统,完全符合问问题、提要求、作承诺、描写等话语施事行为的标准,是除这些话语施事行为之外的另一类型的话语施事行为"[②]。当然,塞尔是反对这一观点的,因为在他看来,文学的字面意义与实际意义是不同的。因此,塞尔提出了一种新的文学言语行为研究的方法,即将默多克的话语施事行为看作"她在假装做出一个断言,或者说她的样子是在做出断言,也可以说她正在做出做断言的样子,也可以说她正在模仿做断言"[③]。显然,这种"假装"违背了奥斯汀所订立的原则,成了"未成"和"滥用"的话语行为,也即塞尔自己所定义的"欺骗行为"[④]。但从另一层面来说,塞尔认为"欺骗"并不是作者的最终目的,作者的写作实际上是一种"表演"行为。在他看来,默多克正在进行的便是一种"欺骗性假表演行为,假装在叙述一系列事件",他也得出结论,即"虚构作品的作者假装实施一系列言外行为,这些行为通常是断言(断言类言语行为包括陈述、断言、描述、特色表现、辨认、解释及其他)"[⑤]。塞尔还表明,构成一部虚构的文学作品的文学语言是一种假装的话语施事行为,它遵循自己独特的规

---

[①] 在某些著作或文章中,"illocutionary act"这一术语被译为"言外行为",本书参照杨玉成与赵京超的译法,将其译为"话语施事行为"。此外,奥斯汀所提出来的另外两个术语"locutionary act"与"perlocutionary act"分别被译为"言内行为"与"言效行为",本书参照杨玉成与赵京超的译法,将其译为"话语行为"与"话语施效行为"。本书所引用的引文中出现的不同译法均已统一为杨玉成与赵京超的译法,下文中均按此处理。关于术语的译法,参照 J. L. 奥斯汀《如何以言行事》,杨玉成、赵京超译,商务印书馆 2013 年版,第 94~102 页。
[②] 约翰·R. 塞尔:《表达与意义:言语行为理论研究》,王加为、赵明珠译,商务印书馆 2017 年版,第 85 页。引文有改动,已将术语统一为"话语施事行为"。
[③] 同上书,第 86 页。
[④] 同上。
[⑤] 约翰·R. 塞尔:《表达与意义:言语行为理论研究》,王加为、赵明珠译,商务印书馆 2017 年版,第 86 页。

约。在默多克的小说中，作者以第一人称或模仿叙述者声音的方式来讲故事，即假装自己是另外一个人在做断言。按照塞尔的说法，在莎士比亚的戏剧中，作者并未假装，而是在为演员发出如何假装的指令，实际上是演员在接收作者的指令后假扮他人，并假装实施人物的言语行为和其他行为。尽管塞尔所说的"假装"一词仍存有缺陷，且遭到了热奈特的批评，但塞尔的观点不仅驳斥了宣称"作者之死"的言论，捍卫了作者创作意图的重要性，而且首度将文学叙事视为一种言语行为，可以说是打破了奥斯汀将文学语言排除在言语行为研究之外的局面。

此外，塞尔还指出了文学语言中真实与虚构的模糊界限，例如，托尔斯泰的《安娜·卡列尼娜》的开头："幸福的家庭都是相似的，不幸的家庭各有各的不幸。"[①] 塞尔将其看作严肃话语，以及一个真正的断言，而非作者的假装断言。当然，小说、诗歌、戏剧中也包含着大量的真实的人名、地名或历史事件，等等，这也为打破奥斯汀根据文学作品的虚构性来将文学作品排除在言语行为理论之外的局面提供了依据。基于以上探讨，塞尔挑战了奥斯汀将文学语言视为虚假的话语并将其排除在言语行为理论研究之外的做法，为热奈特、迈克尔·卡恩斯、艾布拉姆斯、米勒等人的文学言语行为研究奠定了基础。奥斯汀和塞尔在言语行为理论上的贡献不仅为米勒等后人研究文学言语行为建立了一系列可参照的术语和理论范式，也为迈克尔·卡恩斯的修辞性叙事学研究奠定了理论基础，从而在文学批评和叙事学研究领域发挥了巨大的作用。

与此同时，解构主义学派也开始关注言语行为理论，德里达、德·曼与米勒在其后期的作品中普遍涵盖了"performativity"的内容，并与奥斯汀和塞尔展开了对话。德里达、德·曼与米勒都关注到了文学中的言语行为现象，并提出了自己独特的言语行为理论。他们不仅在奥斯汀和塞尔的基础上建构了解构学派独特的施行话语研究，还进一步促进了言语行为理论在文学研究中的运用和发展。米勒首先运用词源学研究方法指出"performativity"这个术语指向了"言语行为"和"表演"两层含义，随后他又在与奥斯汀的对话中指出，尽管奥斯汀一再拒绝将文学语言这一非严肃语言归入文学研究的范畴中，但他在论证时所使用的诸多例子均来自文学作品，如莎士比亚的《奥赛罗》和《暴风雨》。因此，米勒对奥斯汀的言语行为理论提出了两

---

① 列夫·托尔斯泰：《安娜·卡列尼娜》，周扬、谢素台译，人民文学出版社1989年版，第1页。

## 第四章 "施行叙事":米勒文学言语行为研究的叙事学维度

点质疑:①奥斯汀的语言哲学论证不够系统和连贯,且呈现出异质混杂的特点;②奥斯汀将施行得体性(performative felicity)赋予了表演,且这种表演具有重复性。重复的表演使得某些事情成了一种约定俗成的程序,而这也促成了朱迪斯·巴特勒的性别操演(performativity)理论的诞生。

在《文学中的言语行为》一书中,米勒指出,德里达批判了奥斯汀和塞尔的言语行为理论,并在解构主义批评的基础上创造性地提出了"异述性"(iterability)这一言语行为概念。德里达用"异述性"这一概念表明"标记"(Mark)[①]能够被人们带有差异地重复地叙述出来,例如,人们在研究某个内容时引用了德里达的观点,那么德里达的某个观点就出现在不同的语境中,发挥了不同的作用。同样地,"我宣布你们成为夫妻"这一施行句也重复出现在了不同的时间和场合中,产生了不同的意义与作用。在《签名事件语境》("Signature Event Context",1972)一文中,德里达指出:

> 归根结底,被奥斯汀排除在外的异常、例外、"不严肃"陈述和引述(舞台上、诗歌里,或独白中),难道不正是对一种普遍意义上的转引性(citationality)——或者不如说,一种普遍意义上的可重复性——所做的坚决的限定吗?而没有这种转引性或可重复性,甚至不会有"成功的"施行话语。[②]

首先,德里达提出的"可重复性"指示着施行话语不会枯竭的状态,而奥斯汀强调只有出现在正确的情境中才是适当的施行话语,为一个特定个案的"情境"限定了数量,模糊了恰当与不恰当的施行话语之间的界限。此外,德里达提出的"可重复性"还表明,严肃的施行话语不可能以一种一次性、独特的方式存在于当下,从而驳斥了奥斯汀将诗歌、戏剧等语言归为"不严肃"话语的做法。其次,根据奥斯汀的规则Γ1,使用施行话语的人必须"有一定思想或情感",而这种自觉的意图在德里达看来是不必要的。对照奥斯汀为施行话语设定的规则便会发现,约定俗成的语境和个人意

---

[①] 参见 J. 希利斯·米勒《什么是异述性(iterability)?》,见王逢振、周敏主编《J. 希利斯·米勒文集》,中国社会科学出版社2016年版,第97页。

[②] 转引自 J. 希利斯·米勒《德里达独特的述行性理论》,见王逢振、周敏主编《J. 希利斯·米勒文集》,中国社会科学院2016年版,第570页。

否定　修正　创新：J. 希利斯·米勒叙事学思想研究

图都在异述中遭到了解构。米勒认为，德里达的此番言论确切且较为完整地"拆解"了奥斯汀在《如何以言行事》中为施行话语建构的理论支撑。最后，德里达颠覆了奥斯汀所设定的层级关系，他将奥斯汀所拒绝分析与定义的"边缘的、颓废的、非标准的、不严肃的、虚构的、寄生的、不纯洁的……言语行为"①归入严肃的、纯洁的言语行为。建构等级关系给了奥斯汀将高一级的言语行为作为分析的对象而将低一级的言语行为排除在外的理由。然而，在德里达看来，"纯洁的承诺是从不纯洁的承诺中衍生出来的一种'虚构'幻象"②，这与米勒在《作为寄主的批评家》一文中对寄主和寄生物关系的探讨有异曲同工之妙，可以说，纯洁性与不纯洁性是作为彼此的他者而共存的，如果没有不纯洁性，便没有纯洁性的定义。

此外，在探讨奥斯汀所说的主体性问题时，米勒赞同朱迪斯·巴特勒在探讨性别操演问题时对于"社会建构"的强调，指出人的主体性不是固定的，而是在话语结构中通过重复建构的，从而反驳了奥斯汀对于施行话语中主体意图的要求。德里达和米勒利用解构主义的研究方法拆解了奥斯汀为施行话语设定的规则，从而为文学语言进入言语行为研究提供了理论支持，并为言语行为研究提供了更多的思路。德里达在《文学行动》中指出：

> 解构主义要么是具有创新意义的，要么什么也不是，它不解决方法程序问题，它只开启一条通道，它径直向前并留下一条痕迹；它的书写不仅是行为的，它还为新的行为性表述产生些规则，而且从不把自己安放在为行为和判断的简单对立做出理论保证这样一个位置上。它的过程涉及一个肯定，后者是和事件、出现（到来）、发明之到来相联系的。但它只能通过消解发明的概念性和机构性的结构得以实现，这个发明可以在发明以及发明力的某些方面打上理性的印记，抑减其新意：仿佛有必要超越发明的某种传统地位再发明未来一样。③

这一论述不仅阐明了解构主义批评的方法，也指明了解构主义批评的书

---

① J. 希利斯·米勒：《什么是异述性（iterability）?》，见王逢振、周敏主编《J. 希利斯·米勒文集》，中国社会科学出版社2016年版，第97页。
② 同上书，第98页。
③ 雅克·德里达：《文学行动》，赵兴国等译，中国社会科学出版社1998年版，第275页。

## 第四章 "施行叙事":米勒文学言语行为研究的叙事学维度

写也是一种言语行为,且会为新的言语行为产生一些规则。在反驳奥斯汀与塞尔的基础上,米勒在《作为行为的文学:亨利·詹姆斯作品中的言语行为》一书中建构了较为全面的文学言语行为的范式,包含作者的书写行为、小说中叙述者与人物的话语行为,以及读者的阅读行为的三维施行话语研究。米勒更为关注后面两个元素,并将解构主义批评方法实践其中,为文学言语行为研究建构了清晰的范式。例如,米勒在解读卡夫卡的小说《审判》时运用言语行为研究的方法,分析了文中法官失效的法律言语行为,以及该小说对奥斯维辛集中营出现的预示,从叙述者与人物的言语行为以及读者的阅读行为出发揭示了该作品中共同体的崩溃。

米勒建构的三维施行话语研究与叙事学研究的方方面面都是相关联的,而在《辞格之三:叙事话语》中,热奈特提出了"叙述行为"(narrating)[①]一词来表明"生产性叙述行为"以及"该行为所处的或真或假的总情境",由此可见热奈特的定义说明了叙事属于一种言语行为这一属性。费伦在《作为修辞的叙事:技巧、读者、伦理、意识形态》(*Narrative as Rhetoric*: *Technique*, *Audiences*, *Ethics*, *Ideology*, 1996年)中指出,叙事不只是故事,也是行动,是"某人在某个场合出于某种目的对某人讲一个故事"[②]。费伦的这一定义也将叙事看作一种行为,并将修辞叙事学与行为结合了起来。这种结合在玛丽·路易斯·普拉特、迈克尔·卡恩斯、苏珊·兰瑟尔、米勒等人的研究中变得更为明显,他们的研究能够进一步促进言语行为理论在叙事学中的运用,并为叙事学研究提供新的思路。尽管奥斯汀从恰当的语境和作者的意图上将文学语言排除在言语行为理论之外,热奈特与米勒都指明了叙事话语的施行性特点。热奈特认为,"一部小说人物间的对话显然是在该小说的虚构世界里发生的严肃的语言行为"[③]。可以说,这正是言语行为理论与经典叙事学的结合之处,即叙事话语中的言语行为。

在探讨文学言语行为研究时,米勒还从言语行为的视角重新审视了戏剧

---

[①] 此处中文译本将"narrating"一词译为"叙述",为了与"narrative"(叙述)有所区分,且表达出热奈特在定义中所强调的"行为",本书此处将其译为"叙述行为"。参见热拉尔·热奈特《叙事话语·新叙事话语》,王文融译,中国社会科学院出版社1990年版,第7页。

[②] 詹姆斯·费伦:《作为修辞的叙事:技巧、读者、伦理、意识形态》,陈永国译,北京大学出版社2002年版,第14页。

[③] 热拉尔·热奈特:《虚构作品中的言语行为》,见《热奈特文集》,史忠义译,百花文艺出版社2000年版,第111页。

中的对话。在驳斥亚里士多德对情节首要性的规定时，米勒就曾在《解读叙事》中指出，整个《俄狄浦斯王》故事就是通过演员在舞台上表演时通过对话呈现出来，因此，米勒认为整部剧证明了一个观点："情节就是语言"，即"剧中行动是通过语言来'实施'的"。① 这是米勒早期对文学中的言语行为的关注。在探讨文学中的言语行为问题时，塞尔也首先从戏剧谈起，他指出，在戏剧中，作者并不是在假装做断言，而是在"发出如何假装的指令"②，因此，演员仅仅是按照指令来假装其中的人物。塞尔甚至将戏剧的施效功能与菜谱相提并论，认为二者均能够指导受众者做事。在塞尔所说的"假装"问题上，热奈特在"虚构作品中的言语行为"（"Acts of Fiction"）③ 一文中对其进行了批判。热奈特指出：

> 戏剧几乎完全是由虚构人物所操持（即分配给人物）的言语所构成，这些言语的虚构性在一定程度上是由真实的或想象的舞台表演的环境所决定的，在如此构成的氛围中，言语的语用形态属于任何人与人之间日常交换话语的那种形态：或断言（"噢，王子，我备受煎熬，我热恋着忒修斯……"），或许诺（"您会得到的，我的女儿……"），或命令（"出去！"），或提问（"谁告诉这件事情的？"），等等，与真实生活中同类条件下的同类动机和结果极为相似……所有这一切都发生在一个虚构世界里，与观众生活的真实世界完全隔绝。④

在语言构成戏剧这一点上，热奈特与米勒的观点是一致的，他们都将戏剧中的对话看作与日常对话一样的严肃话语，认为其在叙事话语中同样具有施行功能。由于奥斯汀的言语行为理论对文学语言的排斥，文学中的严肃话语在早期遭到了忽视。热奈特总结的"断言""许诺""提问"等施行话语均属于奥斯汀为话语施事力所做的分类，即"裁决式"（verdictives）、"运

---

① 参见 J. 希利斯·米勒《解读叙事》，申丹译，北京大学出版社 2002 年版，第 8 页。
② 约翰·R. 塞尔：《表达与意义：言语行为理论研究》，王加为、赵明珠译，商务印书馆 2017 年版，第 91 页。
③ Gérard Genette, "Acts of Fiction." *Fiction and Diction*. Translated by Catherine Porter. Cornell University Press, 1993, pp. 30 – 53.
④ 译文参照热拉尔·热奈特《虚构作品中的言语行为》，见《热奈特文集》，史忠义译，百花文艺出版社 2000 年版，第 110 页。

## 第四章 "施行叙事": 米勒文学言语行为研究的叙事学维度

用式"(exerctives)、"承诺式"(commissives)、"表态式"(behabitives)、"表明式(expositives)"①。通过对戏剧中对话的探讨,热奈特也将讨论的范围从戏剧延伸到整个虚构作品,从叙事学的角度探讨了言语行为理论,但他主要是从叙事话语层面探讨文本中的言语行为。

塞尔提出的"假装"一说是从叙事话语层面突显作者的创作问题,在他看来,舞台上的演员所说的话是对人物语言的模仿,而且他们是在作者的指引下模仿的。因此,塞尔实际上与奥斯汀一样将叙事作品中的语言(尤其是对话)看作"无效"的施行话语。在这一点上,热奈特与米勒是从故事层面探讨言语行为的。他们将叙事作品中叙述者与人物的语言视为故事世界中的真实话语,并认为其在故事世界中同样具有与日常话语相同的施事功能与施效功能。叙事学家通常关注的是作者创作叙事话语的意图与策略,如自由间接引语的使用,或读者对叙事话语的阐释。因此,米勒对文学作品中叙述者、人物的施行话语分析可以说是弥补了叙事话语在这方面的空白。

对比戏剧,小说是无法像在舞台上连贯地表演出来的。因此,米勒认为小说只能在精神上达到统一,"即通过与一个精神中心点的共同关联将各个部分连结为一体,这永远也无法直接展现,只能通过比喻或者寓言来间接地再现"②。在这里,米勒强调了小说的寓言属性。关于寓言,德里达在《文学行动》中指出,寓言本身具有虚构的性质,因为它是"通过妄想进行发明,可以生产出叙事,而没有在这些叙事之外与之相对应的现实"③,而且德里达指出寓言与诗歌的施行话语有相似之处,因为二者都具有既记述又施行的功能。在1991年出版的《修辞、寓言、施行语:二十世纪文学的论文》一书中,米勒也探讨了寓言与施行话语的问题,他在这点上与德里达观点一致,也将寓言看作记述与以言行事相结合的例子。在探讨神圣寓言与世俗寓言时,米勒指出,所有的寓言在本质上都具有施行功能,因为它们通过文字使得某事发生,并对读者构成影响。此外,米勒还创造性地提出了"施为寓言"(performative parable)④ 这一概念,表明寓言和施行话语都使得写作与阅读进入了历史领域,且在其中发挥效用。与奥斯汀不同,米勒认

---

① J. L. 奥斯汀:《如何以言行事》,杨玉成、赵京超译,商务印书馆2013年版,第138~139页。
② J. 希利斯·米勒:《解读叙事》,申丹译,北京大学出版社2002年版,第75页。
③ 雅克·德里达:《文学行动》,赵兴国等译,中国社会科学出版社1998年版,第262页。
④ J. Hillis Miller, *Tropes, Parables, Performatives: Essays on Twentieth Century Literature*. Duke University Press, 1991, p. ix.

### 否定 修正 创新: J. 希利斯·米勒叙事学思想研究

为文学中的施行话语并不需要自觉的意图,甚至也不需要合适的语境。在当下文学言语行为研究中,像卡恩斯这样的学者关注更多的是"语境"问题,叙事话语层面的言语行为得到的关注并不多。得益于对文学语言的深入研究,米勒在研究文学言语行为时较多关注叙事话语,从而弥补了这一方面研究的缺失。

卡恩斯在《修辞叙事学》(*Rhetorical Narratology*, 1978)一书中指出,尽管叙事学对叙事话语、故事、人物等的理解做出了巨大的贡献,但叙事学并未使得叙事研究成为理解人类行为的一种手段。叙事学家们费尽心思研究的种种"技术"可以帮助人们理解那些叙事文本,但不能解释人们为何对文本采用这种解读,这也是卡恩斯在叙事研究中选择语境主义立场的原因。在卡恩斯看来,目前并没有一种理论能整合两个领域——"既利用叙事学的文本分析工具,又利用修辞学的工具分析文本和语境之间的互动,进而帮助我们更好地理解受众对叙事的体验",为此,卡恩斯提议构建一门"基于言语行为理论的修辞叙事学"[1],并以此来回答叙事要素如何作用于读者的问题:

> 该理论将从叙事实施的社会建构行为的角度来考察叙事,即叙事不仅关于"说",更是关于"做"。言语行为理论可以帮助我们描述甚至解释叙事与受众之间的互动方式。言语行为理论也为我坚定的语境主义立场提供了依据:我一直认为,只有适当的语境,几乎任何文本都可以被理解为叙事,而且,没有任何文本要素可以确保产生这样的接受效果。修辞叙事学承认故事要素,但是,由于作为理论基础的言语行为理论强调读者与文本的互动,因此我将更突显话语要素的重要性。[2]

在卡恩斯看来,言语行为理论调和了叙事学中话语与语境的问题,这是他将言语行为理论运用于叙事学研究的原因之一。

除了卡恩斯的研究,在《走向文学话语中的言语行为理论》(*Toward a Speech Act Theory of Literary Discourse*, 1977 年)一书中,普拉特指出,语言学领域一直有诗学与非诗学语言的区分,而文学语言在语言学层面上说是自

---

[1] Michael Kerns, *Rhetorical Narratology*. University of Nebraska Press, 1999, p. 1.
[2] Michael Kerns, *Rhetorical Narratology*. University of Nebraska Press, 1999, p. 2.

## 第四章 "施行叙事":米勒文学言语行为研究的叙事学维度

治的(linguistically autonomous)①,从形式上与功能上与日常语言是不同的。普拉特认为,我们应当从文学与日常语言的相似性上思考问题,而不是从它们的不同上思考问题。普拉特还指出,文学话语应当被视为一种"使用"(use),而不是语言中的"一种"(a kind)②,且描述文学语言之外的理论也可以用来描述文学话语。尽管这样的文学理论尚未出现,普拉特仍然认为,近期社会语言学与言语行为理论可以支撑这样的研究,因为这两个领域都涉及语言的使用。可以说,普拉特的研究是将语言学范式应用于文学研究的又一尝试。普拉特对文学作品的言语行为分析涵盖了文本自身、作者和读者,且更为关注读者与文本间的交流,这与米勒的文学言语行为研究所关注的三个方面是一致的,且这也与叙事学家一直在探索的叙事话语、叙事交流等内容相关。艾布拉姆斯在《如何以文行事》("How to Do Things with Texts")一文中所说:

> 文学,换言之,是作为人的作者和作为人的读者之间的交际行为。通过驾驭语言和文学的种种可能,作者用词语实现和记录自己关于人类及其行为、关于人类关注等想要表达的东西,向那些有能力理解自己作品的读者发言。读者,通过运用其与作者共有的语言和文学能力来努力弄清作者计划和表达的是什么,通过竭力向作者想要表达的东西靠近来理解该语言作品的意义。③

艾布拉姆斯与米勒都强调了文学的施为性,且尤为关注作者如何通过文本对读者产生影响,这与修辞性叙事学的关注点是一致的。

在《新的开始:文学与批评中的施行地形学》(*New Starts: Performative Topographies in Literature and Criticism*,1993年)一书中,米勒同样指出,当代叙事理论的迷宫中常常有一条标记为"现实主义"或"模仿"的道路,还有一条"主观的"或"虚构"的道路,而这两条道路往往难以区分,言

---

① Mary Louise Pratt, *Toward a Speech Act Theory of Literary Discourse*. Indiana University Press, 1977, p. xii.

② Ibid., p. xiii.

③ M. H. 艾布拉姆斯:《以文行事——艾布拉姆斯精选集》,赵毅衡、周劲松等译,译林出版社2010年版,第251页。

语行为理论的出现就打破了叙事理论中这种二元对立的局面。① 米勒认为，如果我们将小说视为同时含有奥斯汀所定义的"记述"和"施行"功能的东西，那么叙事理论中的一些概念和范式便会变得清晰。因此，言语行为理论调和了小说的记述与施行功能这两种语言使用的内在矛盾性，这是早期米勒的文学言语行为研究与叙事学关系中的一个重要论断。

除了"施行地形学"，米勒在《文学言语行为研究》一书中提到了"施行叙事"（performative narrative）这一说法，并将其视为产生于叙事施为功能中的"欺骗性的、虚幻性的知识"或"知识的幻象"的表现形式②，也就是说，米勒像看待叙事学中的概念一样认为"施行叙事"也存在着矛盾的地方。例如，德曼在《阅读的寓言》中指出，"一旦文本知道了它所表述的东西时，文本就只能像《社会契约论》中行窃的立法者一样进行诓骗，如果它不进行诓骗，它就不能表述它所知道的东西"③。对于叙事文本来说，作者必定知晓自己所叙述的东西，并会在文本中夹杂自己的意图，因此，文本的所行与所述总是不对等的，用米勒的话说就是"文本总是脱靶，或高于或低于所瞄准的靶心"④。尽管如此，相对于奥斯汀的"施行话语"这一概念，"施行叙事"这一表述仍能帮助我们理解和研究叙事在记述功能之外的施行功能。下文中将具体探讨米勒的文学言语行为在叙事话语和修辞叙事学中的表现。

## 二、叙事话语中的施事行为

如果说文学是一种行为，那么文学语言首先表现出来的就是"建构"想象世界这一行为。"施行"（performative）一词原本就有表演的意思，在《名利场》的开头，作者表明，《名利场》的故事是由戏班班主用一个个木偶为观众表演出来的，当故事结束的时候，戏班班主又呼唤孩子们把木偶收进盒子里，这种"表演"也就暗示着文学语言的"表演"/"施行"功能。文字不仅建构了形形色色的虚构人物，也建构了想象的故事背景和事件，即

---

① J. Hillis Miller, *New Starts: Performative Topographies in Literature and Criticism*. The Institute of European and American Studies, Academia Sinica, 1993, p.47.
② J. Hillis Miller, *Speech Acts in Literature*. Stanford University, 2001, p.154.
③ 保罗·德曼：《阅读的寓言》，沈勇译，天津人民出版社2007年版，第289页。
④ J. Hillis Miller, *Speech Acts in Literature*. Stanford University, 2001, p.154.

## 第四章 "施行叙事":米勒文学言语行为研究的叙事学维度

布朗肖所说的"文学空间"。米勒一直对模仿论持反对的态度,而言语行为理论正是其捍卫文学的建构和创造功能的有力武器。在《文学死了吗》(*On Literature*, 2002年)一书中,米勒在探讨"文学是施为语言"这一命题时指出,"文学中的每句话,都是一个施行语言链条上的一部分,逐步打开在第一句话后的想象域。词语让读者能够到达那个想象域。这些词语以不断重复、不断延伸的话语姿势,瞬间发明了同时也发现了(揭示了)那个世界"[1]。因此,可以说,作为言语行为的叙事话语最突出的特点之一便是建构"文学空间",而这一特点也是使文学语言独立于其他艺术媒介的一个重要因素。

在批判"文学之死"的言论时,米勒强调了文学语言并不是对现实的模仿,而是"创造或发现一个新的、附属的世界,一个元世界,一个超现实(hyper-reality)"[2],作家能够使用词语"轻易创造出有内心世界的人、事物、地点、行动"[3],这些词语可用于"能指",但它们并无所指。文学作品是由文字建构而成的,这些文字能够在作者的笔下建构人物的对话、事件、背景。像《黑暗之心》这样的文学作品是诸如康拉德这样的作者精心打造出来的虚构世界,而故事中的叙述者马洛也通过自己的叙述为奈利船上的听众建构了一个非洲刚果河上的世界,最终当读者在阅读的时候又会根据文字的描述来发挥自己的想象,从而建构出属于自己的想象世界。这种建构性在米勒看来是言语行为的体现,同时也是文学的魅力所在。在《文学死了吗》第二章"文学是施行语言"中,米勒指出,文学的这种"创造"和"发现"就是施行性的体现,因为它使事情发生。文字不仅能创造新的世界,还能够使人物起死回生。例如,在《黑暗之心》中,马洛便通过叙述将逝去的库尔兹重新带到了奈利号船上的听众和现实中的读者面前,这体现的都是文学语言的施行功能。不仅如此,米勒还指出,文学语言所建构的每一种虚拟世界都是独一无二的,再现了米勒所痴迷的文学的"魔力"。

在建构方式上,米勒认为命名(naming)是一种重要的建构手法。对奥斯汀来说,"我把这艘船命名为伊丽莎白女王号"(在轮船命名仪式上如是说)这句话便是一个"命名"的施行话语。文学中人物、地点、场景都

---

[1] J. 希利斯·米勒:《文学死了吗》,秦立彦译,广西师范大学出版社2007年版,第57页。
[2] 同上书,第9页。
[3] 同上书,第7页。

## 否定 修正 创新：J. 希利斯·米勒叙事学思想研究

需要作者的命名，可以说，作者的命名使得这些人物、地点和场景得以存在于受众者面前。例如，在《巴塞特郡纪事一：巴彻斯特养老院》的开头，特罗洛普写道：

> 几年以前，塞浦蒂麦斯·哈定牧师是一位享有圣俸的牧师，居住在某一个大教堂镇上。我们姑且叫它巴彻斯特吧。如果我们叫它韦尔斯、索尔兹伯里、埃克塞特、赫里福德额，或是格洛斯特，人家或许以为这里想说一件私人的事哩……我们姑且假定巴彻斯特是英格兰西部的一座宁静的小镇，一向以壮丽的大教堂和悠久的古迹著称，而不是以什么商业的繁荣驰名。我们再假定巴彻斯特的西区是大教堂区，巴彻斯特的"上流人士"就是主教、教长、驻堂牧师，以及他们各位的妻子儿女。①

特罗洛普并不像大部分作者直接用人名和地名开始叙述，而是不断地在"假定"命名的方式，也就是向读者表明本故事的虚构本质。特罗洛普通过这样的命名行为建构了，或者说是备齐了叙事作品所需要的人物和地点这两个重要元素，从而建构了该故事的空间。而在罗兰·巴特看来，命名行为与阅读行为是同义的，因为读者会根据文本的描述为人物命名，如吝啬或懒惰的某人。通过语言这一媒介，作者和读者分别建构了自己想象中的人物和场景，等等。

此外，米勒认为拟人法（prosopopoeia）也是一种重要的建构方式，他在解读《黑暗之心》时就十分注重康拉德在文本中反复使用的拟人法，即"通过一种言语行为，一个施事话语，拟人法创造出一个现实中没有的虚构的人物"②。例如，康拉德对荒野（wild）的拟人，使得荒野似乎拥有了人的性格；再如，在小说的标题中，康拉德将"黑暗"拟人化，赋予了它一颗"心"，这使得"黑暗"仿佛拥有了生命，也使得"黑暗"成了具象化的在场。

热奈特的"叙事行为"这一概念呈现的也是作者书写的过程，可以说，

---

① 安东尼·特罗洛普：《巴塞特郡纪事一：巴彻斯特养老院》，主万译，上海译文出版社2020年版，第1页。

② J. 希利斯·米勒：《约瑟夫·康拉德：我们应该阅读〈黑暗之心〉吗?》，见《J. 希利斯·米勒文集》，王逢振、周敏主编，中国社会科学出版社，2016年，第334页。

## 第四章 "施行叙事"：米勒文学言语行为研究的叙事学维度

有"叙事行为"才有虚构世界的建构，从而引发人们对叙事中各种问题的探讨。尽管塞尔将叙事作品视为假装言语行为的文本，他仍然认为这种文本有存在的价值，因为叙事作品突显了"想象力"的重要作用。① 作者通过文字建构了不同于现实世界的超现实存在，而读者通过阅读文字进入一个虚拟现实，通过展开想象建构了属于自己的想象世界，这不仅有别于其他读者，也与作者脑海中所建构的世界不同。

在建构作用之外，米勒还指出了文学言语行为中的自我拆解力量。在米勒看来，言语行为所编码的信息和说写言语行为的人的意图都是裂开的、有缺口的、分离的，如保罗·策兰（Paul Celan）所说的"无人为这见证作证"（No one bears witness for the witness.）② 一样，文学作品中充斥着各式各样的言语行为，如见证、承诺、谎言等。这些言语行为不仅来自叙述者与人物，也来自作者。与策兰所说的相似，当作者向读者承诺"我保证我叙述的都是真实的"时，只有作者本人知晓他的保证是真实的还是假装的，而当故事中的人物说出"我保证"时，便无人能保证他能够兑现诺言。在卡夫卡的《城堡》中，K声称自己是城堡的土地测量员，但村庄里的人，隐含读者，甚至包括现实中的读者，都无法确信K的保证是真的。但在这种不确定性中，K的承诺又对受众者形成了一种吸引力，号召受众者去相信他会兑现承诺。

在《黑暗之心》中，整部小说基本上由马洛的叙述构成，可以说是马洛对自己在非洲和欧洲的经历的一种描述和报道，因此马洛的语言的叙事维度是显而易见的。另外，米勒认为马洛的叙述带有"表达正义"的愿望和"承诺他将会把他所受到的启迪传递给他们和我们"的意味，因此它又属于一种"证明"的言语行为。③ 对米勒来说，马洛是"幸存者"，他的义务就是讲出死者库尔兹的"实情"，例如，详细地描述库尔兹所说的话和所做的事。马洛的叙述是一种重复，库尔兹就在这种重复中像幽灵一般复活，但是马洛却在故事结尾处坦承他对库尔兹的未婚妻说了谎，这使得马洛的叙述的

---

① 参见约翰·R. 塞尔《表达与意义：言语行为理论研究》，王加为、赵明珠译，商务印书馆2017年版，第97页。

② 德语原文：Niemand zeugt für den Zeugen. 参见 J. Hillis Miller, *The Conflagration of Community: Fiction before and after Auschwitz*. The University of Chicago Press, 2011, p. xii。

③ J. 希利斯·米勒：《约瑟夫·康拉德：我们应该阅读〈黑暗之心〉吗?》，见王逢振、周敏主编《J. 希利斯·米勒文集》，中国社会科学出版社2016年版，第329页。

## 否定 修正 创新：J. 希利斯·米勒叙事学思想研究

真实性和可靠性遭到了质疑，从而也违背了他对奈利号上的听众以及现实中的读者所做的报道真相的承诺。

从作者层面看，米勒认为康拉德为读者编排了一个"隐含的诺言"（implicit promise），即"发现最后的启示或解释的诺言"①。但很显然，《黑暗之心》只是一部失败的启示文学，它最终什么也没有揭示出来，因而康拉德为《黑暗之心》所编排的结构只是"一个不断延迟承诺（deferred promise）的永久自我系统"②。文学中同样的例子还有很多，例如，在毛姆的《月亮与六便士》的开篇，叙述者讲到，"今天却很少有人不承认他（查理斯·思特里克兰德）的伟大了"，而且，通过与走红的政治家和立战功的军人对比，叙述者认为"查理斯·思特里克兰德的伟大却是真正的伟大"③。这是来自叙述者最直接的、权威的肯定，因此预先在读者心里为思特里克兰德这个人物形象打上了"伟大"的标签，吸引读者在文本中找寻关于思特里克兰德的"伟大"的根据。然而，叙述者却接着讲起思特里克兰德粗笨、普通的形象——"他生得魁梧壮实，大手大脚，晚礼服穿在身上有些笨拙，给人的印象多少同一个装扮起来参加宴会的马车夫差不多"④，以及他没有任何征兆抛弃妻儿，又暗中与他的恩人施特略夫挚爱的妻子勃朗特私通，并最终导致勃朗特自杀身亡的种种不符合道德准则的事情，这使得叙述者所提及的"伟大"的承诺成了一纸空文。因此，当作者在作品中所给的承诺与最终呈现的内容不一致时，读者就会陷入困惑不解中，无法相信叙述的可靠性。

除了作者设置的迷障，读者在细读中也容易陷入"错综复杂的语言之中，包括重复出现的复杂词、比喻、双关语、双重意义、反讽，等等。行动就寓于这些语言细节之中"⑤。在米勒看来，当听者无法保证说话人所说的话的真实性时，便会引向保罗·德曼的结论——"语言机械地、述行性地、自动地发生作用，常常违背说话者的愿望与意图。言语承诺〔Die Sprache

---

① J. 希利斯·米勒：《约瑟夫·康拉德：我们应该阅读〈黑暗之心〉吗?》，见王逢振、周敏主编《J. 希利斯·米勒文集》，中国社会科学出版社2016年版，第350页。
② 同上书，第360页。
③ 威廉·萨默塞特·毛姆：《月亮与六便士》，傅惟慈译，上海译文出版社2009年版，第1页。
④ 同上书，第32页。
⑤ J. 希利斯·米勒：《解读叙事》，申丹译，北京大学出版社2002年版，第8页。

## 第四章 "施行叙事":米勒文学言语行为研究的叙事学维度

Verspricht（sich）]；言语作出承诺，同时又否定自身，说错话，说走嘴。"①叙述者与人物的话语中经常出现反讽，例如，在《黑暗之心》中，作者多次使用"看见"一词，而据常理来说，黑暗中是无法看见的，因而这里出现了矛盾。在《俄狄浦斯王》中，索福克勒斯也多次使用类似"看见"的词，而读者心里清楚，得知真相的俄狄浦斯最终弄瞎了自己的双眼。可以说，两部作品中的"看见"这一言语行为的本义与说话者的愿望和意图是相反的，从而达到一种反讽效果。米勒认为，《俄狄浦斯王》暗示读者，人们总是无法断定自己说出的话语是否会像俄狄浦斯的语言一样违背其本意行事，因此极有可能说出违背自己本意的话，如口误，或者他人的误解，从而承受意想不到的后果。

在随后探讨的几部大屠杀小说中，米勒从叙事学的角度分析了其中失效的"见证"这一言语行为。在《共同体的焚毁：奥斯维辛前后的小说》中，米勒在前言中引用西奥多·阿多诺的名言——"奥斯维辛之后，甚至写首诗，也是野蛮的"②。米勒认为，阿多诺这句名言想要表达的是，在奥斯维辛这样的人类灾难面前，诗歌（泛指文学创作）并不会为人类和社会带来任何改变，也不能确保奥斯维辛的灾难不再发生。而米勒对此的看法是不同的，对他来说，"文学是见证奥斯维辛的有力方式"③，且"关于奥斯维辛的文学作品仍然可以得到某些表现类似事件的文学作品的呼应"④。米勒认为，"见证是一种施行性地而非记述性地运用语言的方式"⑤，尽管策兰说没人能为见证者作证，但米勒认为他对大屠杀文学的解读能够见证自己对这些作品的感受。

在解读托马斯·基尼利的小说《辛德勒的名单》时，米勒指出：

> 从"叙事学"的角度来看，《辛德勒的名单》的形式相对简单。这

---

① J. 希利斯·米勒：《述性行的情感：德里达、维特斯根坦、奥斯汀》，见王逢振、周敏主编《J. 希利斯·米勒文集》，中国社会科学出版社2016年版，第212页。
② J. 希利斯·米勒：《共同体的焚毁：奥斯维辛前后的小说》，陈旭译，南京大学出版社2019年版，第1页。
③ 同上书，第4页。
④ J. 希利斯·米勒：《共同体的焚毁：奥斯维辛前后的小说》，陈旭译，南京大学出版社2019年版，第5页。
⑤ 同上书，第190页。

### 否定 修正 创新：J. 希利斯·米勒叙事学思想研究

种形式特征无疑使小说表现出一种冷静、客观、纪实的历史准确性。小说采用"全知"客观的第三人称叙述者视角，用过去时尽可能详尽地讲述"真实发生过的事"。小说几乎没有时间转换，没有反复出现的措辞和修辞手法，极少有风格特征可供着意"修辞分析"的评论家把握。叙述者不动声色地占据了权威地位，诱导读者相信他们无须在意小说文本如何逾越了基尼利从她消息提供者那里直接获知的内容。①

实际上，基尼利所撰写的内容均来源于幸存者提供的"证词"和一些文件，因此他使用第三人称就是为了客观地将这些证据整合起来。这样看来，基尼利是通过文件、照片和采访重构了"二战"中辛德勒拯救犹太人的历史，读者可以将这部小说当作历史或纪实小说。然而米勒指出，基尼利在"前言"中加了免责声明："本书为虚构作品。姓名、人物、地点和事件均处于作者想象或虚构性的运用。"② 这与前面的真实性又构成了矛盾，因此，可以说这是"见证"的失效，也是作者承诺重构这段历史的失效。在麦克尤恩的《黑犬》中，作者采用的是第一人称叙述者，拉近了与读者的距离，且小说中使用了真实的地名，这使得小说中关于奥斯维辛的内容可信度极高。但米勒认为，作者使用了倒叙、插叙等引发时间错乱的后现代叙事手法，因而"展现了我们无法决定如何理解和解释大屠杀的邪恶"③，也证实了策兰所说的"无人能为这见证作证"。

叙事话语中的反讽、谎言、失效的见证和承诺等言语行为使得文本自身变得更为复杂，而这些正是米勒所关注的文本中互为矛盾的内容，这些内容所呈现的便是文本自我拆解的力量。在叙事学中，费伦区分了六种不可靠叙述类型，即事实/事件轴上的"错误报道"和"不充分报道"，价值/判断轴上的"错误判断"和"不充分判断"，知识/感知轴上的"错误解读"和"不充分解读"。④ 叙述者违背"承诺"以及"谎言"的言语行为同样构成了不可靠叙述，但是米勒所关注的诸如"承诺"的言语行为超越了叙事学家所限定的文本内部的范畴，将作者与读者都纳入了研究范畴，从而形成了

---

① J. 希利斯·米勒：《共同体的焚毁：奥斯维辛前后的小说》，陈旭译，南京大学出版社2019年版，第196页。
② 同上书，第194页。
③ 同上书，第198页。
④ 参见申丹《修辞性叙事学》，载《外国文学》2020年第1期，第88页。

一个涉及面更广的研究。米勒对文学语言的建构行为的研究，以及从言语行为的视角探讨不可靠叙述的尝试，都具有相当高的创新性。他在这方面的研究也能够启发人们重新思考历史书写的可靠性问题，例如，从言语行为的有效性的角度重新思考《黑暗之心》（又译为《黑暗的心脏》）、《印度之行》（E. M. 福斯特著）、《辛德勒的名单》等小说中的历史叙事，读者和评论家能够发现新的研究问题。

## 三、言语施效行为与修辞叙事学

在《如何以言行事》中，奥斯汀将"言效行为"定义为言语所产生的后果，例如，"我宣布你们成为夫妻"这句话能够真正起到宣告二人正式成为夫妻的作用。在文学研究中，米勒更为关注的是文学话语的言效行为，即阅读、研究和教授文学作品给人们的生活带来的影响。在《解读叙事》中，米勒指出，"阅读全都属于'施为'性质，它导致某事发生"①，阅读、阐释、研究、教授文学作品也是一种言语行为，会产生一定的后果。文学作品中存在着各式各样的言语施效行为，例如，《黑暗的心脏·"水仙号"上的黑家伙》中马洛的叙述导致奈利号上听他讲故事的船员"错过了第一次退潮"②；堂吉诃德沉迷于骑士文学，进而幻想自己是中世纪骑士，做出了种种荒唐事；《赎罪》中的女主人公因为喜爱阅读小说和创作戏剧而陷入神秘与幻想中，从而导致自己指认错凶手，也使自己一辈子深陷愧疚与痛苦中。

亚里士多德是最早关注文学之于人的作用的，他在《诗学》中不断强调悲剧的"净化"功能，也就是说，一出好的悲剧的标准就是最终能够对城邦的民众在心理上产生一种"净化"的作用。如米勒所说，"悲剧的作用就在于要通过虚构的场面激起怜悯、恐惧等非理性的情感，然后在'发现'使真相大白、万物回归理性之时，让这些情感得到净化"③。通过分析亚里士多德对经典悲剧《俄狄浦斯王》的阐释，米勒指出，"亚里士多德意识到了阅读的施为性质，认为观看悲剧演出具有净化的效果。一出悲剧不仅仅是

---

① J. 希利斯·米勒：《解读叙事》，申丹译，北京大学出版社2002年版，第9页。
② 约瑟夫·康拉德：《黑暗的心脏·"水仙号"上的黑家伙》，胡南平译，译林出版社2001年版，第108页。
③ J. 希利斯·米勒：《解读叙事》，申丹译，北京大学出版社2002年版，第4页。

对一个行动的模仿，它旨在引起某事的发生，即净化观众的悲悯和恐惧之情"①。可以说，文学的教化作用早在古希腊时期就已经得到了普遍认可，到了近代，文学更是在各种各样的政治运动中发挥着作用。

康拉德的小说《黑暗之心》便是以欧洲在非洲的殖民扩张为背景，涉及政治、种族等严肃的问题。因而阅读《黑暗之心》会使读者在伦理上受到不同程度的影响，例如，对小说中所宣扬的西方文明产生怀疑和对欧洲中心主义进行批评，或者将《黑暗之心》贴上"种族主义"和"性别歧视者"②的标签。正如米勒在《阅读的启示：康德》一文中所说，"文本对读者的作用，就如同道德法则对读者的作用，那是一种难以避开的因素，将读者牢牢缚住，或是致使读者自觉约束自身的意志。阅读行为也将使读者自觉用这种文本中体现的必需的道德法则约束自己"③。在阐释、研究和教授《黑暗之心》时，读者，或批评家，或教师必然会涉及对小说中的一些细节或作者康拉德的背景的介绍，因此必然有叙事的维度；同时，他们的阐释、研究和教授，不仅对自己，也会对研究者、学生等人群产生影响，因此也必然有施事的维度，从而再现了阅读《黑暗之心》时的叙事与施事的双重维度。此外，米勒将"判断"或"相信"《黑暗之心》是文学作品而非传记或旅行文学的行为也看作一种言语行为，米勒认为，《黑暗之心》中体现出的四个文学特征虚构叙述者的使用、反复出现的比喻修辞、反讽的使用以及拟人的使用，是读者能够"判断"或"相信"其为文学作品的根据。④ 这不仅凸显了《黑暗之心》的文学特征，也再次强化了米勒对文学本质的界定以及"文本细读"方法的实践。

米勒还指出，言效行为不仅发生在文本之外的受众者身上，也发生在文本之中，俄狄浦斯通过对细节进行推理式阅读，最终"发现"了真相，并导致了命运突变。米勒认为，读者的阅读行为就像俄狄浦斯的阅读一样，都具有施行性质，能够最终导致某事发生，即亚里士多德所说的"净化"。同

---

① J. 希利斯·米勒：《解读叙事》，申丹译，北京大学出版社2002年版，第10页。
② J. 希利斯·米勒：《约瑟夫·康拉德：我们应该阅读〈黑暗之心〉吗?》，见王逢振、周敏主编《J. 希利斯·米勒文集》，中国社会科学出版社2016年版，第334页。
③ J. 希利斯·米勒：《阅读的启示：康德》，见王逢振、周敏主编《J. 希利斯·米勒文集》，中国社会科学出版社2016年版，第27～38页。
④ J. 希利斯·米勒：《约瑟夫·康拉德：我们应该阅读〈黑暗之心〉吗?》，见王逢振、周敏主编《J. 希利斯·米勒文集》，中国社会科学出版社2016年版，第355页。

## 第四章 "施行叙事":米勒文学言语行为研究的叙事学维度

样的,俄狄浦斯被神谕"诅咒",且他也在不知情的情况下诅咒了自己,"诅咒"也是一种施行话语,而最终这个诅咒灵验了,导致了俄狄浦斯的悲剧命运。

在文本外部,如查特曼的"叙事-交流情景示意图"所示,读者是最直接接触文学语言的施效行为的。因为只要读者阅读文本便会产生某种影响。在《叙事虚构作品》中,里蒙-凯南在探讨文本及其阅读的问题时指出,"正如读者参与文本意义的生产过程一样,文本也塑造着读者"①,例如作品能够培养读者解读文字所需要的能力和审美能力,也能够潜移默化地改变读者的旧观念和眼界。正如康德在《判断力批判》中所言,"美的艺术是一种意境,它只对自身具有目的性,并且,虽然没有目的,仍然促进着心灵储力的陶冶,以达到社会性的传达作用"②。这种心灵的陶冶和社会性的传达便是文学的审美和教化作用的体现。尽管唯美主义学派坚持文学应当保持自身的独立性和审美作用,但阅读、教授文学的行为是不可避免会产生一定的效果。例如,《汤姆叔叔的小屋》(Uncle Tom's Cabin)一书出版之后,激起了黑人对废除美国奴隶制的呼声,尽管作者原本的意图并不是如此,这便从言语行为的角度肯定了文学的重要性。

由此可见,叙事作品实际上是作者影响读者的媒介,读者只要阅读便会受到作者的影响,这也是米勒发出"我们是否应该阅读《黑暗之心》这一问题的原因"。里蒙-凯南在《叙事虚构作品》中这样定义叙述:"把叙述内容作为信息由发话人(addresser)传递给受话人(addressee)",且"传递这个信息的媒介具有语言(verbal)性质"③,这一定义不仅使得叙事虚构作品与采用其他媒介的叙事作品区别开来,也强调了叙事中"交流"与"语言"的关键作用,不管是"承诺"还是"谎言",这些言语行为都是一种叙事交流行为,需要双方的参与,这与修辞叙事学所关注的叙事交流问题是一致的。普拉特认为:

> 当言说者作出一个以可述性作为关联性的断言时,他不仅是在报告

---

① 里蒙-凯南:《叙事虚构作品》,姚锦清、黄虹伟、傅浩、于振邦译,生活·读书·新知三联书店1989年版,第211页。
② 伊曼努尔·康德:《判断力批判》,邓晓芒译,人民出版社2017年版,第151页。
③ 里蒙-凯南:《叙事虚构作品》,姚锦清、黄虹伟、傅浩、于振邦译,生活·读书·新知三联书店1989年版,第4页。

## 否定 修正 创新：J. 希利斯·米勒叙事学思想研究

一个事态，也是在用言语展示这样一个事态，他的展示方式是邀请他的言语对象与他一起思考、评价和回应这个事态。他的目的不仅是要使他的倾听者相信，也是要造成一种对他正在表述的事态的想象性和情感性参与和对该事态的一种评价性立场。他力图与他们分享自己对这一事件的惊奇、快乐、恐惧或赞美。最终，人们会认为，他所追求的似乎是对这一问题性事件的阐释，以及对由他和他的倾听者之间的共识支撑起的意义和价值的分配。①

普拉特对交流的主体的分析表明了叙事交流中实际上存在着各种隐性的施行话语，如"邀请"和"分享"的行为。这与塞尔将文学作品的作者的话语视为"断言"如出一辙，作者不仅是在报道和陈述，也同样对读者发出了召唤。在塞尔看来，作者要成功实施指称这一言语行为，就必须保证说话人所指称的对象的存在，因此，通过假装有所指称，作者通过对人物的直接描述来假装指称对象的存在，并邀请读者也假装虚构作品中人物的存在。在塞尔看来，"共享假装"② 就使得作者与读者之间达成了某种默契和共识，也就是通常人们所忽略的隐性的交流。在《文学死了吗》一书中米勒便指出了文学的开头所暗含的"芝麻开门"③ 和"招呼鬼魂"④ 的行为，这就是文字召唤读者进行阅读的魅力，也是普拉特和塞尔所定义的隐性的施为话语。

在修辞性叙事学的研究中，拉比诺维茨提出了"理想的叙述读者"这一概念，即"叙述者心目中的理想读者，完全相信叙述者的所有言辞"。⑤ 我们可以将其视为作者的"命令式"行为，即要求读者承诺相信作品中的人物、对话、事件等是真实的，也就是表达希望读者成为理想读者的愿望。因为这种命令是隐性的，因而也可以说作者与读者之间产生了一种"秘密

---

① Mary Louise Pratt. *Toward a Speech Act Theory of Literary Discourse*. Indiana University Press, 1977, p. 136.
② 约翰·R. 塞尔：《表达与意义：言语行为理论研究》，王加为、赵明珠译，商务印书馆 2017 年版，第 93 页。
③ J. 希利斯·米勒：《文学死了吗》，秦立彦译，广西师范大学出版社 2007 年版。第 39 页。
④ 同上书，第 46 页。
⑤ 申丹：《修辞性叙事学》，载《外国文学》2020 年第 1 期，第 90 页。

## 第四章 "施行叙事":米勒文学言语行为研究的叙事学维度

交流"① 的行为。对此,热奈特从塞尔的研究中推导出了一个公式:"我,作为作者,我决定以此形式虚构出 p(＝一个小姑娘,等等),既使词汇适应现实,也使现实适应词汇,不履行涉及诚实的先决条件(＝不相信,也不要求你们相信所述内容)。"② 这正如许多叙事作品的开头一样,作者交代了故事背景和人物,号召读者运用想象力来接受虚构世界中的真实性。当读者开始阅读虚构作品时,也与作者达成了一个共识,即愿意跟随作者的文字展开想象,无条件相信作者叙述的真实性,这也就意味着只有作者与读者之间遵循规约才能达到顺利交流的目的,否则读者便无法理解作者所要表达的意义。例如,米勒对卡夫卡的作品的种种疑问,他认为卡夫卡的小说中充满了荒诞色彩,而且《城堡》这部作品还是未完成的作品,违背了与读者之间的规约,从而导致读者无法完全理解小说的内容。米勒还用较长的篇幅总结了后现代叙事的特点,如"'全知叙述者'弱化""缺乏连续性,即叙事通过间断的片段组合,打破连续性""运用错层叙事、预叙或倒叙、闪回、闪前等'反常的'时间切换方式"③,等等,此处不再一一列举,种种叙事方式的采用增加了读者理解文本的难度。

另外,文本中有许多作者留下来的未解之谜,即德里达所说的"他者",而面对这种秘密,以及文本中不合理性之处,文本都会号召读者根据自己的理性认知来阐释。从意识批评到文学言语行为研究,米勒始终践行的是文本细读策略。在他看来,文本细读并不是新批评的产物,而是从文学语言本身的陌生性(strangeness)和异质性(oddness)④中诞生的。德里达认为文学中隐藏着诸多的秘密,例如,波德莱尔的《假币》中的主人公给乞丐的钱币到底是真是假的问题,德里达将文学中无法探究的秘密定义为"全然的他者"(the wholly other),即"绝不可知或同化为某种'同类'的

---

① 韦恩·布斯:《小说修辞学》,华明、胡晓苏、周宪译,北京联合出版公司2017年版,第275页。

② 热拉尔·热奈特:《虚构与行文》,载《热奈特文集》,史忠义译,百花文艺出版社2000年版,第117页。

③ J. 希利斯·米勒:《共同体的焚毁:奥斯维辛前后的小说》,陈旭译,南京大学出版社2019年版,第281～282页。

④ J. Hillis Miller, *Tropes*, *Parables*, *Performatives*: *Essays on Twentieth Century Literature*. Duke University Press, 1991, p. vii.

他者性（otherness）"①。在米勒看来，这种他者性需要读者使用文本细读的策略。米勒在《解读叙事》中说道：

> 亚里士多德告诉我们在这种情况下［发现不合逻辑之处］应该如何做，他的说法与后来柯尔律治的"自愿暂停怀疑"［willing suspension of disbelief］如出一辙，我们必须使不合理的东西带有事实上的合理性，必须将不合逻辑之物视为合乎逻辑。②

米勒认为，未兑现的"承诺"和"谎言"不仅表现了情节的不合理性，也表现了语言的不确定性和模糊性，而读者被动地被这些不合理性和不确定性指引着去推理和想象，可以说，当读者开始阅读的时候便与作者达成了此种共识，也即读者许下了成为理想的读者或理想的作者的读者的诺言。在《诗学》中，亚里士多德便是用自己的理性来阐释《俄狄浦斯王》这部剧中的种种非理性，因而使自己成了索福克勒斯的理想读者。尽管如此，米勒还是驳斥了亚氏的观点，将该剧本身以及亚氏的解读中的非理性部分呈现给了读者。在探讨读者的类型时，米勒从言语行为的角度将文本/作者对读者隐含的召唤行为纳入考虑范畴，对隐含读者的研究来说也是一种增益。

反过来说，作者在写作的时候期望获得更多的读者，因此其写作必将受制于受众者的知识框架。通常，作者还会增加文本的难度来延长读者的理解过程。在里蒙–凯南看来，作者可以通过"延宕"和"空缺"③的方法来诱导读者继续阅读，并在阅读中积极寻找线索，填补空白。例如，在亨利·詹姆斯的《螺丝在拧紧》中，作者不断地制造诡异的气氛和悬念，诱导读者去寻找文本中那似有似无的"鬼"，读者不得不在这种"延宕"和"空缺"中不断探索。读者对阅读的诉求是一种施行话语，它导致作者选择了不同的叙事策略来迎合读者或邀请读者参与到阅读中。而作者所采用的"延宕"和"空缺"策略也是一种施行话语，它对读者构成一种召唤作用，使得读者参与到文本意义的生产活动中，因此，可以说，读者与作者交流是

---

① J. 希利斯·米勒：《述行性的情感：德里达、维特根斯坦、奥斯汀》，见王逢振、周敏主编《J. 希利斯·米勒文集》，中国社会科学出版社2016年版，第194页。
② J. 希利斯·米勒：《解读叙事》，申丹译，北京大学出版社2002年版，第3页。
③ 里蒙–凯南：《叙事虚构作品》，姚锦清、黄虹伟、傅浩、于振邦译，生活·读书·新知三联书店1989年版，第224～228页。

## 第四章 "施行叙事":米勒文学言语行为研究的叙事学维度

一种双向的施行话语,而叙事策略的使用便是交流的体现。在意大利作家伊塔洛·卡尔维诺的小说《寒冬夜行人》中,作者在小说开头第一句写道:"你即将开始阅读伊塔洛·卡尔维诺的新小说《寒冬夜行人》了,请你先放松一下,然后再集中注意力。"① 在这种元叙事中,作者用文字直接呈现了语言的施行功能。

韦恩·布斯通过研究作者影响读者的种种修辞技巧创作了《小说修辞学》(*The Rhetoric of Fiction*,1961年)。该书为修辞性叙事学的奠基之作。米勒从文学言语行为的视角重新探讨了作者与读者间交流的问题,通过分析文学的施效行为,米勒不仅强化了文学的权威性与重要性,还强调了读者在文本意义生产中的作用,以及作者为了实现劝说、命令等言语行为所采用的叙事技巧,从全新的视角赋予了叙事交流以新的内容。

马克·柯里在《后现代叙事理论》中指出,解构主义批评对叙事理论最大的贡献在于将读者纳入文本解读中,而米勒在文学言语行为方面的研究对读者与作者的交流的强化便是一种表现。将米勒的文学言语行为研究应用于叙事学研究是一种大胆的尝试,"施行叙事"对叙事学在隐含读者、叙事交流、不可靠叙述等方面的研究是一种启发和补充。基于米勒的文学言语行为理论的叙事学研究也有其不足之处,从早期的叙事学家开始,文本结构便是叙事学家们关注的重点,而言语行为理论对叙事话语的分析主要集中在叙述者和人物的单个话语及其对读者的影响上,因而忽略了文本结构。但从另一方面来说,根据言语行为理论的规约,相同的话语在不同的语境中会呈现出截然不同的结果。例如,"我宣布你们结为夫妻"这句话对某个已婚人士来说便是无效的,且当这句话出现在新闻报道或虚构小说中也会呈现出不同的效果。可以说,语境和规约才是决定话语如何被受众者理解的关键。因此,言语行为理论更为关注语境和规约,而不是转换生成语法所关注的语言形式结构。总的来说,米勒是将言语行为理论实践于文学文本阐释的最杰出的解构主义学者,尽管他未像卡恩斯一般系统地论述自己将言语行为理论实践于叙事学的方法,但他在文学言语行为研究方面的贡献补充了叙事话语和修辞性叙事学的研究内容;同时,他的这一研究还打破了日常话语与文学话语的界限、记述话语与施行话语的界限、经典与后经典叙事学间的界限,极具创新价值。

---

① 伊塔洛·卡尔维诺:《寒冬夜行人》,萧天佑译,译林出版社2001年版,第7页。

# 第五章　图像、地形、共同体：米勒跨学科、跨媒介的叙事研究

在探讨叙事学中的统一性与多样性问题时，马克·柯里在《后现代叙事理论》中指出，"全球化与碎片化都是统一过程中的一部分，这一观点在我看来并不矛盾，它们是既分又合的两极。最近的媒体研究经常给人以这样的印象，即在窄播（narrowcasting）取代了广播之后，便全然没有了共同经历的事件"①。随着文化研究的兴起，人们逐渐开始关注文本之外的叙事，在后现代的语境下，文学叙事的统一性开始被其他媒介打破。在探讨叙事学的转向时，莫妮卡·弗卢德尼克列举了多种超越文本的叙事，例如，在叙事的框架和方法内进行的"精神分析研究"、"法律话语"研究，等等。② 米勒的叙事研究系列著作中的《图绘》《文学地形学》《小说中的共同体》等都是其超越文本叙事的尝试。然而，尽管他在图像叙事、地形学叙事、共同体叙事等方面做了大量的创新性研究，他仍始终坚持以文本研究为中心，因此他的探索都是在文学叙事的框架下进行的。

## 一、图像与文本：跨越媒介的叙事

按照亚里士多德对艺术的定义，绘画与悲剧一样属于模仿的艺术，其区别就在于媒介、取用的对象和方式的不同。③ 德里达在《论文字学》中指出，现在我们往往用"文字"来表示"行为、情绪、思想、反省、意识、无意识、经验、激情，等等"，并且我们还用"文字"来表示所有产生一般

---

① 马克·柯里：《后现代叙事理论》，宁一中译，北京大学出版社2003年版，第125页。
② 参见莫妮卡·弗卢德尼克《叙事理论的历史（下）：从结构主义到现在》，见詹姆斯·费伦·彼得·丁·拉比诺维茨《当代叙事理论指南》，申丹、马海良、宁一中、乔国强、陈永国、周靖波译，北京出版社2007年版，第41～42页。
③ 参见亚里士多德《诗学》，陈中梅译注，商务印书馆1996年版，第27页。

## 第五章 图像、地形、共同体：米勒跨学科、跨媒介的叙事研究

"铭文"（inscription）的东西，且这个范围已经超越了书面的东西——"它不仅包括电影、舞蹈，而且包括绘画、音乐、雕塑等'文字'"①。这也就意味着图像、音乐、雕塑等同样具有表达人类情感和思想的作用。随着现代技术的发展，以漫画、电影、电视、广告等为代表的图像叙事开始占据主导地位，对文学的生存构成了威胁。从20世纪90年代起，米勒开始关注电信时代文学的发展问题，而图像与文本的关系也成了其文学批评后期关注的重点。在其1992年出版的《图绘》一书中，米勒探讨了文化研究与图像叙事的问题，创造性地在早期建构了自己独特的图像叙事研究。随后，他将其归入他的5本叙事研究著作中。伴随着电子信息技术的发展，米勒开始意识到图像的重要性。在叙事学中，学者们更为关注如何阅读图像以及图像的叙事性问题②，而米勒更为关注的是文字与图像在叙事作品中的关系，以及文学在图像的冲击下的生存问题。

海德格尔在《世界图像的时代》一文中用"世界图像"（Weltbild）③一词来表明人们对世界这一存在者的理解，即"世界被把握为图像了"④。"世界图像"这个词同样可以被理解为"世界观"或"宇宙观"，例如，人们在理解古代、中世纪或现代的世界时会在脑海中用图像来构想。同样的，一部叙事作品构建的也是一个世界，读者也能够根据文字和想象在脑海中构建出叙事作品中的"世界图像"。《米德尔马契》中呈现的英国维多利亚时期农村的图景，或者《了不起的盖茨比》所勾勒的美国"爵士时代"纽约的社会图景都是很好的实例。米勒在《当今的图像与文本》一文中指出，"所有的文本都有一种图像维度，即使它从外观和大小上看只是手写或打印的"⑤。这与海德格尔的"世界图像"理念一脉相承，都强调了文学语言的视觉效果。在《黑暗的心脏·"水仙号"上的黑家伙》的开头，康拉德描述了奈利号所停靠的海边的景色：

  太阳落下去，夜幕降临在河上，岸上的灯火次第亮起。矗立在一片

---

① 雅克·德里达：《论文字学》，汪堂家译，上海译文出版社2005年版，第11页。
② 参见申丹、王丽亚《西方叙事学：经典与后经典》，北京大学出版社2010年版，第253页。
③ 马丁·海德格尔：《林中路》，孙周兴译，商务印书馆2018年版，第97页。
④ 同上书，第98页。
⑤ J. Hillis Miller, "Image and Text Today." *Foreign Literature Studies*, Vol. 41, No. 4, 2019, p. 17.

## 否定 修正 创新：J. 希利斯·米勒叙事学思想研究

烂泥滩中的三条腿的查普曼灯塔发射出强烈的光芒。船只的灯光在航线上移动着，上下往来。上游河道的西方远处，那庞然大物般的城市仍在天穹下不祥地高耸着，像阳光的一团阴沉的暗影，群星下的一片灰白的光亮。①

在这段精彩的描写中，康拉德展现出了高超的书写技艺，他用生动的文字勾勒出了一幅绝美的夜色光景，尽管只有文字，读者却仿佛能感觉到灯光的明亮正扑面而来。文字的视觉感在风景或人物的细致描写中越发突出，读者总是能够透过文字在脑海中构建出一幅幅图像。玄学派诗人乔治·赫伯特的诗《复活之翼》（"Easter Wings"）将这种文字的图像感发挥到了极致，他绕过了读者在脑海中根据文字来抽象出图形的步骤，直接将文字排列成文字所表达的图像：

> Lord, who createdst man in wealth and store,
> 
> Though foolishly he lost the same,
> 
> Decaying more and more,
> 
> Till he became
> 
> Most poore：
> 
> With thee
> 
> O let me rise
> 
> As larks, harmoniously,
> 
> And sing this day thy victories：
> 
> Then shall the fall further the flight in me. ②

在这一节诗中，赫伯特将文字排列成了翅膀的图形，且在诗的前五行，图形也呈现"decaying"的趋势，而后五行又对应着"rise"的趋势，完美契合了诗所要表达的意象。艾布拉姆斯将这种诗歌类型命名为"图像诗"

---

① 约瑟夫·康拉德：《黑暗的心脏·"水仙号"上的黑家伙》，胡南平译，译林出版社 2001 年版，第 5 页。

② George Herbert, "Easter Wings." *The Bedford Introduction to Literature. 3rd edition. Edited by Michael Meyer. Bedford Books of St. Martin's Press*, 1993, *p.* 770.

## 第五章　图像、地形、共同体：米勒跨学科、跨媒介的叙事研究

(concrete poetry) 或"图案诗"(pattern poetry)，即用视觉形式将文本呈现在书面上的一种古体诗类型。[①] 这些文学中的例子都体现了米勒所强调的叙事的"图像维度"。尽管赫伯特在诗歌形式上的创新意义非凡，但这种"图像诗"的形式在叙事作品中践行的难度就相当大了。

为此，米勒在《解读叙事》中指出，《理想国》里的"辩证性线条"和"描述历时性叙事的'diegesis'这一希腊词"都含有线条的意象。[②] 在《解读叙事》和《阿里阿德涅之线：故事线条》中，米勒建构了多种"线条"意象，即读者或评论家利用认知功能根据叙事作品的结构抽象出来的图像，可以说是一种将语言文字图像化的重要发现。就像斯特恩在《项狄传》中所绘的叙事线条一样，图像隐藏于叙事作品之中，且需要读者调动其认知能力来勾勒。米勒认为：

> 情节、双重情节、从属情节、叙事线条、行动图形或曲线、事件的链条——这些都是一个令人信服的意象的不同版本。这些术语将故事描述为一根线条，它可以被投射、标绘或者图解为连续不断的一根空间曲线或锯齿型线条——总之，是某种形状的可视图形。[③]

此外，米勒所创造的这种线条意象不仅仅是针对故事进程，还针对作者的写作和读者的阅读，因此，可以说米勒的这一发现不仅是叙事的图像性的例证，也补充了叙事结构、叙事进程、认知叙事研究的内容。在认定叙事线条意象可行之后，米勒尝试将不同的叙事类型创造性地抽象成几何图像，别出心裁地勾勒了"椭圆"—"双曲线"—"抛物线"的叙事线条意象，这有利于读者从整体上把握叙事作品。

在探讨文学作品中的独白话语的时候，米勒将这种独白话语抽象为圆形图案，因为独白话语只有一种意识，而圆只有一个中心。在探讨巴赫金的对话理论时，米勒指出这种对话实际上是一种隐喻，因为这种对话仍然是以独立的意识和支撑心灵的逻各斯为前提，却有两种意识交叉，因此他用具有两个中心的椭圆图案来表现对话。同时，根据米勒对线条的断裂和双重化的研

---

[①] M. H. Abrams, *A Glossary of Literary Terms*. 7th ed. Heinle & Heinl, 1999, p. 44.
[②] J. 希利斯·米勒：《解读叙事》，申丹译，北京大学出版社2002年版，第60页。
[③] 同上。

究，任何造成线条双重的形式都可以使用椭圆的图案来描述，如正文与序言、文字与插图、自由间接引语中的双重声音等。在研究自由间接引语时，米勒指出，当有一方是人物的话语而另一方为匿名中性的叙事话语时，人们便无法判断说话人到底是作者还是叙述者或者他人，那么椭圆的两个焦点之一就会化为乌有，因此，这个图案就会变成双曲线，即翻转过来的椭圆，米勒将这种双曲线看作"一个声音在模仿另一个声音时所带有的反讽性超越"①。米勒接着指出，在寓言中，双曲线变成了抛物线，因为"对话这一比喻会由不在场的或者讽喻性的意思所控制的一种声音或语言的比喻所替代。它处于无法接近之处，远离具有字面意义这一可视中心的语言叙述线条"②。此外，米勒认为反讽悬置了意义线条，因此无法用任何几何图形来表示。从圆形到椭圆、双曲线、抛物线、悬置的线条，米勒用几何图案呈现出了中心从确定到偏离中心越来越远的趋势。对此，申丹肯定了米勒的线条意象的创新之处，但她也指出，不管是正文还是脚注，或者自由间接引语、反讽，从宏观层面说，文本中的语言现象都受制于作者的意识。因此，申丹在此指出了解构主义批评的极端之处，并认为我们在阐释文本时应当将结构主义与解构主义的方法结合起来才能避免极端倾向。

米勒还将叙事比喻为一种刺绣活动，即叙事"用一根穿了线的针刺入备好的帆布上的那些小洞，绣出地毯中的图案"③。从叙事层面来看，米勒也十分重视叙事线条。他认为德语中的一根红线这样一个比喻就是在表达无所不在的统一性质的主题。他还指出，在亨利·詹姆斯为其作品的纽约版所写的序言中，细线构成的意象、"绳子"、线条组成的图案以及编织布或者绣花布的比喻犹如缕缕线股，贯穿于该文本这一隐喻密集的织物之始终。④米勒指出：

> 詹姆斯将生活比喻为一块毫无特色的画布。小说家的工作就是在这块画布上绣出图案。生活本身是一块织物，但这块织物没有任何色彩和花样。在这一白色的织物上，可以画出很多图案，而不是唯一一个现有

---

① J. 希利斯·米勒：《解读叙事》，申丹译，北京大学出版社2002年版，第170页。
② 同上书，第170页。
③ 同上书，第102页。
④ 同上书，第89页。

## 第五章　图像、地形、共同体：米勒跨学科、跨媒介的叙事研究

的清晰确切的图案。对生活的某种再现，就是在已经织好的生活画布上，选择某一线路，用一根交织的新线一个针孔一个针孔地往前绣，绣出一个图案、一朵花。在同一块画布上，以那朵"原"花为基础，可以绣出无穷无尽、略带差异的图案。它们或者并列在画布上，犹如被罩上的图案；或者一个加在另一个上面，犹如层层相叠的覆绣。所有这些图案都是原来那个有限的方块或者圆圈内部固有的潜在存在。它们不仅可能出现，而且不可或缺。读者定能记得，最初的要求就是要重新追踪所有可能存在的关系，以便达到整体上的完整。[①]

在这里，米勒借用花朵的图案这一意象来比喻叙事过程，还通过重复的花朵图案比喻了叙事中存在的差异的重复，生动地再现了叙事的图像性。当我们采用米勒的研究方法，将叙事文本抽象为不同的图案或图形时便能够更好地理解文本的主题，以及文本的叙事手法。例如，斯特恩在《项狄传》中将自己的叙事抽象地绘制成不同的线条，从而将叙事作品中的插曲、转折、倒叙、叙事速度、叙事节奏等问题都用图案展示出来，完美地呈现了叙事的图像性的研究意义。

莱辛在《拉奥孔》中指出，"希腊的伏尔太有一句很漂亮的对比语，说画是一种无声的诗，而诗则是一种有声的画"[②]。这句对比语清晰地呈现出了文学与图像的独特之处——文学依赖于有声音的语言文字，而绘画则是一种无声、静态、平面的艺术形式。同时，这句话也指明了文学与绘画的共通之处，也即亚里士多德所强调的模仿的艺术。在埃及和中国的象形文字中，图像与文本合二为一，成为一种符号，共同传递信息。这就是图像与文字一样具有叙事功能的证明，也是对伏尔太前半句话的践行。在《拉奥孔》中，莱辛是反对法国学派"诗画一体"的观点的，因为这极大地贬低了画的地位。通常，小说中的插图被归类为副文本（paratext），即从属于文本的东西，这便是"诗画一体"所造成的后果。在米勒看来，画同样具有独立叙事的功能。他在《当今的图像与文本》一文中指出，"所有的图像都有一种

---

[①] J. 希利斯·米勒：《解读叙事》，申丹译，北京大学出版社2002年版，第93页。
[②] 莱辛：《拉奥孔》，朱光潜译，商务印书馆2013年版，第2页。

显性或隐性的文本成分"①。此外，他在《图绘》一书中分析拉斯金（Ruskin）的理论时指出，符号既有文字又有图像，而且任何符号都有时间和叙事的维度，遵循一个符号就是讲述一个故事的原则，这与伏尔太的观点是一致的。

关于图像与文字的符号属性，德里达在探讨中国和古埃及的象形文字时引用了 M. V. –大卫在《哥特人或埃及人的先驱》中对象形文字的定义：

> 象形文字的确是一种书写符号，但不是由字母、单词和我们通常使用的特定言语成分组成的书写符号。它们是更优美庄重的书写符号，比较接近抽象的东西。它们通过对符号或相当于符号的东西的巧妙结合，而将复杂的推理、严肃的概念或隐藏在自然或上帝心中的某种神秘徽章一下子展现在学者的理智面前。②

由此可见，埃及和中国的象形文字呈现了图文合一，而中国的书法更是这种图文合一境界的完美呈现。在约瑟夫·鲁德亚德·吉卜林（Joseph Rudyard Kipling）的《原来如此的故事》（*Just So Stories*，2010 年）这一儿童小说中，原始人泰非（Taffy）和她的父亲住在山洞里，在文字被发明之前，他们只能创作图画来表达自己的需求，且随后他们还用图画创造了最初的字母，如用蛇的图形来表示"S"。吉卜林用这一则童话故事表明了图像传递信息的功能以及文字由图像逐渐演化而来的可能性。

文字与图像作为符号传递信息的功能得到了普遍认可，但这也引发了另一个问题，也就是莱辛在《拉奥孔》中关注的问题——诗与画家/雕刻家究竟谁模仿谁？对米勒所研究的小说中的插图来说，很显然它们是根据文字内容绘制的，而实际上很多画作也是根据文学作品来绘制的。例如，米勒在《当今的图像与文本》一文中所提到的波提切利创作的《维纳斯的诞生》这幅画，很明显，是根据波利齐安诺的长诗《吉奥斯特纳》创作的，诗中写道：

---

① J. Hillis Miller, "Image and Text Today." *Foreign Literature Studies*, Vol. 41, No. 4, 2019, p. 17.

② 雅克·德里达：《论文字学》，汪堂家译，上海译文出版社 2005 年版，第 118 页。

## 第五章 图像、地形、共同体：米勒跨学科、跨媒介的叙事研究

在白色的浪花中诞生了快活优美
姿容冠绝的一位处女
浪荡的西风神泽弗鲁斯送她登岸
她乘着一叶海贝
白色的时序女神们踏步岸边
风吹动着她们飘飘散落的头发

波利齐安诺在这首诗中生动地描述了古希腊神话中维纳斯诞生的故事，她出生于爱琴海上，而且从小在海上长大，骑着一个大贝壳上了岸。根据这首诗中所叙之事，波提切利创作了《维纳斯的诞生》这幅画作（见图3）。这幅图完美呈现了波利齐安诺在叙事诗中所描述的维纳斯诞生的各种细节，由于受众者事先对维纳斯诞生的故事已经非常熟悉了，波提切利的静态画作对受众者来说就是维纳斯动态故事的呈现。由此可见，文学似乎是绘画/雕塑的灵感和源泉，这与米勒强调文学重要性的目的是一致的。

图3 波提切利的《维纳斯的诞生》（*Birth of Venus*）[①]

---

[①] J. Hillis Miller, "Image and Text Today." *Foreign Literature Studies*, Vol. 41, No. 4, 2019, p. 19.

否定 修正 创新：J. 希利斯·米勒叙事学思想研究

然而，在拉奥孔的雕像这个问题上，莱辛认为问题更为复杂。一般认为拉奥孔的雕像是根据罗马诗人维吉尔的史诗第二卷里的情节来制作的。莱辛也在书中列举了诗中描写的细节，但莱辛也指出雕像所呈现出的细节与诗歌中又有诸多出入，如拉奥孔的雕像是裸体的，而诗中则是穿着祭司的衣服的。莱辛认为，雕刻家这样做是为了避免丑，换句话说也就是为了表现艺术的美，因此，"不能让拉奥孔的苦痛迸发为哀号"①。那么，既然雕塑不能将诗中的激情和愤怒表现在拉奥孔的脸上，便只有通过裸体才能以美的形式表现出拉奥孔挣脱毒蛇时的痛苦和恐惧。尽管不能肯定拉奥孔的雕像如《维纳斯的诞生》一般是完全模仿诗的内容创作的，但通过对诗与画的探讨，莱辛确认了文学至高无上的地位，肯定了文学为其他艺术形式提供灵感的作用，这与米勒的观点是一致的。得益于诗所带来的灵感，画家能够创作出作品，虽然讲述同样的故事，但呈现出不一样的美的艺术。

德里达也将绘画、音乐视为与文学一样的艺术作品来探讨，因而指出绘画也同样有"内容"与"形式"之分，德里达在《论文字学》中所使用的词是"轮廓"（outline）和"技艺"（techné）②。在德里达看来，"在绘画中，当颜色的物理学代替构图艺术时，构图艺术就会降格"③。德里达对"技艺"的重视与叙事学家对"如何叙事"而不是"叙述了什么"的关注是一样的。在《维纳斯的诞生》中，画家与作家采用的技巧并不相同，但却达到了同样的聚焦效果。例如，波提切利将维纳斯置于图像的中间，且使用明亮的色彩来刻画维纳斯，因此，尽管画面上人物多，维纳斯仍在画作中被突显为中心。在画作中，从左到右呈现的依次是：西风神泽弗鲁斯的吹送、维纳斯乘着一个巨大的贝壳，以及时序女神在岸边的迎接④。从叙事空间上来说，这幅画从左到右的描述方法与诗从上到下的顺序是一致的。当然，《维纳斯的诞生》所描绘的故事是基于受众者已知的神话故事，而小说中的插图或者悬挂于其他地方的画作并不一定是为人所知的。因此，尽管米勒与德里达一样重视图像的叙事性特征，但米勒也指出，插图或画作中的文字说

---

① 莱辛：《拉奥孔》，朱光潜译，商务印书馆2013年版，第45页。
② 雅克·德里达：《论文字学》，汪堂家译，上海译文出版社1999年版，第303页。
③ 同上书，第311页。
④ 在希腊神话中，时序女神包括春、夏、秋三位女神，因此，波利齐安诺在诗中用的是"女神们"的表述，而画作中出现的仅有一位女神，根据她的穿着与腰间缠绕的玫瑰花推测，应为春神。

## 第五章 图像、地形、共同体：米勒跨学科、跨媒介的叙事研究

明（captions）是非常重要的，尤其在历史图片中的关键作用。在米勒看来，图片是对历史事件的重现，但没有说明文字，受众者便无法明白图片所呈现的历史事件。米勒的这一观点是在肯定文学的至高无上的地位的基础上又肯定了图像与文字共存的可能性，因而他在更为全面的视角下建立了不同于莱辛和德里达的图像观。

在《共同体的焚毁：奥斯维辛前后的小说》一书中，米勒也关注过阿特·斯皮格曼的黑白漫画小说《鼠族》。在该漫画小说中，人物都以动物头的形象出现（见图4），极具讽刺意味，例如，犹太人是鼠头，而纳粹是猫头。之所以称之为漫画小说是因为这些漫画完整叙述了"二战"中有关大屠杀的事件。尽管有的读者会质疑用漫画表达这一灾难事件是否具有严肃性，米勒却指出：

图4 《鼠族》插图①

---

① 参见 Art Spiegelman, *Maus*. Random House Inc., 1993, p.60.

## 否定 修正 创新：J. 希利斯·米勒叙事学思想研究

这种再现形式创造了反讽性的距离感，使读者保持距离，他们反而更有可能直面弗拉德克·斯皮格曼及其妻子安佳曾遭受几乎无法想象的折磨这一无情现实。另一方面，通过绘画再现暴行，这使得那些暴行反而变得更加震撼人心、让人难安，在我看来，其程度超过了《辛德勒名单》中重现的暴力。这里的悖论是，电影在我看来有演戏的痕迹，而漫画则具有绘画艺术更直接的力量。①

米勒指出，首先，斯皮格曼在图像中使用了双重标注。例如，图中呈现了双重叙述声音——图片下方的方框中标示的叙述者声音和图片中由圆角方框加箭头指向所标示的人物的声音，这种双重标注法使得图像叙事在呈现叙述声音时达到了与文字叙事相同的效果。其次，从叙事速度上来说，图片所呈现的几幅小图也并不是连续的，某些信息是被省略的，凸显了连环画的优势，因而也在叙事时间上与文字叙事一样可以采用这些技巧。此外，米勒还指出斯皮格曼在漫画中采用了"元叙述或自反性"的方法，绘制出了作者如何开始创作这个漫画故事，尤其凸显了其在创作时所遭遇的重重困难。在米勒看来，这种元叙述的方法巧妙地回应了上述读者对以漫画这种不严肃的形式讲述大屠杀事件的质疑，使读者能够体谅作者创作的艰辛。除此之外，还有更多的例子可以证明从斯皮格曼的漫画中能看到图像叙事与文字叙事的相似之处。当然，图像叙事也有文字叙事不可比拟的优越性。例如，在这幅图中，斯皮格曼将运送犹太人去集中营的火车涂成全黑的样子，使得开往集中营的火车在黑灰的背景下显得格外阴森，这也正好对应了叙述者的话，"他们没有停车，我开始担心了"（When they didn't stop the train I became worried.），"但是我再也没听过他的消息了，华沙一片惨烈的景象，几乎无人生还"（But I never heard again from him. It came such a misery in Warsaw, almost none survived.）。作者对色调的处理凸显了叙述者内心的无助、绝望，而读者在看到这样的配色再想起这一车犹太人的命运时也难免内心沉重、悲痛。在这张图片中，还有一张赫然醒目的集中营地图，从视觉效果上说比文字叙事的冲击力更强，让读者感觉与集中营的距离更近。在与文字叙事的对比中，米勒肯定了图像叙事的优越性，而这也是米勒所担忧的图像叙事的繁

---

① J. 希利斯·米勒：《共同体的焚毁：奥斯维辛前后的小说》，陈旭译，南京大学出版社 2019 年版，第 205 页。

## 第五章　图像、地形、共同体：米勒跨学科、跨媒介的叙事研究

荣发展对文字叙事所造成的冲击。

对米勒来说，在叙事作品中插入插图是一种嫁接，即将两种不同媒介的艺术形式统一在作品中。米勒一直在思考文字与图像的主导地位，在维多利亚时期早已出现插图，但当时文字显然是占主导地位。在电信时代，很显然图像已经开始占据主导地位。正如米勒所担忧的，人们更愿意讨论由文学作品改编而成的电影而不愿意花时间去阅读文本。对于这一问题，米勒在其文学批评后期一直致力于探讨文学语言的生存情况。在《解读叙事》中，米勒从整体的叙事线条这一视角探讨了图像的施行功能：如果插图仅仅是作为对文字的补充和说明，那么叙事作品中的插图究竟是增强了叙事线条的连贯性和异质性，还是像其他的副文本一般造成了线条的断裂呢？因此，可以说图像也与语言一样具有施行功能，而在全球化和电信时代的语境下，图像最显著的施行功能就是导致语言文字的衰弱。

在2019年最新发表的文章《当今的图像与文本》中，米勒再次谈及在《图绘》中所关注的文本与图像的重要性问题。米勒指出，在维多利亚时期，英国的插图小说已经开始流行，但当时文本仍占主导位置，插图主要起解释作用，而到了现代，随着电影、电视、广告、电子游戏的不断发展，二者的位置已经明显发生了转换。这一现象开始引发了米勒对"文学之死"的担忧与探讨。米勒在《文学死了吗》一书的开头便指出："文学就要终结了。文学的末日就要到了。是时候了。不同媒体有各领风骚的时代。"[①] 同时，他也对文学的"悲惨"现状做出了科学的分析，即全球化进程、新媒体的发展以及文学理论的蓬勃发展都在使现代意义上的文学逐渐走向死亡。

对部分学者来说，图像具有同等的审美和教化功能，因此他们反而认为以图像为代表的新媒介促使文学在电信时代焕发了活力。随着外部环境和人类生活方式的改变，人们不断地在思考文学的意义的变化，而针对"文学终结论"的论辩促使人们重新思索图像与文学的关系以及文学的本质与未来的发展。米勒研究文学60余年，他对文学始终保持着热爱，因而他提出"文学终结论"的出发点始终是捍卫文学的权威性，正如他在《论文学的权威》一文中所说，使文学经久不衰的力量在于文学的施行力量、文学中不

---

[①] J. 希利斯·米勒：《文学死了吗》，秦立彦译，广西师范大学出版社2007年版，第7页。

可知的秘密以及文学将读者带入虚拟现实的能力。① 因此，只要文学仍然能激发人们的想象力，给读者带来审美愉悦，那么文学就不可能消失。

尽管从文学性的角度来看，文学的力量是不会消亡的，但不可避免的是，图像这一媒介已经对文学的创作模式、阅读模式等产生了巨大的影响。在《图绘》一书中，米勒分析了马拉美和亨利·詹姆斯对插图的看法。马拉美认为，在一本带有插图的书中，文字就失去了其对读者的吸引力，而一本书对读者的吸引力是有限的，插图便因此会将读者所有的注意力吸引过来，这使得这本书最终只剩下一些毫无生气的文字。因此，马拉美是拒绝小说中的插图的，他认为那样人们应该去看电影，而实际上电影呈现出了比文字和插图更多的优势，这使得文本中的文字离我们越来越远。詹姆斯与马拉美有同样的担忧，担心插图将最终篡夺并削弱文字的阐释力量。此外，詹姆斯认为书本上的文字能够最终激发人们想象出图像，这是文字的魅力，而插图则剥夺了读者激发想象的机会。因此，詹姆斯指出，一方面，图片必须与文字保持一定的距离；另一方面，它应当依存于文字。

图像最为明显的施行功能便是对文字叙事的冲击，而这也是引发"文学之死"的根源。尽管米勒强调了文学性与文学的权威，但这也无法阻止图像的主导地位不断增强的趋势。米勒专注于"文本细读"和"修辞性阅读"，这源于他对文学语言的痴迷，而图像的繁荣发展导致的后果并不是文学的死亡，而是文学语言的衰落。米勒在《文学死了吗》一书中深感惋惜的是印刷文学的消亡，而这种印刷文学代表的正是以文学语言而非图像为媒介的文学。正如部分学者和读者认为的那样，由文学作品改编的漫画、电视剧、电影也具有同样的审美和教化作用，但人们不应忽略的是带来审美愉悦的文学语言这一媒介。

米勒在探讨图像叙事时不仅以线条和图案为意象解读了叙事的图像性，也以文学作品中的插图、独立的画作和漫画为例展示了图像叙事所具有的类似并超越文字叙事的特点。对当下叙事学中的跨媒介研究来说，米勒的图像叙事研究极具创新性和启发性，且极大地补充了叙事学中原有的绘画研究。米勒的图像叙事研究也引发了学者们对"文学终结论"的思考。文学语言的隐喻性、复杂性不仅是米勒热爱文学的原因以及他文学批评的关键内容，

---

① 参见 J. 希利斯·米勒《论文学的权威》，见《萌在他乡：米勒中国演讲集》，国荣译，南京大学出版社2016年版，第113～139页。

第五章　图像、地形、共同体：米勒跨学科、跨媒介的叙事研究

也是使文学的魅力经久不衰的力量。因此，正如米勒在《全球化时代文学研究还会继续存在吗?》一文中所说："文学研究的时代已经过去，但是，它会继续存在，就像它一如既往的那样，作为理性盛宴上一个使人难堪，或者令人警醒的游荡的灵魂。"而且，无论时代如何变幻，"作为幸存者"的文学都"急需我们去'研究'，就是在这里，现在"①。

## 二、文学地形学：叙事中的地理与空间

地理、空间、环境等因素一直都是叙事学中一个重要因素，哈罗德·布鲁姆曾以地理为关键词编纂了"文学地图"丛书，并以伦敦、纽约、巴黎、都柏林、罗马、圣彼得堡为地标展现了欧美文学发展的全貌。这六本著作不仅是以作家出生和生活的地方为划分依据，还以文学作品中呈现的地理坐标和景观为依据，凸显了文学与地理不可分割的关系。米勒也在早期对文学与地理、地形有过精到的论述。1995年，米勒出版了内容丰富的《地形学》（*Topographies*）一书，从地形这一独特的视角结合地理学、图像、哲学的内容探讨了叙事作品中的各种问题。在当下空间叙事、文学地图学（literary cartography）②、文学地理学等研究繁荣发展时，米勒在20世纪90年代首创的文学地形学研究是非常前沿的，且他对叙事中的地形学的关注对当下叙事学的跨学科研究来说极具启发意义。

关于地形学的定义，米勒指出，"地形学"（topography）这个术语是由希腊词"topos"（地方，place）和"graphein"（书写，write）组成的，因此，从词源学上说，"地形学"指的是"地方书写"（writing of a place）。③米勒还指出"地形学"在当下的三重新的含义：

①在地图或海图上精确描绘任意地方或地区的物理特征的艺术或实践，或从转喻的角度说，精确地描绘地表构造，包括河流、湖泊、道路、城市等；"地形学"最初是指"对某个特定地方的描绘"，但这个

---

① J. 希利斯·米勒：《论文学的权威》，见《萌在他乡：米勒中国演讲集》，国荣译，南京大学出版社2016年版，第90页。

② 参见郭方云著《文学地图学》，商务印书馆2020年版。

③ J. Hillis Miller, *Topographies*. Stanford University Press, 1995, p. 3.

意义已经过时，现在指的是通过图形符号而不是文字进行绘制地图的艺术。②"地形学"最初是指用景观的语言来创造一个隐喻的对等物，现在指的是根据某种制图系统的常规符号来表示景观。③地图的名称被用来命名被绘制的内容。这第三个比喻的含义是微妙而深远的。地图的惯例和地名在地方上投影的威力是如此之大，以至于我们看到的景观就好像它已经是一幅地图，且具有完备的地名和表现地理特征的名称。①

在《地形学》这本著作中，米勒首先关注的是地形学的概念如何在小说、诗歌和哲学文本中发挥作用，特别是诸如"河、溪、山、屋、路、田、篱、路、桥、岸、门口、墓地、墓碑、地穴、古墓、边界、地平线"②等这些地标在文学中的意义。在《叙事虚构作品》中，里蒙－凯南将这种地标视为塑造人物的一种方式，尤其是"暗示性格特征的转喻形式"③，而这种将地理环境仅仅视为背景的方式在强调典型环境中的典型人物的现实主义小说中是最为突出的。在里蒙－凯南和现实主义作家的眼中，地理环境还呈现出施为的功能，即影响人物的性格和命运，从而推动情节的发展。米勒也在《地形学》中指出，在小说和诗歌中，景观或城市风光的描写为读者营造了一种逼真的感觉，而小说中的地形设定又为故事的发展提供了历史和文化背景，这也是英语中会用"take place"来描述事件的发生的原因。但在米勒的研究中，他更为关注的是地理环境是如何通过文字创造出来的，又是如何在读者的脑中被构建出来的，以及它在作品中的意义。

米勒将小说视为一种"修辞的绘图"（figurative mapping）④。他认为，小说中的故事追溯了从一个房子到另一个房子的角色的移动，并随着其关系的交错逐渐创造了一个想象的空间。这个空间是基于真实的景观的，然而这些景观在故事中现在又具有了主观意义。米勒认为，房屋、道路、小路和墙壁与其说代表着一个个人物，倒不如说代表着它们之间关系的动态场。因此，景观在这里变成了一种提喻，供人物在场景中移动、行动和交互。所有的小说，即使是那些最不具有视觉效果的小说，都会以这样或那样的形式创

---

① J. Hillis Miller, *Topographies*. Stanford University Press, 1995, p. 4.
② Ibid., p. 7.
③ 里蒙－凯南：《叙事虚构作品》，姚锦清、黄虹伟、傅浩、于振邦译，生活·读书·新知三联书店1989年版，第119页。
④ J. Hillis Miller, *Topographies*. Stanford University Press, 1995, p. 19.

## 第五章 图像、地形、共同体：米勒跨学科、跨媒介的叙事研究

造这种内心空间。

米勒还关注了地名命名的问题。与奥斯汀一样，米勒将命名视为一种言语行为。在《艺术作品的本源》一文中，海德格尔指出："由于语言首度命名存在者，这种命名指派存在者，使之源于其存在而达于其存在。"① 海德格尔在这里强调的是语言的命名功能之于存在者的意义，而在文学作品中，命名是必需的过程，且均源于作者的语言。在探讨"什么是文学"这一问题时，米勒并不赞同文学是对现实的模仿这一说法，尽管他指出现实世界中的景观是文学创作的灵感所在，但他也认为文学能够"创造或发现一个新的、附属的世界"②，也就是说，文学语言并不指称现实世界，而是指向一个想象的世界。例如，在《呼啸山庄》一书中，艾米丽·勃朗特命名的"呼啸山庄"和"画眉山庄"在现实中就没有对应的地点。但是，米勒还指出，在文学作品中使用真实的地名也会造成一些幻觉："文本叙述的是真人真事莫不是虚构的创造。"③ 例如，哈代的《卡斯特桥市长》中的地名"上威塞克斯的村子韦敦-普瑞厄兹"④，根据中文译本的解释，"威塞克斯是哈代小说中经常借用的历史地理名称，包括上中下南北外附共七部分"，而"韦敦-普瑞厄兹"指的是"汉普郡西北的韦希尔村"。⑤ 哈代将历史地理名称移植到小说中的方法给人一种真实的感觉，但这也仅是米勒所说的"幻觉"。再如，亨利·詹姆斯在《鸽翼》(*The Wings of the Dove*) 中提到凯特·克劳伊父亲的房子在伦敦的切尔西区切克街，尽管伦敦切尔西区是真实存在，切克街却并不存在。米勒指出，"切克街"就像电话本上一条看似真实的信息，但恰好不对应着真的电话。因此，米勒认为："文学把语言正常的指称性转移悬搁起来，或重新转向。"⑥ 米勒将语言的这种不确定性比喻为不断辗转于各地的阿拉伯部落，要理解文学中加密的地形符号的意义，读者需要使用自己的知识和经验来解码。关于确定性的问题，罗兰·巴特在《符号帝国》(*L'empire des signes*) 中指出，在西方城市中，总有一种"朝向中心的趋势"——在中心区域，"文明的种种价值汇聚、凝聚起来"，如

---

① 马丁·海德格尔：《林中路》，孙周兴译，商务印书馆2018年版，第66页。
② J. 希利斯·米勒：《文学死了吗》，秦立彦译，广西师范大学出版社2007年版，第29页。
③ 同上书，第30页。
④ 托马斯·哈代：《卡斯特桥市长》，张玲、张扬译，人民文学出版社2003年版，第1页。
⑤ 同上书，第1页。
⑥ J. 希利斯·米勒：《文学死了吗》，秦立彦译，广西师范大学出版社2007年版，第30页。

## 否定 修正 创新：J. 希利斯·米勒叙事学思想研究

"（与教堂在一起的）灵性、（与办公楼在一起的）权力、（与银行在一起的）金钱、（与大商场在一起的）商品"，等等。① 在城市景观所呈现的这种中心明确的结构中，人们能够得到一种确定的感觉。大部分文学作品中同样有类似于教堂、住宅等为中心的景观，人物的行动和情节的发展都能够朝向这个中心，这也就是米勒在探讨地形的不确定性特点时所忽略的故事层面的确定性。由于米勒对地形的不确定性的关注，他更为关注文学中的命名这一言语行为在创造一个地方上所产生的意义。

关于命名的方式，米勒认为通常是由一个总括的术语（如山、河等）与一个具体的地名结合而成（如喜马拉雅山）。在《天路历程》中，班扬采用象征的手法为众多地方命名，如"毁灭城""名利镇""警戒山""危险路""灭亡路"等，即米勒所定义的"地图的名称被用来命名被绘制的内容"②，读者能够从命名中得到关于这个地方的整体印象。在《罪与罚》中，陀思妥耶夫斯基直接将地名命名为"C胡同""K桥"，这样便避免了与现实中的地名相对应的问题，因而强化了故事的虚构性特征。辛克莱·刘易斯在小说《大街》中也使用了这种命名方法，他将小说中的小镇命名为戈镇，将街道命名为"大街"（Main Street，也就是小说的书名）。"大街"这个名字十分普通，而刘易斯这样命名的用意则为了表明这条大街"是全国各地大街的延续"，"无论是在俄亥俄州或蒙大拿州，还是在堪萨斯州、肯塔基州或伊利诺伊州，都会听到这样的故事"。③ 刘易斯用这样的命名方式对美国社会中盛行的保守主义、自私虚伪等通病给予了抨击。

在米勒看来，地形命名的意义还涉及政治与民族因素。玛丽·路易斯·普拉特在《帝国之眼——旅行书写与文化互化》（*Imperial Eyes*：*Travel Writing and Transculturation*，1992年）中指出，环球航行和殖民扩张开始之后，"航海图绘也行使了命名的权力"，主要表现为"当使者们用欧洲基督教的名称给地表和地理形态命名时，宗教和地理事业确实在命名中走到一起"④。因此，普拉特认为，"命名、表征、要求全都是同一的；命名导致秩序现实

---

① 参见罗兰·巴特《符号帝国》，汤明洁译，中国人民大学出版社2018年版，第36页。
② J. Hillis Miller, *Topographies*. Stanford University Press, 1995, p. 4.
③ 参见辛克莱·路易斯《大街》，顾奎译，漓江出版社2017年版，第3页。
④ 玛丽·路易斯·普拉特：《帝国之眼——旅行书写与文化互化》，方杰、方宸译，译林出版社2017年版，第42页。

## 第五章 图像、地形、共同体:米勒跨学科、跨媒介的叙事研究

的产生"①。在奈保尔的《毕司沃斯先生的房子》这本小说中,奈保尔挥洒笔墨最多的是图尔斯家族的哈奴曼大宅。"哈奴曼"(Hanuman)这个名字源于印度史诗《罗摩衍那》(Ramayana)中的神猴,图尔斯家族也在哈奴曼大宅塑立了一个"慈眉善目的猴神哈奴曼的水泥雕像"②,因此,奈保尔将住宅命名为"哈奴曼"也是为了说明在西印度被殖民者眼中,哈奴曼大宅是印度传统文化的稳固象征。而英国殖民者入侵之后,特立尼达和多巴哥的方方面面都发生着变化,作为印度社区典型代表的图尔斯家族内部同样发生着剧变。例如,神猴雕像"被洗刷得发白的相貌几乎难以分辨",而且"雕像凸出的部分已经落满灰尘"③,暗示着印度传统文化的"踪迹"在殖民文化的长期侵略中被逐渐覆盖,直至被彻底抹除。受战争和殖民的影响,有近两百人口的图尔斯家族被迫向西班牙港北部矮山迁徙,于是哈奴曼大宅后面的房子就空了,随后,"图尔斯商店的名字被一家西班牙港公司的苏格兰名字替代"④,这一命名的改变也就意味着,哈奴曼大宅、图尔斯商店所代表的印度传统文化随着其被英国文化的替代而逐渐衰落,直至遭到彻底抹除。这充分表现了米勒所提及的地形命名行为在宗教、政治、文化等方面的施为作用。

此外,米勒指出,当今地理研究的一个重要分支就是探索脑力绘图。米勒认为,任何叙事"都在其叙事过程中描绘出了对由小路(paths)或小道(roads)连接的场所、住所和房间的安排。人们可以据此绘制出地图。实际上,在阅读小说时,读者往往会在脑海中默默地绘制出这些景观"⑤。在《故事与话语:小说和电影的叙事结构》中,查特曼区分了"故事-空间"(story-space,事件发生的空间)和"话语空间"(discourse-space,叙述行为发生的空间)⑥,并以电影和文学作品的比较来说明不同媒介中的空间。根据这个划分,可以看出米勒关注的是"故事-空间"。查特曼在比较电影

---

① 玛丽·路易斯·普拉特:《帝国之眼——旅行书写与文化互化》,方杰、方宸译,译林出版社2017年版,第42页。
② V.S.奈保尔:《毕司沃斯先生的房子》,余珺珉译,南海出版社2015年版,第77页。
③ 同上书,第77页。
④ 同上书,第524页。
⑤ J. Hillis Miller, *Topographies*. Stanford University Press, 1995, p.10.
⑥ 参见西摩·查特曼《故事与话语:小说和电影的叙事结构》,徐强译,中国人民大学出版社2013年版,第81页。

## 否定 修正 创新：J. 希利斯·米勒叙事学思想研究

与文学作品的不同时指出，电影中的"故事-空间"是实实在在的，但在文字叙事中，"故事-空间"是抽象的，"需要在头脑中予以重构"[①]。查特曼将其称为"从词语转换为精神映射"[②]。在电影中，屏幕所呈现的空间是确定的，例如，《呼啸山庄》的电影中所呈现的便是呼啸山庄确定的样子，而在文学作品中，读者只能在阅读文字中的修饰语、细节描写时再根据自己的经验和知识来创造出关于呼啸山庄的想象，因而每个读者心目中的呼啸山庄都是不一样的，这也是米勒所提到的文学的魅力所在——激发想象力和不确定性。此外，读者还能根据文字描述的方位、距离等细节来绘制文学中的地图。再以《毕司沃斯先生的房子》为例，主人公毕司沃斯先生在漂泊的一生中居住过很多房子：茅草屋是他出生的地方，当茅草屋被拆除之后，他搬进了后巷的小泥屋，在小泥屋生活的六年他通过自学掌握了画广告牌的本领，这又为他入赘图尔斯家族并住进哈奴曼大宅提供了契机。由于在大宅中备受歧视与冷落，他坚定了搬出大宅的决心，并开始做他的"造房梦"，这同时也成为他入住捕猎村的开始。当图尔斯家族由于商铺经营不善而烧掉捕猎村商店来获得保险赔偿之后，毕司沃斯先生又不得不搬进绿谷的营房，进入人生的下一阶段。在绿谷中，毕司沃斯先生尝试着建造了自己人生中的第一座房子，然而，房子在大火中付之一炬，这迫使他进入西班牙港寻找机会。随后，他住进了图尔斯太太在西班牙港的出租房，接着又在矮山建造了一座自己的房子，却又惨遭纵火，而这也为他生前的最后一所房子——锡金街的二手房——做了铺垫。读者可以根据奈保尔的描写在脑海中绘制出这些房子的地图，而这个地图勾勒的正是毕司沃斯先生的人生轨迹。这呈现的正是米勒早期在脑力绘图方面的研究，而这也是当下认知叙事学在探索的内容。

认知叙事学家玛丽-劳勒·瑞安（Marie-Laure Ryan）于 2003 发表的文章《认知地图和叙事空间的建构》（"Cognitive Maps and the Construction of Narrative Space"）中探讨了读者在阅读时根据文字所建构的文学地图，这在认知叙事学领域是别具特色的研究。而米勒在《地形学》中的研究更为超

---

① 西摩·查特曼：《故事与话语：小说和电影的叙事结构》，徐强译，中国人民大学出版社 2013 年版，第 82 页。
② 西摩·查特曼：《故事与话语：小说和电影的叙事结构》，徐强译，中国人民大学出版社 2013 年版，第 86 页。

前，且他在研究中列举了以由道路连接的地标为标志物来建构地图的方法，但遗憾的是他在20世纪90年代出版此书后得到的关注并不多。尽管没有证据表明瑞安的研究是基于米勒的研究的，但这仍然凸显了米勒的研究的创新性和前沿性及其所关注问题的广度。米勒在文学地形学研究中关注了地理景观是如何在叙事作品被创建，又是如何在读者的脑中被构建出来的，以及它在作品中的丰富意义。可以说，米勒创建的地形叙事学研究涵盖了地理、地图、认知等方面的内容，是他在文学语言研究之外的又一重要尝试。他在空间叙事和认知地图方面的研究具有相当高的前瞻性，这也是以往研究中所忽略的。

## 三、共同体叙事：文学中共同体的建构与焚毁

除了对图像和地形的关注，米勒在后期开始关注文学中的共同体叙事，并从叙事学的视角来探讨卡夫卡、托尼·莫里森等小说家的作品中的共同体问题，代表作是2011年出版的《共同体的焚毁：奥斯维辛前后的小说》和2015年出版的《小说中的共同体》。与斐迪南·滕尼斯的《共同体与社会：纯粹社会学的基本概念》、本尼迪克特·安德森的《想象的共同体：民族主义的起源与散布》等著名的共同体研究著作不同，米勒更为关注的是文学中的共同体的建构与焚毁，但他在两本著作中也广泛涉及了社会、政治、种族问题，标志着其逐渐摆脱解构主义批评脱离社会语境的缺陷。

实际上，米勒在更早时候出版的《维多利亚时期小说的形式：萨克雷、特罗洛普、乔治·艾略特、梅瑞狄斯和哈代》（1968年）中已经显露出对文学中的共同体的研究兴趣。在该著作第三章"个人与共同体"（"Self and Community"）中，米勒指出，他所研究的六位维多利亚时期小说家（乔治·艾略特、哈代、狄更斯、简·奥斯汀、萨克雷、特罗洛普）的作品中建构了维多利亚时期的中产阶级共同体，即"拥有共同的行为习惯和判断"的"英国社会中的男男女女"。[①] 在20世纪60年代，米勒尚处于意识批评

---

① J. Hillis Miller, *The Form of Victorian Fiction: Thackeray, Trollope, George Eliot, Meredith, and Hardy*. Case Western Reserve University, 1968, p.86.

## 否定 修正 创新：J. 希利斯·米勒叙事学思想研究

时期，因而他多次提出"共同体意识"（community mind，或译为"社群意识"）① 这个概念，并认为"共同体意识"主要通过全知叙事来实现。维多利亚时期小说的一大特点便是采用全知视角，因此，叙述者能够像上帝一般知晓一切，包括人物的心理，这也就使得作者、叙述者、人物、读者之间无沟通障碍，因而形成了一个心灵相通、彼此理解的理想的共同体。

此外，米勒也十分关注文学作品中的共同体中个人与社群的关系。从故事内容上来说，维多利亚时期小说中广泛涉及了人物融入或逃离社群的情节，尤其是当主人公在面临婚姻、事业的选择时。例如，在乔治·艾略特的《米德尔马契》中，多萝西娅选择与年长自己27岁的卡苏朋结婚，遭到众人的一致反对，这体现的正是个人与共同体的冲突。随后，另一个人物利盖利特来到了米德尔马契，并力主在米德尔马契推行医疗改革，对原有的共同体利益造成了损害。在萨克雷的《名利场》中，蓓基凭借自己的机灵乖巧和圆滑世故不断周旋于贵族社群中，并妄图通过婚姻进入英国上层社会，从而融入贵族的共同体。在哈代的《还乡》中，克林由于厌倦巴黎的奢华生活而选择返回乡村，而他的妻子游苔莎却不甘屈居于乡村，始终向往着大都市的繁华，她嫁给克林正是因为憧憬着他能将她带往巴黎。可以说，个人与共同体的融合、冲突构成了维多利时期小说的主题。

米勒认为，"个人的意识从未脱离过群体"②，这也是福柯、巴特勒等人所关注的人在社会规训下所形成的无意识。在《傲慢与偏见》的开头，奥斯汀写道："有这样一条举世公认的真理：凡是有丰厚财产的单身男子，必定缺个太太。"③ 这里的"举世公认的真理"便是一种维多利亚时期的共同体意识，奥斯汀甚至评论道："这条真理真的是太深入人心了。"④ 足见共同体意识在当时的强大力量，而奥斯汀写下这句话也是在无意识中受到了这种共同体意识的影响。在这番话之后，小说便以贝内特太太与贝内特先生的谈话开场了。此时贝内特太太开口道，"我亲爱的贝内特先生"⑤。在中文译本

---

① J. Hillis Miller, *The Form of Victorian Fiction: Thackeray, Trollope, George Eliot, Meredith, and Hardy*. Case Western Reserve University, 1968, p. 86.
② J. Hillis Miller, *The Form of Victorian Fiction: Thackeray, Trollope, George Eliot, Meredith, and Hardy*. Case Western Reserve University, 1968, p. 87.
③ 简·奥斯汀：《傲慢与偏见》，孙致礼译，译林出版社2018年版，第1页。
④ 同上。
⑤ 同上。

## 第五章 图像、地形、共同体：米勒跨学科、跨媒介的叙事研究

中，这里出现了一个译者的脚注："根据查普曼（R. W. Chapman）牛津版的附录，奥斯汀时代人物彼此之间的称呼不同于现代，比较客套，讲究规矩，有一定的距离感，夫妻之间都以先生和太太互相称呼。"① 也就是说，贝内特太太所说的话是受共同体意识的影响说出来的。读者通常会忽略这一点，而仅将人物的言语特征归于其性格。米勒还将这一观点运用于对自由间接引语的研究中，在他看来，自由间接引语涉及三重意识：叙述者意识、人物意识，以及通常被读者忽略的共同体意识。米勒吸收意识批评来探讨文学中的共同体在当时是相当超前的，尽管在整本书中所占篇幅不多，却显示出他对文学中的各类问题的敏锐思考。

50多年后，米勒再次开始关注文学中的共同体问题，并运用全新的视角和文本来深入研究这一议题。在定义共同体时，米勒首先以史蒂文斯笔下的丹麦土著共同体为例说明，共同体的形成是因为"他们居住在小国家，拥有相对同一的文化，还有他们说的'少数'语言使他们远离其他语言使用者"②。可见，地形、文化和语言是共同体形成的关键因素。在米勒看来，共同体意味着人类团结一致，而且人们一贯认为"集体生活和工作铸就了共同体"③，然后，人们居住在一起，"建房筑路、开垦农场、发展工业"，还"共同创造语言、制定法律、确立规范，在生活中形成宗教信仰和风俗习惯"。④ 这是米勒对现实生活中共同体建构的观点。而在文学作品中，米勒认为，文学"模仿、反映和再现，巧妙地模拟和构造出共同体的微缩式样"⑤。米勒还指出，文学的价值便在于真实地反映"已然存在的共同体，与其保持一致，即在于它陈述事实的确言价值，而不在于它可能具有的任何构建共同体的施行功能"⑥。也就是说，米勒此时认同如阿多诺所说，写诗（文学）并不能对社会有施行效果，因而文学更多的是体现记述功能。例如，针对美国的华裔共同体，金惠经在《亚裔美国文学：作品及社会背景

---

① 简·奥斯汀：《傲慢与偏见》，孙致礼译，译林出版社2018年版，第1页。
② J. 希利斯·米勒：《共同体的焚毁：奥斯维辛前后的小说》，陈旭译，南京大学出版社2019年版，第10页。
③ 同上书，第16页。
④ 同上书，第17页。
⑤ 同上。
⑥ 同上。

否定　修正　创新： J. 希利斯·米勒叙事学思想研究

介绍》① 一书中指出，早期华人移民遭受白人社会排挤，只能成为洗衣工、餐厅服务员等"苦力"。由于主流社会的排挤，美国早期的华人移民总是习以为常地从事铁路建设、洗衣工、侍女、餐厅服务员等工作，大部分华人移民们的"美国梦"不过是开一间洗衣店或者餐馆，让家人衣食无忧。文学作品对此进行了反映和再现。例如，在林语堂的《唐人街》中，冯老二一家原先是在地下室开了一间洗衣房，"他们利用底层的一个半房间来工作，默默地、不停地、认命地烫着衣服，直到深夜"②。在伍慧明的《望岩》中，主人公杰克做过洗衣工、厨师助手、擦鞋匠、屠夫等工作，而乔伊斯·关则在地下室浴池给人递毛巾，还在巨星影院卖票。这些作品书写了早期华人移民群体在美国的唐人街生存的概况，这便是米勒笔下的"共同体的微缩式样"。同时，米勒还认为"共同体代际传承、持续更新，这形成了一种集体意义上的永生，这就好比共同体中众人的共同生活会投射出一种假想而永恒的'共同体意识'或'集体意识'"③。这也就是华人移民群体将底层工作当作"习以为常"的原因。在林语堂的《唐人街》中，冯老二对儿子将来的设想也是开一家洗衣店，所以他会反复问汤姆"你不想开家洗衣店吗？"④。关于共同体意识的研究，在 2010 年，认知叙事学家艾伦·帕尔默（Alan Palmer）发表了文章《〈米德尔马契〉中的大型脑际思维单元》⑤，该文研究的核心概念"脑际思维"（Intermental Thoughts）就是指"社会分布的、情境的，或扩展的认知，以及主体间性"⑥。帕尔默认为"脑际思维"广泛存在于小说中，因为"小说中的大多数心理功能都是通过大型组织、小团体、同事、朋友、家人、夫妻及其他脑际组织实现的"，因而他在该文中将《米德尔马契》中小镇居民的共同体意识命名为"米德尔马契心灵"（Middlemarch Mind）⑦。帕尔默的"脑际思维"研究极大地丰富了认知叙事

---

① H. Elaine Kim, *Asian American Literature*: *An Introduction to the Writing and Their Social Context*. Foreign Language Teaching and Research Press, 2006.
② 林语堂：《唐人街》，湖南文艺出版社 2012 年版，第 11 页。
③ J. 希利斯·米勒：《共同体的焚毁：奥斯维辛前后的小说》，陈旭译，南京大学出版社 2019 年版，第 18 页。
④ 林语堂：《唐人街》，湖南文艺出版社 2012 年版，第 25 页。
⑤ Alan Palmer, "Large Intermental Units in Middlemarch." In Jan Alber and Monika Fludernik (eds.), *Postclassical Narratology*: *Approaches and Analyses*. The Ohio University Press, 2010.
⑥ Ibid., p. 83.
⑦ Ibid., p. 83.

## 第五章　图像、地形、共同体：米勒跨学科、跨媒介的叙事研究

学的内容，而这一研究与米勒所关注的"共同体意识"在研究对象上和方法上有异曲同工之妙。

在探讨了文学作品中共同体的建构之后，米勒又在《共同体的焚毁》一书中结合言语行为理论和叙事学的方法探讨了文学作品中共同体的崩溃，为共同体叙事拓展了新的研究领域。米勒首先探讨的导致共同体崩溃的原因之一便在于其"排除异己"①的行为。正因为共同体所追求的同一性，共同体外部的人通常会遭到残酷的对待，而这也正是犹太人在"二战"中遭到屠杀的原因——维持德国日耳曼血统的纯正性。这同样发生在美国的华人移民和黑人身上，在第一次亚裔移民浪潮后的1882年，美国颁布施行了臭名昭著的《排华法案》，华人被限制进入美国、华裔男性被禁止与白人女性通婚等一系列种族歧视政策使华裔移民成了白人社会中最不受欢迎的群体。同样的，美国的黑人也在很长一段时间内被禁止与白人通婚，或与白人上同一所学校。从美国的华人移民和黑人到德国的犹太人，他们所遭受的苦难均源于另一个共同体对"同一性"的维护。因此，米勒在这里对共同体的建构提出了质疑，他认为，尽管史蒂文斯的诗描写了丹麦土著共同体的美好，但诗行最后对预示着冬季到来的北极光的描写却是对共同体毁灭的象征。

在解读卡夫卡的一系列小说时，米勒通过对叙事交流中断的探讨将这些作品视为大屠杀的预言。尽管卡夫卡的《城堡》《审判》并未涉及奥斯维辛，米勒认为其中呈现的共同体崩溃的内容便是大屠杀发生的预言。米勒认为，《审判》的一大特点便是"抵制连贯统一的阐释模式"②，即"抵制解读"③，而米勒对"理解"的解释为"依照某些统一的阐释学原则，以一种全面、总体、理性和逻辑的方式，解释《审判》的所有特点和细节"④。但是，首先从《审判》的开头来说，卡夫卡写道："一天早上，约瑟夫·K莫名其妙被逮捕了，准是有人诬陷了他。"⑤读者此时的阅读期待是在阅读中

---

① J. 希利斯·米勒：《共同体的焚毁：奥斯维辛前后的小说》，陈旭译，南京大学出版社2019年版，第33页。
② J. 希利斯·米勒：《共同体的焚毁：奥斯维辛前后的小说》，陈旭译，南京大学出版社2019年版，第89页。
③ 同上书，第94页。
④ 同上。
⑤ 弗兰兹·卡夫卡：《卡夫卡小说全集Ⅰ：审判》，韩瑞祥等译，人民文学出版社2018年版，第209页。

## 否定 修正 创新：J. 希利斯·米勒叙事学思想研究

逐渐找到 K 被逮捕的原因以及审判的结果，然而，对于叙述者、隐含读者、真实的读者、人物，甚至作者自己来说，这个原因却是不可知的，可以说，此时主体间的交流是失败的。K 的遭遇与俄狄浦斯无缘无故受到天神的诅咒是一样的。米勒将 K 被逮捕的原因归结为"在错误的时间出现在了错误的地点"①，也就是无故被羁押，他认为这与犹太人无故遭到纳粹屠杀的性质相同。因此，对米勒来说，《审判》与《俄狄浦斯王》一样，无法用理性来解读，而只能将其视为一则寓言。《俄狄浦斯王》中的非理性只能被理解为是对天神至高无上的权力的巩固，而《审判》中的非理性则说明，任何人都有可能像 K 一样在一个平常的日子里突然遭遇无妄之灾，且无能为力，就像万千犹太人一般。如 K 怒斥这对他的无中生有的诉讼时所说：

> 发生在我身上的事情，不过是一个个别的事件，而这种个别的事件也无关紧要，因为我并不太把它当回事。但是，这却代表着像施加给许多人一样的诉讼。我现在在这儿是替那些人来受审的，而不是为我自己。
>
> ……
>
> 大约十天前，我被捕了，那个被捕的经过连我也觉得可笑，但是这里不用赘述。一大早，我在床上遭到了突然袭击，也许那些人——按照预审法官的说法完全是可能的——得到的命令是逮捕某一个像我一样无辜的室内装修工，可是他们选中了我。②

K 所控诉的话放在犹太人身上也适用，因为千万犹太人也像 K 一样在某一天突然无理由地被捕，成了被"选中"的人，他们找不到自己究竟违反了哪一条法律，不知道指控者是谁，也无法与法官对质，然后便遭受厄运。这正是米勒断言这部小说预示着大屠杀发生的原因。卡夫卡将主人公的名字隐去，仅仅用一个字母 K 来代表，也可以理解为 K 只是万千犹太人或其他无辜的人的一个缩影。米勒一直将"理解"视为建构共同体的一个重

---

① J. 希利斯·米勒：《共同体的焚毁：奥斯维辛前后的小说》，陈旭译，南京大学出版社 2019 年版，第 91 页。
② 弗兰兹·卡夫卡：《卡夫卡小说全集Ⅰ：审判》，韩瑞祥等译，人民文学出版社 2018 年版，第 237 页。

## 第五章　图像、地形、共同体：米勒跨学科、跨媒介的叙事研究

要因素，而当叙述者的限知视角无法向读者解释 K 被捕的原因时，甚至当 K 自己、逮捕他的人、守卫、法官也都不理解 K 被捕的原因时，理解就无法达成，共同体的建构也就失败了。

就审判的结果来说，小说中对 K 的审判并未按照法律规定的程序来进行，因而未审判就处决的结果是十分荒谬的。对此，米勒指出，《审判》仅仅向读者"讲述了一个过程，而这个过程却没有推进，只是原地打转，直到略过中间可能无比巨大的鸿沟，跳到最后行刑的结局"①。在米勒看来，审判包含一系列法律言语行为，如宣判某人有罪或死刑，从而达到惩治罪犯的目的。奥斯汀在《如何以言行事》中对有效的法律言语行为给出了详尽的解释：

> 如果你是一位法官且说"我裁定……"，那么说你裁定就是做出裁定的行为，而不那么权威的人身上是否如此却说不清楚：这句话可能仅仅是对某种心态的描述。这种困难在通常方式下或许可以通过创造一种特殊的词汇，诸如"裁决"（verdict）、"我判决……"（I found in favor of...）、"我宣判……"（I pronounce...）来加以避免；此外，话语的施行式特征仍然部分取决于话语的语境，诸如该法官的确是法官且穿着法衣坐在法官席上，等等。②

然而，《审判》中所呈现的却是奥斯汀所定义的失效的言语行为。K 被捕时，逮捕他的人并未出示逮捕证，而在他被捕后，守卫拒绝告知他被捕的原因，他的辩护书被退回，法官也没有控诉他的罪证，一切都显得十分荒诞。在 K 见到预审法官时，预审法官竟然随手从桌上抓了一个笔记本，而"那笔记本看上去像是一本学生练习册，破旧不堪，由于长久翻来翻去，已不成样子了"③，随后他又问 K："你是室内粉刷工吧？"这让 K 恼怒地挖苦

---

① J. 希利斯·米勒：《共同体的焚毁：奥斯维辛前后的小说》，陈旭译，南京大学出版社 2019 年版，第 90 页。

② J. L. 奥斯汀：《如何以言行事》，杨玉成、赵京超译，商务印书馆 2013 年版，第 85～86 页。

③ 弗兰兹·卡夫卡：《卡夫卡小说全集 I：审判》，韩瑞祥等译，人民文学出版社 2018 年版，第 235 页。

道:"不对,我是一家大银行的襄理。"① 引得大厅里的人们哄堂大笑。K也曾质问过法官:"你们是法官吗?你们没有一个人穿着制服","你的衣服倒更像旅行者的打扮"②。这完全背离了奥斯汀的"穿着法衣"的规约。最后在K将被无缘无故执行死刑时,两个执行者的行为也颇为滑稽,两人不仅穿着礼服,还对该由谁来执行任务嘀嘀咕咕,不知如何摆姿势来给K行刑。种种细节都使得对K的审判像一出闹剧,而不是奥斯汀所规定的那种严肃的语境。因此,审判的言语行为在此已经失效,且K为自己辩护并声明自己无辜的言语行为也是失效的,因为他并不知道自己被控的罪名是什么。如米勒所说,《审判》中的施行话语"极反常,它要么不完整,要么没有正确施行,因而都表现为奥斯汀所称的某种'不适当'或'未成'"③,而这也是费伦所定义的叙述者的不充分报道。而这种失效的言语行为的最直接后果便是,读者感觉该叙事不可靠、不确定。

此外,《审判》中的不可靠叙述也表明,维持共同体正常运转的法律系统也成了失效的、不可靠的,就如同K对法治社会的信仰的崩塌一样。法律的制定是维护共同体的利益的,而共同体必须认可法律言语行为的规约才能保证其有效性,如米勒所说,"言语行为理论预设了一个理性的、讲信用和有条件限制的社会系统"④。在《审判》中,K相信自己生活在一个法治国家,但他的种种遭遇都使得他的这种信仰崩塌,也就是说,这种"理性的、讲信用和有条件限制的社会系统"在《审判》所描绘的社会中是不存在的,因而法律得到共同体的认可这一前提也是不存在的,这也就证实了法律言语行为在《审判》中的无效性和不可靠性。

米勒认为,"随着共同体的崩解,那种老式的'全知全能'的传统叙述者消失了,那种叙述者为共同存有的'共在'发声,维系着共同体运作中所有成员的普遍团结"⑤。米勒在这里的结论是比较片面的,因为以普遍使

---

① 弗兰兹·卡夫卡:《卡夫卡小说全集Ⅰ:审判》,韩瑞祥等译,人民文学出版社2018年版,第235页。
② 弗兰兹·卡夫卡:《卡夫卡小说全集Ⅰ:审判》,韩瑞祥等译,人民文学出版社2018年版,第216页。
③ J.希利斯·米勒:《共同体的焚毁:奥斯维辛前后的小说》,陈旭译,南京大学出版社2019年版,第117页。
④ 同上书,第126页。
⑤ 同上书,第128页。

## 第五章　图像、地形、共同体：米勒跨学科、跨媒介的叙事研究

用"全知叙述者"为特征的维多利亚时期小说也并未形成共同体。如米勒在探讨"共有"（partagé）这一概念时所说，"它含有两个既对立又相辅相成的意义，表示既共享又分割"①，"共同体"这个概念同样蕴含着统一与差异的双重含义。既然要将各种个体统一为一个"共同体"，那也就是暗示着这些个体之间是有差异的，因为单个个体是不需要建构共同体的。因此，可以说共同体崩溃的根本原因在于个体本质的差异。共同体的研究原本属于社会学、人类学、政治学研究的范畴，而米勒从解构主义的视角，结合言语行为理论与叙事学的"全知叙述者""自由间接引语"等概念以及"不可靠叙述"与"叙事交流"的内容，对文学中共同体的建构与焚毁的问题做出了新解。在全球化的时代背景下，他的论述创新性地建构了共同体叙事这一跨学科的研究，成为当下文学研究领域探讨的热门话题。

　　从图像叙事到地形叙事，再到共同体叙事，米勒对文学语言之外的媒介与学科发表了自己深刻的见解，不仅在当时的语境下具有前沿性，也在当下叙事学发展的新趋势中贡献了自己的力量，帮助叙事学在后现代语境下实现了多元发展。尽管图像、地形、共同体叙事是超越文字叙事的内容，米勒在深入研究这些领域中的问题时仍然坚持以文本为中心，并将自己前期的新批评、意识批评、解构主义批评、文学言语行为研究的内容贯穿其中。例如，米勒结合多种研究方法来探讨卡夫卡小说中的共同体问题，这使得经典的文本在信息时代展现出了新的活力，也凸显了米勒更为全面和多元的文本阐释方法。除了这三个相当前沿的研究领域，米勒在伦理叙事、历史叙事等跨学科的研究中也提出了自己极具创新性的观点。本书受篇幅所限，无法一一进行剖析，但这也不断地提醒我们关注米勒文学批评中的丰富内涵，仅关注其解构主义批评的做法是十分片面的。

---

①　J. 希利斯·米勒：《共同体的焚毁：奥斯维辛前后的小说》，陈旭译，南京大学出版社2019年版，第23页。

# 结　　论

从出版第一部著作《查尔斯·狄更斯：他的小说世界》（*Charles Dickens: The World of His Novels*，1959 年）至今，米勒已经在文学研究领域探索了 60 余年，出版了 30 余部极具影响力的著作和数百篇学术论文。在这数十年的研究中，米勒始终坚持文本细读与修辞阅读的方法，发现了诸多具有前瞻性的研究主题，一直站在英美文学研究的前沿。解构主义是西方文学理论史上一次具有颠覆传统意义的理论革新，而米勒在解构主义的浪潮中的突出贡献也使得他长期被贴上解构主义学者的标签，也因此掩盖了他在其他领域的原创性研究。乔纳森·卡勒在《论解构》中对米勒评价道："J. 希利斯·米勒一向是个多产的批评家，其著作论及大量作家和主题，尤其是叙事和修辞策略。"① 由此可见叙事在其整体研究中的重要性。从 1968 年的《维多利亚时期小说的形式：萨克雷、特罗洛普、乔治·艾略特、梅瑞狄斯和哈代》到 1992 年的《图绘》，再从 1998 年的《解读叙事》到 2015 年的《小说中的共同体》，可以说，叙事研究贯穿了米勒文学批评的始终。

"反叙事学"是米勒叙事思想中的重要内容，也是他最早关注叙事学的切入点，因而本书先关注了米勒的"反叙事学""非线性叙事学"以及他对经典叙事学概念的解构与重构，分析了他对经典叙事学的否定与修正。尽管米勒在早期表明了自己"反叙事学"的立场，但他研究的目的并不是要站在叙事学的对立面甚至彻底瓦解叙事学这一学科。正如"解构主义"一词代表着破中有立、从解构中建构一样，米勒的"反叙事学"的意义也同样是颠覆人们对传统叙事学的固有认知，从而启发人们从更为批判和开放的视角去看待叙事学的理论范畴和概念，以及文本自身的复杂性。在《阿里阿德涅之线：故事线条》中，米勒一共总结了叙事学领域中的 9 种线性叙事

---

① 乔纳森·卡勒：《论解构：结构主义之后的理论与批评》（25 周年版），陆扬译，中国人民大学出版社 2018 年版，第 v 页。

结　论

的内容：①印刷文本的书写物质层面，如字母、符号等；②组成叙事线条或"diegesis"的词，如结局、故事线等；③描述人物的词，如生命线、面部轮廓（facial lineaments）等；④人际关系（interpersonal relations），如谱系、婚姻关系等；⑤经济学术语，如循环、流通等；⑥地形学，如交叉路口、路等；⑦小说中的插图；⑧修辞性语言，如交错法、省略等；⑨现实的再现，如现实主义小说中对现实的模仿就呈现出一种迂回的线条意象，因为它像镜子一般映射出现实，读者又通过文字回归到现实。① 米勒的作品广泛涉及了对这 9 种线性叙事的某些方面进行批判的内容。在对它们进行批判和拆解的基础上，米勒超越了传统叙事学家对它们的研究，建构了内涵更为丰富的叙事研究。例如，结构主义叙事学家对叙事话语的研究基于亚里士多德在《诗学》中所建立的统一、完整、连贯的叙事线条的研究，而米勒逐一打破了这些规则，建立了一种超越文本疆域而更为自由开放的"非线性"叙事学。这对于传统的叙事研究来说是一种颠覆性的审视，从而为叙事学家重新思考叙事学中的重要概念和范式提供了参考。

从叙事学的整体发展来看，以米勒为代表的解构主义批评方法与结构主义叙事学是在同一时期并存的两股重要力量，而米勒的解构主义叙事研究则是两股力量碰撞的结果。结构主义叙事学的极端形式主义、忽略语境的弊端是其自身难以逾越的局限性，而米勒的解构主义叙事研究正好从这两个方面清除了其弊端，推动着结构主义叙事学走向语境叙事学，甚至更远。在与热奈特和里蒙-凯南进行对话时，米勒尖锐地指出《修辞格三：叙事话语》等经典的叙事学著作中所建构的僵化、机械化的体系，扼杀了文本自身的复杂性和审美特性。米勒的"非线性"叙事学又打破了文本疆域，消解了文本的中心、统一性和连贯性，突破了结构主义叙事学设定的理论框架。

米勒是唯一一位将解构主义理念运用于叙事研究中的耶鲁解构学派的学者，不管是"反叙事学"、"非线性"叙事学、"施行叙事"，还是图像、地形、共同体叙事，都可以从中看到米勒的解构主义思想。马克·柯里、申丹等叙事学家都对米勒在解构主义叙事理论中的贡献给予了肯定。在叙事学家戴卫·赫尔曼的《新叙事学》一书中，他再次指出"叙事理论借鉴了"解构主义的"方法论和视角"，在赫尔曼看来，叙事理论不仅没有消亡，反而从诸多学科中汲取营养，从一门"叙事学"（narratology）裂变为多家"叙

---

① J. Hillis Miller, *Ariadnè's Thread: Story Lines*. Yale University Press, 1992.

否定 修正 创新： J. 希利斯·米勒叙事学思想研究

事学"（narratologies）。① 同理，对米勒的解构主义叙事理论的研究能够为叙事学的新发展提供方法和视角。从米勒的叙事研究方法来看，他总能敏锐地觉察到文本或术语中自我矛盾、晦涩难解的内容，从而指出文本或理论中蕴含的自我拆解的力量。然而，尽管米勒看似将一只手表拆成各种零件一样在拆解文本和概念，但实际上他在拆解中又建构了新的文本和概念的阐释方法，从而修正和补充了原有的阐释方法。例如，在对人物、聚焦、叙事交流这些叙事元素进行分析和重新解读时，米勒指出了诸种概念的自我矛盾之处，以及它们在实际的文本解读中失败的情况，并由此扩展了概念的外延。尽管尚未形成体系，但米勒的这些关于叙事学概念的探索在方方面面都为叙事学带来了启迪。

除了否定和修正的内容，本书还聚焦米勒的"施行叙事"研究，将米勒的文学言语行为与经典、后经典叙事学结合起来，能够在叙事话语和修辞性叙事学方面为叙事学的新发展带来启发。在奥斯汀提出"如何以言行事"（How to Do Things with Words）、艾布拉姆斯提出"如何以文行事"（How to Do Things with Texts）之后，米勒独创性地提出了"如何以叙行事"（How to Do Things with Narratives）这一议题，将言语行为理论与叙事学研究结合起来。在文学言语行为研究阶段，米勒进一步突破了文本的限制，将作者、读者引入考虑范畴内，并在探索叙事话语中的施事行为和言效行为时将叙事话语和语境完美地结合起来，从而弥合了叙事学从经典走向后经典时产生的裂缝。在探讨叙事话语中的叙事交流问题时，通过分析文学语言的施效行为，米勒强调了读者在文本意义生产中的作用，以及作者为了实现劝说、命令行为所采用的叙事技巧，从全新的言语行为视角赋予叙事交流以新的内容。总的来说，米勒的叙事研究调和了叙事话语研究与语境叙事学之间的矛盾，并在"反叙事学"研究之后进一步展示出经典叙事学转向后经典叙事学的内在原因。"施行叙事"打破了日常话语与文学话语的界限、记述话语与施行话语的界限、经典与后经典叙事学间的界限，为人们以一种互相依存的视点来思考米勒的叙事学思想与当下叙事学研究融合的可能性提供了思路。

此外，在米勒后期的研究中，他探索了超越文字叙事的内容，创新性地提出了图像叙事、地形叙事、共同体叙事等内容，进一步丰富了后经典叙事学的内容。米勒在《图绘》中重点分析了小说中的插图以及独立的画作和

---

① 参见戴维·赫尔曼《新叙事学》，马海良译，北京大学出版社2002年版，第1页。

## 结 论

漫画这一叙事形式,肯定了文字叙事的图像性和图像的叙事性,并巩固了文字的优越地位,从而在文字叙事的生存面临其他媒介威胁时再次强化了文字叙事的权威性。在《地形学》中,米勒以地形(topography)这一元素为中心,探讨了文学作品中地形的命名与脑力绘图的方法等问题,建构了自己关于空间、地理与认知叙事的研究体系。在全球化背景下,米勒在《文学中的共同体》《共同体的焚毁:奥斯维辛前后的小说》等著作中结合了"全知视角""叙事交流""自由间接引语""不可靠叙述"等叙事学概念,深入探讨了文学作品中关于共同体的建构与焚毁的问题,肯定了文学作品"模仿、反映和再现,巧妙地模拟和构造出共同体的微缩式样"[①]的功能。当然,米勒在这个主要方面之外也涉及了历史叙事、伦理叙事等内容,可以说他在跨媒介、跨学科叙事研究方面的贡献启迪了叙事学走向更为开放和多元的发展。

诚然,米勒的叙事学思想中仍然存在着部分局限性与自我矛盾的地方,但这也体现出了他在几十年的探索中的一些思维转向。米勒对文学理论范式中所呈现的二元对立关系进行了拆解,但又从中建构了新的二元对立关系,如"祛魅式"和"天真式"阅读方法、线性和"非线性"叙事学、结构主义叙事学和解构主义叙事研究,等等。在这些新的二元对立关系中,米勒也并未指出它们是后者取代前者,而是认为它们只是看待事物的不同视角,并启发人们从不同的视角看待约定俗成的东西。这与申丹和里蒙-凯南的观点是一致的,即这些对立的内容也有共存的可能性,尤其是米勒的"反叙事学"与结构主义叙事学的结合。这也说明米勒在后期的研究中减少了一些激进的观点,在对叙事学的总体认识中采取了更为包容的态度。他的这种思维转变主要表现在以下两个方面,本书也尝试对其矛盾之处及其思维转向进行阐释。

(1)在提出"反叙事学"概念时,米勒批判了理论家,尤其是叙事学家所建构的诸如叙事语法等程式化研究方法,这源于他对"天真式"阅读方法的推崇和对"祛魅式"阅读方法的排斥。然而在《共同体的焚毁:奥斯维辛前后的小说》中,米勒又指出自己的研究方法结合了修辞性阅读与叙事学阅读的方法,这不仅违背了他的"反叙事学"立场,也与他对理性

---

① J. 希利斯·米勒:《共同体的焚毁:奥斯维辛前后的小说》,陈旭译,南京大学出版社2019年版,第17页。

的研究方法的抵制背道而驰。此外，尽管米勒在多部著作中指出了叙事学概念的缺陷，如聚焦概念的不合理之处，他甚至认为"聚焦"一词属于误用，然而在《共同体的焚毁：奥斯维辛前后的小说》中，米勒又大篇幅地借用叙事学概念来探讨文本中的共同体问题，如对聚焦、自由间接引语等这些概念的使用，并在一定程度上认可了这些概念。笔者曾就此矛盾之处通过邮件向米勒先生提问，但未得到解答。因此，笔者大胆猜测米勒在后期的研究中"反叙事学"的立场有所动摇，也或者是他仅采用了叙事学概念中相对稳定的部分来帮助自己阐释文本，因而这并不代表他对叙事学概念和范式转变为完全接受与认同的态度。但他这种打破"反叙事学"与叙事学的二元对立的做法为解构主义叙事理论与结构主义叙事学的结合奠定了基础。回顾米勒在叙事学方面的论述，其包含了对经典叙事学的否定、修正和创新，如果我们对其研究进行细查就会发现，米勒指出的经典"叙事学"中有自我解构的部分，因此为自己的"反叙事学"的建立打下了基础。同时，米勒的"反叙事学"研究又有着对经典叙事学的确定性的认可，从这个意义上说我们不能把米勒的叙事学观点看作刻板的一成不变的解构主义批评家的观点，而应该以一种辩证的眼光看待它，这样才能做出客观、公正的判断。

（2）在批判叙事学的源头《诗学》时，米勒从多方面拆解了叙事线条的统一性、完整性和连贯性。在探讨人物、全知叙述等问题时，米勒同样表达了对统一性的抵制，这体现的正是解构主义对中心的拆解。然而，米勒在解读麦克尤恩的《黑犬》时又指出，"'爱战胜一切'（Amor vincit omnia），甚至对一个没有任何信仰而无所适从的人，他的冷酷、迷乱和颓废都可以被爱消融。这似乎是《黑犬》揭示的最终内容，这个主题贯穿了小说所有复杂的叙事步骤"[①]。这里，米勒明白地指出了该小说贯穿始终的主题，看似推翻了自己对统一性、线性叙事的否定言论，出现了自我拆解的情况。中国学者张江也曾就文本中确定的主旨问题向米勒发问，米勒在回信中指出，"确定一个主题只是一个对于特定文本深思熟虑的教学、阅读以及相关创作的开端"[②]。而当读者真正地处于阅读中便会发现"确定一个主题"的做法

---

① J. 希利斯·米勒：《共同体的焚毁：奥斯维辛前后的小说》，陈旭译，南京大学出版社2019年版，第203页。
② J. 希利斯·米勒：《"解构性阅读"与"修辞性阅读"——致张江》，王敬慧译，载《文艺研究》2015年第7期，第69页。

## 结 论

失败了,因为文本自身的复杂性决定了其不会只含有一个主题或一定存在一个贯穿始终的主题,而读者的阐释也增加了这种复杂性。米勒曾反复解读过康拉德的《黑暗之心》,读者能够从这部小说中读出殖民者的残酷、对追寻真理的隐喻等主题,但这些主题又并未贯穿始终。这与米勒对文学理论的看法是一致的,任何的理论预设都会失败,读者会在阅读中逐渐发现那些预先套在文本头上的理论范式都被文本自身的丰富性拆解了。综上所述,可以说米勒在解读《黑犬》时所指出的那个贯穿始终的主题仅为其得出的结论之一,而从他指出存在着一个统一主题的做法也可以看出,米勒对否定统一主题的激进做法有所改变,这为我们继续探索叙事学的多重情节发展方面提供了思路。

米勒的叙事学思想分散于其多数著作与论文中,且与其新批评、解构主义批评、文学言语行为研究等多方面的探索交织缠绕在一起,这种写法符合米勒在文学研究中抵抗程式化、科学化倾向的做法。这与德里达在其最著名的著作《丧钟》(Glas)中抵抗线性叙事的做法一样。德里达打破了原本印刷文本的排列方式,将他对黑格尔与杰内特(Genet)的研究同时置于文本中,因此书本的每一页都做成了左右两栏的模式,给读者的阅读带来了极大的困难和挑战。《解读叙事》一书是米勒最为集中探讨叙事研究的力作,但对于想要将其研究进行体系化的人来说仍然是一个巨大的挑战,要将该书中散落、缠绕的线条整理成清晰、有序的线条是一项艰巨的任务。当然,这不乏米勒本人所暗含的解构主义的寓意,就像卡夫卡、康拉德一样刻意在文本中留下晦涩难解的内容。但是,正如艾布拉姆斯对解构主义的评述那样:"解构,如德里达和希利斯·米勒所进行的那些,根本不像这些比喻所暗示的那样,是要将非理性主义带进哲学和文学批评;相反,解构是一种绝对理性、非常深刻的思想模式。"[①] 米勒在其著作中所呈现出的严密的逻辑和论证体现的正是这种"绝对理性"和"深刻的思想模式",这使得本书能够在最大程度上将其叙事思想体系化成为可能。因此,本书重点分析了米勒在后现代叙事理论、叙事话语、修辞性叙事学,以及超越文字叙事和跨学科叙事学方面的突出贡献,这对当下叙事学研究来说是极具价值的。从另一方面来说,米勒认为"结构""体系"总是暗含着一种静止、封闭、连贯一致的意

---

① M. H. 艾布拉姆斯:《行为主义与解构主义》,见《以文行事:艾布拉姆斯精选集》,赵毅衡、周劲松等译,译林出版社2010年版,第247页。

味，这正是他在文学批评中极力要破除的东西。因此，本书既不是研究米勒的叙事学思想的开端，也不会是终结，更无法从米勒的叙事学思想中建构出一套如《辞格之三：叙事话语》一样的可供人们使用的立竿见影的叙事学理论范式，而是为叙事学在后现代语境下追求更为开放、多元的发展提供一些思考和借鉴。

# 参考文献

[1] 艾布拉姆斯. 镜与灯：浪漫主义文论及批评传统 [M]. 郦稚牛，张照进，童庆生，译. 北京：北京大学出版社，1989.

[2] 艾布拉姆斯. 以文行事：艾布拉姆斯精选集 [M]. 赵毅衡、周劲松，等译. 南京：译林出版社，2010 年.

[3] 艾略特. 米德尔马契 [M]. 项星耀，译. 北京：北京人民文学出版社，2017.

[4] 奥斯汀. 傲慢与偏见 [M]. 孙致礼，译. 南京：译林出版社，2018.

[5] 奥斯汀. 如何以言行事 [M]. 杨玉成，赵京超，译. 北京：商务印书馆，2016.

[6] 巴特. 符号帝国 [M]. 汤明洁，译. 北京：中国人民大学出版社，2018.

[7] 柏拉图. 理想国 [M]. 郭斌和，张竹明，译. 北京：商务印书馆，2018.

[8] 艾略特. 亚当·比德 [M]. 傅敬民，译. 上海：复旦大学出版社，2011.

[9] 布鲁姆. 如何读，为什么读 [M]. 黄灿然，译. 南京：译林出版社，2015.

[10] 布斯. 小说修辞学 [M]. 华明，胡晓苏，周宪，译. 北京：北京联合出版公司，2017.

[11] 查特曼. 故事与话语：小说和电影的叙事结构 [M]. 徐强，译. 北京：中国人民大学出版社，2013.

[12] 陈聪，曹立华. 希利斯·米勒早期的文学语言观研究 [J]. 沈阳师范大学学报，2019（2）：135-139.

[13] 陈晓明. 美国解构主义在中国的传播与接受分析 [J]. 文艺理论研究，2016（6）：44-52.

[14] 程朝翔. 意义与方法：21世纪文学世界的重构：新世纪英美文学界对于文学研究方法论的反思[J]. 社会科学研究, 2019 (5)：52-59.

[15] 德里达. 论文字学[M]. 汪堂家, 译. 上海：上海译文出版社, 1999.

[16] 德里达. 文学行动[M]. 赵兴国, 等, 译. 北京：中国社会科学出版社, 1998.

[17] 德曼. 对理论的抵制[M]//王逢振, 盛宁, 李自修, 编. 最新西方文论选. 桂林：漓江出版社, 1991.

[18] 德曼. 阅读的寓言[M]. 沈勇, 译. 天津：天津人民出版社, 2007.

[19] 费伦, 拉比诺维茨. 当代叙事理论指南[M]. 申丹, 马海良, 宁一中, 等, 译. 北京：北京大学出版社, 2007年.

[20] 费伦. 作为修辞的叙事：技巧、读者、伦理、意识形态[M]. 陈永国, 译. 北京：北京大学出版社, 2002.

[21] 福斯特. 小说面面观[M]. 冯涛, 译. 上海：上海译文出版社, 2019.

[22] 哈代. 卡斯特桥市长[M]. 张玲, 张扬, 译. 北京：人民文学出版社, 2003.

[23] 海德格尔. 林中路[M]. 孙周兴, 译. 北京：商务印书馆, 2018.

[24] 赫尔曼. 新叙事学[M]. 马海良, 译. 北京：北京大学出版社, 2002.

[25] 卡尔维诺. 卡尔维诺文集：寒冬夜行人[M]. 萧天佑, 译. 南京：译林出版社, 2001.

[26] 卡夫卡. 卡夫卡小说全集Ⅰ：审判[M]. 韩瑞祥, 等, 译. 北京：人民文学出版社, 2018.

[27] 卡夫卡. 夫卡小说全集Ⅱ：城堡[M]. 韩瑞祥, 等, 译. 北京：人民文学出版社, 2018.

[28] 卡勒. 结构主义诗学[M]. 盛宁, 译. 北京：中国人民大学出版社, 2018.

[29] 卡勒. 论解构：结构主义之后的理论与批评（25周年版）[M]. 陆扬, 译. 北京：中国人民大学出版社, 2018.

[30] 卡勒. 文学理论入门[M]. 李平, 译. 南京：译林出版社, 2013.

[31] 康德. 纯粹理性批判[M]. 邓晓芒, 译. 北京：人民出版社, 2017.

[32] 康拉德. 黑暗的心脏·"水仙号"上的黑家伙[M]. 胡南平, 译. 南

京：译林出版社，2001.
[33] 柯里. 后现代叙事理论［M］. 宁一中，译. 北京：北京大学出版社，2003.
[34] 克罗齐. 美学原理［M］. 朱光潜，译. 北京：商务印书馆，2018.
[35] 拉奥孔［M］. 朱光潜，译. 北京：商务印书馆，2013.
[36] 里蒙-凯南. 叙事虚构作品［M］. 姚锦清，黄虹伟，傅浩，等，译. 北京：生活·读书·新知三联书店，1989.
[37] 林语堂. 唐人街［M］. 长沙：湖南文艺出版社，2012.
[38] 路易斯. 大街［M］. 顾奎，译. 桂林：漓江出版社，2017.
[39] 麦克尤恩. 赎罪［M］. 郭国良，译. 上海：上海译文出版社，2011.
[40] 毛姆. 月亮与六便士［M］. 牟锐泽，译. 桂林：漓江出版社，2000.
[41] 米勒. "解构性阅读"与"修辞性阅读"：致张江［J］. 王敬慧，译. 文艺研究，2015（7）：68-72.
[42] 米勒. 共同体的焚毁：奥斯维辛前后的小说［M］. 陈旭，译. 南京：南京大学出版社，2019.
[43] 米勒. 解读叙事［M］. 申丹，译. 北京：北京大学出版社，2002.
[44] 米勒. 萌在他乡：米勒中国演讲集［M］. 国荣，译. 南京：南京大学出版社，2016.
[45] 米勒. 土著与数码冲浪者：米勒中国演讲集［M］. 易晓明，编. 长春：吉林人民出版社，2010.
[46] 米勒. 文学死了吗？［M］. 秦立彦，译. 桂林：广西师范大学出版社，2007.
[47] 米勒. 小说与重复：七部英国小说［M］. 王宏图，译. 天津：天津人民出版社，2007.
[48] 米勒. 作为寄主的批评家［M］// J. 希利斯·米勒. 重申解构主义. 郭英剑，译. 北京：中国社会科学出版社，2000.
[49] 奈保尔. 毕司沃斯先生的房子［M］. 余珺珉，译. 海口：南海出版社，2015.
[50] 尼采. 悲剧的诞生［M］. 周国平，译. 北京：北京十月文艺出版社，2019.
[51] 尼采. 偶像的黄昏：或怎样用锤子从事哲学［M］. 李超杰，译. 北京：商务印书馆，2009.

[52] 尼采. 希腊悲剧时代的哲学 [M]. 李超杰, 译. 北京: 商务印书馆, 2020.

[53] 康德. 判断力批判 [M]. 邓晓芒, 译. 北京: 人民出版社, 2017.

[54] 普拉特. 帝国之眼: 旅行书写与文化互化 [M]. 方杰, 方宸, 译. 南京: 译林出版社, 2017.

[55] 秦旭. J. 希利斯·米勒解构批评研究 [M]. 北京: 社会科学文献出版社, 2012.

[56] 热奈特. 热奈特文集 [M]. 史忠义, 译. 天津: 百花文艺出版社, 2000.

[57] 热奈特. 叙事话语·新叙事话语 [M]. 王文融, 译. 北京: 中国社会科学院出版社, 1990.

[58] 萨克雷. 名利场 [M]. 彭长江, 译. 沈阳: 春风文艺出版社, 2018.

[59] 塞尔. 表达与意义: 言语行为理论研究 [M]. 王加为, 赵明珠, 译. 北京: 商务印书馆, 2017.

[60] 申丹, 韩加明, 王丽亚. 英美小说叙事理论研究 [M]. 北京: 北京大学出版社, 2005.

[61] 申丹, 王丽亚. 西方叙事学: 经典与后经典 [M]. 北京: 北京大学出版社, 2010.

[62] 申丹. 结构与解构: 评 J. 希利斯·米勒的"反叙事学"[J]. 欧美文学论丛, 2003 (1): 241-271.

[63] 申丹. 解构主义在美国: 评 J. 希利斯·米勒的"线条意象"[J]. 外国文学评论, 2001 (2): 5-13.

[64] 申丹. 修辞性叙事学 [J]. 外国文学, 2020 (1): 80-95.

[65] 申屠云峰, 曹艳. 在理论与实践之间: J. 希利斯·米勒解构主义文论管窥 [M]. 北京: 光明日报出版社, 2011.

[66] 施瓦布. 希腊古典神话 [M]. 曹乃云, 译. 南京: 译林出版社, 2019.

[67] 斯特恩. 项狄传 [M]. 蒲隆, 译. 上海: 上海译文出版社, 2020.

[68] 索福克勒斯. 索福克勒斯悲剧集: 俄狄浦斯王 [M]. 罗念生, 译. 上海: 上海人民出版社, 2020.

[69] 特罗洛普. 巴塞特郡纪事一: 巴彻斯特养老院 [M]. 主万, 译. 上海: 上海译文出版社, 2020.

[70] 托尔斯泰. 安娜·卡列尼娜 [M]. 周扬, 谢素台, 译. 北京: 人民文学出版社, 1989.

[71] 王逢振、周敏. J. 希利斯·米勒文集 [M]. 北京: 中国社会科学出版社, 2016.

[72] 王国维. 人间词话 [M]. 李经邦, 译注. 成都: 四川文艺出版社, 2019.

[73] 韦勒克, 沃伦. 文学理论 [M]. 刘象愚, 邢培明, 陈圣生, 等, 译. 杭州: 浙江人民出版社, 2017.

[74] 肖锦龙. 意识批评、语言分析、行为研究: 希利斯·米勒的批评之批评 [M]. 北京: 高等教育出版社, 2011.

[75] 亚里士多德. 诗学 [M]. 陈中梅, 译注. 北京: 商务印书馆, 1996.

[76] 亚里士多德. 形而上学 [M]. 吴寿彭, 译. 北京: 商务印书馆, 1995.

[77] 伊格尔顿. 二十世纪西方文学理论 [M]. 伍晓明, 译. 北京: 北京大学出版社, 2018.

[78] 伊瑟尔. 阅读行为 [M]. 金惠敏, 张云鹏, 张颖, 等, 译. 长沙: 湖南文艺出版社, 1991.

[79] 张隆溪. 二十世纪西方文论述评 [M]. 北京: 生活·读书·新知三联书店, 1986.

[80] 张旭. 多维视野下的希利斯·米勒文论研究 [M]. 北京: 清华大学出版社, 2020.

[81] 朱立元. 当代西方文艺理论 [M]. 上海: 华东师范大学出版社, 1997.

[82] Abrams M H. A Glossary of Literary Terms [M]. 7th ed. Boston: Heinle & Heinl, 1999.

[83] Abrams M H. The Deconstructive Angel [J]. Critical Inquiry, 1977, 3(3): 425–438.

[84] Bell A, Ryan M L. Possible Worlds Theory and Contemporary Narratology [M]. Lincoln and London: University of Nebraska Press, 2019.

[85] Bloom H, Man P, Derrida J, et al. Deconstruction and Criticism [M]. London: Bloomsbury Publishing PLC, 2004.

[86] Shen Dan. Broadening the Horizon: On J. Hillis Miller's Ananarratology

[M]//Cohen B, Kujundzic D. Provocations to Reading. New York: Fordham University Press, 2005: 14-29.

[87] Derrida J. Justices [J]. Critical Inquiry, 2005, 31 (3): 689-721.

[88] Genette G. Fiction and Diction [M]. Translated by Porter C. Ithaca and New York: Cornell University Press, 1993.

[89] Genette G. Narrative Discourse: An Essay in Method [M]. Translated by Lewin J E. Ithaca and New York: Cornell University Press, 1980.

[90] Herbert G. Easter Wings [M]//Meyer M. The Bedford Introduction to Literature: 3rd ed. New York: Bedford Books of St. Martin's Press, 1993.

[91] Herman D, Jahn M, Ryan M L. Rouledge Encyclopedia of Narrative Theory [M]. London and New York: Routledge, 2005.

[92] Iser W. Aspects of Narrative: Selected Papers from English Institute [M]. New York and London: Columbia University Press, 1971.

[93] Kearns M. Rhetorical Narratology [M]. Lincoln: University of Nebraska Press, 1999.

[94] Kim E H. Asian American Literature: An Introduction to the Writing and Their Social Context [M]. Beijing: Foreign Language Teaching and Research Press, 2006.

[95] Kristeva J. Desire in Language: A Semiotic Approach to Literature and Art [M]. Translated by Gora T etc. New York: Columbia University Press, 1980.

[96] Miller J H. A Guest in the House: Reply to Shlomith Rimmon-Kenan's Reply [J]. Poetics Today, 1980-1981, 2 (1b): 189-191.

[97] Miller J H. Ariadne's Thread: Story Lines [M]. New Haven: Yale University Press, 1992.

[98] Miller J H. Charles Dickens: The World of His Novels [M]. New York: Columbia University Press, 1958.

[99] Miller J H. Image and Text Today [J]. Foreign Literature Studies, 2019, 41 (4): 16-23.

[100] Miller J H. Literature as Conduct: Speech Acts in Henry James [M]. New York: Columbia University Press, 2005.

[101] Miller J H. New Starts: Performative Topographies in Literature and Criti-

cism [M]. Taipei: The Institute of European and American Studies, Academia Sinica, 1993.

[102] Miller J H. Speech Acts in Literature [M]. Stanford: Stanford University, 2001.

[103] Miller J H. Steven's Rock and Criticism as Cure: In Memory of William K. Wimsatt (1907—1975) [J]. The Georgia Review, 1976, 30 (1): 5 – 31.

[104] Miller J H. The Conflagration of Community: Fiction before and after Auschwitz [M]. Chicago: The University of Chicago Press, 2011.

[105] Miller J H. The Disappearance of God: Five Nineteenth Century Writers [M]. Cambridge: University of Illinois Press, 1963.

[106] Miller J H. The Ethics of Reading: Kant, de Man, Eliot, Trollope, James, and Benjamin [M]. New York: Columbia University Press, 1987.

[107] Miller J H. The Figure in the Carpet [J]. Poetics Today, Special Issue: Narratology I: Poetics of Fiction, 1980, 3 (1): 107 – 118.

[108] Miller J H. The Form of Victorian Fiction: Thackeray, Trollope, George Eliot, Meredith, and Hardy [M]. Cleveland: Case Western Reserve University, 1968.

[109] Miller J H. The J. Hillis Miller Reader [M]. Edinburgh: Edinburgh University Press, 2005.

[110] Miller J H. The Problematic of Ending in Narrative [J]. Nineteenth-Century Fiction, Special Issue: Narrative Endings, 1978, 33 (1): 3 – 7.

[111] Miller J H. Thomas Hardy: Distance and Desire [M]. Cambridge: The Belknap Press of Harvard University Press, 1970.

[112] Miller J H. Topographies [M]. Stanford: Stanford University Press, 1995.

[113] Miller J H. Tradition and Difference [J]. Diacritics, 1972, 4 (2): 6 – 13.

[114] Miller J H. Tropes, Parables, Performatives: Essays on Twentieth Century Literature [M]. Durham: Duke University Press, 1991.

[115] Ning Y Z. The Power of Absence: Derrida, Lao Tzu and Shelley's "To A Skylark" [J]. The Journal of English Language and Literature, 2020, 66 (3): 463 – 81.

[116] Palmer A. Large Intermental Units in Middlemarch [M] //Alber J and Fludernik M. Postclassical Narratology: Approaches and Analyses. Columbus: The Ohio State University Press, 2010, pp. 83 – 104.

[117] Phelan J. Reading People, Reading Plots: Character, Progression, and the Interpretation of Narrative [M]. Chicago and London: The University of Chicago Press, 1989.

[118] Pratt M L. Toward a Speech Act Theory of Literary Discourse [M]. Bloomington and London: Indiana University Press, 1977.

[119] Prince G. Narratology: The Form and Functioning of Narrative [M]. Berlin: De Gruyter Mouton, 1982.

[120] Rimmon-Kenan S. Deconstructive Reflections on Deconstruction: In Reply to Hillis Miller [J]. Poetics Today, 1980 – 1981, 2 (1b): 185 – 188.

[121] Shen D. Style and Rhetoric of Short Narrative Fiction: Covert Progressions Behind Overt Plots [M]. New York: Routledge, 2014.

[122] Spiegelman A. Maus [M]. New York: Random House Inc, 1993.

[123] Sweeney S H. Using Gerard Genette's Narrative Theory to Study Virginia Woolf's Narrative Strategies [D]. Madison: Doctoral dissertation of Drew University, 1989.

# 附　　录

## 一、J. 希利斯·米勒的著作与中文译本

英文著作：

1958 年，《查尔斯·狄更斯：他的小说世界》（*Charles Dickens: The World of His Novels*）

1963 年，《上帝的消失：五位 19 世纪作家》（*Disappearance of God: Five Nineteenth Century Writers*）

1968 年，《维多利亚时期小说的形式：萨克雷、特罗洛普、乔治·艾略特、梅瑞狄斯和哈代》（*The Form of Victorian Fiction: Thackeray, Trollope, George Eliot, Meredith, and Hardy*）

1969 年，《现实的诗人：六位二十世纪的作家》（*Poets of Reality: Six Twentieth-Century Writers*）

1970 年，《托马斯·哈代：距离与欲望》（*Thomas Hardy: Distance and Desire*）

1982 年，《小说与重复：七部英国小说》（*Fiction and Repetition: Seven English Novels*）

1985 年，《纪念保罗·德曼》（*The Lesson of Paul de Man*）

1985 年，《语言的时刻：从华兹华斯到史蒂文斯》（*The Linguistic Moment: From Wordsworth to Stevens*）

1987 年，《阅读的伦理：康德、德曼、艾略特、特罗洛普、詹姆斯和本杰明》（*The Ethics of Reading: Kant, de Man, Eliot, Trollope, James, and Benjamin*）

1990 年，《皮格马利翁的不同版本》（*Versions of Pygmalion*）

1990年,《维多利亚小说的主题》(Victorian Subjects)

1991年,《昔理论今》(Theory Now and Then)

1991年,《霍桑与历史:捍卫它》(Hawthorne & History: Defacing It)

1991年,《修辞、寓言、施行语:二十世纪文学的论文》(Tropes, Parables, Performatives: Essays on Twentieth Century Literature)

1992年,《阿里阿德涅之线:故事线条》(Ariadne's Thread: Story Lines)

1992年,《图绘》(Illustration)

1993年,《新的开始:文学与批评中的施行地形学》(New Starts: Performative Topographies in Literature and Criticism)

1995年,《文学地形学》(Topographies)

1998年,《解读叙事》(Reading Narrative)

1999年,《黑洞》(Black Holes)

2001年,《他者》(Others)

2001年,《文学中的言语行为》(Speech Acts in Literature)

2002年,《文学死了吗》《On Literature》

2005年,《J. 希利斯·米勒读本》(The J. Hillis Miller Reader)

2005年,《作为行为的文学:亨利·詹姆斯作品中的言语行为》(Literature as Conduct: Speech Acts in Henry James)

2009年,《媒介是创造者,勃朗宁、弗洛伊德、德里达和新的心灵感应生态技术》(The Medium is the Maker, Browning, Freud, Derrida and the New Telepathic Ecotechnologies)

2009年,《献给德里达》(For Derrida)

2011年,《共同体的焚毁:奥斯维辛前后的小说》(The Conflagration of Community: Fiction before and after Auschwitz)

2012年,《为我们的时代阅读:〈亚当·比德〉和〈米德尔马契〉的重访》(Reading for Our Time: Adam Bede and Middlemarch Revisited)

2014年,《小说中的共同体》(Communities in Fiction)

2016年,《人类纪偶像的黄昏》(Twilight of the Anthropocene Idols)

2016年,《文学的洲际对话》(Thinking Literature across Continents)

2017年,《解读康拉德》(Reading Conrard)

**中文译本、演讲集、文集：**

2000 年，《重申解构主义》，J. 希利斯·米勒编，郭英剑等译，中国社会科学出版社。

2002 年，《解读叙事》，申丹译，北京大学出版社。

2007 年，《文学死了吗》，秦立彦译，广西师范大学出版社。

2007 年，《小说与重复：七部英国小说》，王宏图译，天津人民出版社。

2010 年，《土著与数码冲浪者——米勒中国演讲集》，易晓明编，吉林人民出版社。

2016 年，《J. 希利斯·米勒文集》，王逢振、周敏主编，中国社会科学院。

2016 年，《萌在他乡：米勒中国演讲集》，国荣译，南京大学出版社。

2019 年，《共同体的焚毁：奥斯维辛前后的小说》，陈旭译，南京大学出版社。

## 二、本书作者与 J. 希利斯·米勒先生的通信

（1）兰秀娟写给米勒先生的信（有删减）：

2019 年 10 月 8 日

Dear Professor Miller,

……

I've collected most of your works from the National Library in Beijing and Germany, along with many of your interviews, speeches, and key reviews. Reading your works has consistently sparked new ideas for me. Before I started studying your literary criticism, I focused extensively on Western narratology. However, after reading *Reading Narrative* (1998), *Fiction and Repetition: Seven English Novels* (1982) and *The Ethics of Reading: Kant, de Man, Eliot, Trollope, James, and Benjamin* (1987), as well as Professor Shen Dan's research on your "ananarratology", I began exploring the connections of your literary criticisms and narratology.

After months of study and discussions with Professor Ning, I decided to examine your literary criticism through the lens of narratology. My research proposal, titled "Negation, Revision, and Innovation: A Critique of J. Hillis Miller's Narratological Thoughts", is now complete, and I would greatly appreciate your feedback.

This proposal offers a preliminary study of your works, with room for refinement. The aim is to explore your literary criticism from a fresh perspective and assess its contributions to the development of narratology. I approach this study objectively, avoiding categorizing your work into existing schools of thought. Most previous analyses of your work emphasize your deconstructive and performative criticism or focus on specific topics like Victorian literature. I aim to take a broader perspective, incorporating your more recent works, particularly those published after 2010, to better understand the evolution of your ideas and their significance to narratology.

……

Best wishes, Emily Lan

(2) 米勒先生的回信（有删减）：

2019年10月12日

Dear Emily:

Thanks for your good email. I am greatly honored and pleased that you are working on my work. Your project statement is excellent. Narratology is a really good perspective from which to approach my work, but please always remember that my central interest is not in theory as such but in the actual reading, teaching, and writing about specific literary works. Theory, for me, is good primarily as an aid to reading.

I've published several new books recently and attach a fairly recent CV.

I've been busy here but will answer your very challenging questions as soon as I can.

I'm eager to meet you any time this can be arranged. It would have to be here in Maine, since I do not travel any more.

Warm regards, Hillis Miller

# 后　　记

　　本书为教育部人文社会科学研究青年基金项目"本土化视野下J. 希利斯·米勒文学批评的中国之旅研究（1986—2022）"（项目编号：22YJC752006）、广东省哲学社会科学规划项目"J. 希利斯·米勒文学批评在中国的传播与接受研究"（项目编号：GD22YWW03）及广东工业大学青年百人计划项目"耶鲁学派学说中国式阐释与变异得失"（项目编号：220413926）的阶段性成果，其诞生之源，可追溯至恩师宁一中教授的科研启迪。

　　在攻读博士学位期间，我有幸在宁老师的悉心引领下，系统研习了叙事学、文体学、巴赫金诗学及解构主义等领域的知识。尤为难忘的是，我参与整理并翻译了宁老师与米勒先生在加州大学尔湾分校对话的工作。这段历程，不仅让我广泛接触了米勒先生的学术著作，更被他字里行间流露出的对文学的炽热情怀深深触动。正如米勒先生在《当今的图像与文本》中所言，他以毕生之力奉献于文学研究，时刻洞悉文学的新动向，不懈探索文学在新时代的价值。米勒先生的作品，犹如一部部穿越时空的智慧宝典，不仅融合了古今西方哲学家的深邃思想，更深刻解读了英美文学的经典之作，其解读方式新颖独到，每一次阅读都如同与智者进行跨越时空的心灵对话。我从他的书中学到的不只是文学理论本身，更领悟到了一种集大成的智慧，懂得了如何去阅读、思考，以及如何去做真正的文学研究。正是这样的阅读经历让我发现了文学研究的新天地，最终决定以米勒先生的文学批评为轴心，构建这部书稿的框架。

　　米勒先生的才华与对文学领域研究的卓越贡献，广受国际学界赞誉。当时他虽已年逾九旬，仍不辞辛劳地审阅了我的部分书稿，耐心解答我的疑惑，慷慨提供宝贵资料与指导建议。这份跨越国界的无私帮助，不仅彰显了米勒先生的人格魅力，更成为我学术道路上的一盏明灯。读博伊始，米勒先生听闻我有意前往美国做联培博士生，便积极协助联系纽约州立大学奥尔巴尼分校的 Tom Cohen 教授、Kir Kuiken 教授与 Helen Elam 教授。在他们的倾力相助下，我于一个月内高效地办完了繁杂的联培博士生手续。尽管疫情阻断了赴美行程，未能如愿在缅因州与先生会面，但每每看到邮箱里与先生往来的数十封邮件，观看加州大学尔湾分校为先生拍摄的纪录片，阅读先生的著作与文章，听宁老师讲述他在加州大学尔湾分校跟随米勒先生从事博士后研究的往事，都让我仿佛与先生建立了深厚的友谊。2021 年 2 月，正当我博士学位论文初稿完成之际，却从 Cohen 教授处惊闻先生逝世的噩耗，那一刻，悲痛之情难以言表。

同年 3 月，我如期参加了纽约州立大学奥尔巴尼分校举办的"Living in Languages"国际学术研讨会，并在大会以"Performative Narrative: On J. Hillis Miller's Speech Acts in Literature"为题做了报告，详细阐释了米勒先生在文学言语行为方面的突出贡献（相关内容现收录至本书第四章），得到了与会专家的高度评价。在报告的尾声，我怀着沉痛的心情缅怀了米勒先生，众多与会者，尤其是先生的老友，纷纷响应，共同纪念这位跨时代的文学巨匠。同年 6 月，《外国文学研究》发表了由我整理翻译的米勒先生与宁老师的谈话录。7 月，我进入中山大学从事博士后研究，并在许德金教授的指导下完成《J. 希利斯·米勒文学批评的中国之旅述评》一文，该文发表于《当代外国文学》2021 年第 4 期。在此基础上，我不断深化米勒文学批评在中国的传播与接受研究，精心撰写项目申报书，最终在许老师的多次修订建议下，我成功获得了 2022 年教育部人文社会科学研究青年基金项目"本土化视野下 J. 希利斯·米勒文学批评的中国之旅研究（1986—2022）"与广东省哲学社会科学规划项目"J. 希利斯·米勒文学批评在中国的传播与接受研究"的立项，这也为我今后的科研工作奠定了良好的基础。

米勒先生离世后，法国 Honoré Champion 出版社于 2024 年刊出了以 *J. Hillis Miller: Literature, Culture, Theory and the World* 为题的纪念专刊来彰显米勒之于世界文学界的独特意义，而我也有幸受邀在该刊中发表文章来纪念米勒先生。米勒先生曾给予我的鼓励与帮助，带来的温暖和力量伴我走过了读博与博士后期间的艰难时刻，让我在经受种种困难时能够重获信心和动力。先生六十余年里对文学的热爱与潜心钻研也同样深深地感染着我，与先生的这段友谊将是我在学术道路上前行的永久动力。

本书的顺利完成，离不开众多师长的悉心指导与无私帮助。我要特别感谢我的博士研究生导师宁一中教授、博士后合作导师许德金教授，是他们的

# 后　记

支持与鼓励，让我的米勒研究得以延续至今。在读博与博士后工作期间，宁老师与师母段江丽教授对我的科研工作给予了诸多关怀与帮助，成为我坚守初心的不竭动力。同时，我还要衷心感谢山东大学乔纳森·哈特（Jonathan Hart）教授，纽约州立大学汤姆·科恩（Tom Cohen）教授，清华大学陈永国教授、封宗信教授、生安锋教授，北京大学周小仪教授，北京外国语大学马海良教授，北京语言大学王雅华教授、胡俊教授、穆杨教授，国防科技大学柳晓教授，广东外语外贸大学孙毅教授、管建明副教授，深圳大学张广奎教授，他们在我撰写书稿过程中给予我指导与科研上的鼎力支持。此外，我还要特别感谢同门师兄、师姐及好友们的无私帮助与鼓励，包括大师兄唐伟胜教授、大师姐谭惠娟教授、安帅博士、田霞副教授、王鑫昊博士、王月博士、罗怀宇博士、张成文博士、吴东京副教授等，他们源源不断的帮助和鼓励汇聚成了我学术道路上不可或缺的力量。

最后，我要深深感谢家人的支持与陪伴，他们是我最坚实的后盾。撰写书稿过程中充满了挑战与不易，而我的先生钟海、母亲张泽兰女士、父亲兰永双先生、弟弟兰斌博士、弟妹曾思媛博士始终如一地支持着我，他们的关爱与理解让我在温馨的家庭氛围中不断提升工作效率。尤其要感谢我的女儿钟语安，她的笑容与活力总能在我最疲惫的时刻带给我无尽的欢乐与力量。

谨以此后记，铭记这段充满挑战与收获的学术旅程，让文字成为连接过去与未来的桥梁，镌刻下对 J. 希利斯·米勒先生无尽的敬仰与怀念。同时，向每一位陪伴我走过这段旅程的人致以最深的感谢。2024 年 10 月，于静谧之夜，我以文字为舟，扬帆驶向更加辽阔的学术海洋。

兰秀娟

2024 年 10 月 28 日